Robert van Gulik

THE CHINESE MAZE MURDERS

〔荷兰〕高罗佩——著
张凌——译

大唐狄公案

上海译文出版社

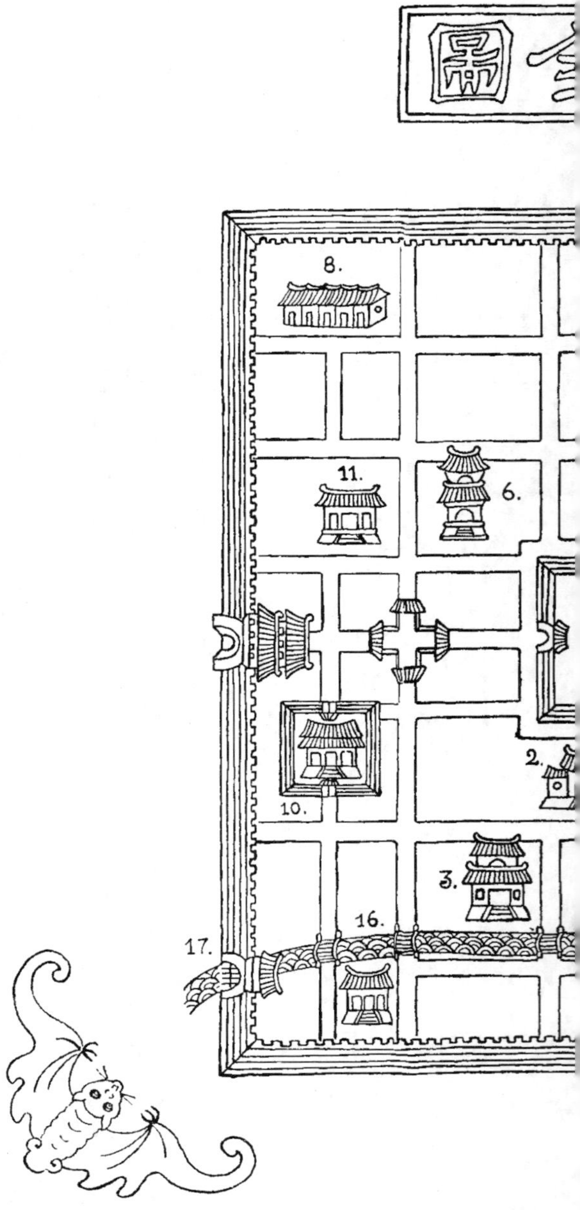

1. 县衙　2. 城隍庙　3. 孔庙　4. 关帝庙　5. 钟楼

12. 长春酒店　13. 三宝庵　14. 李宅　15. 倪守

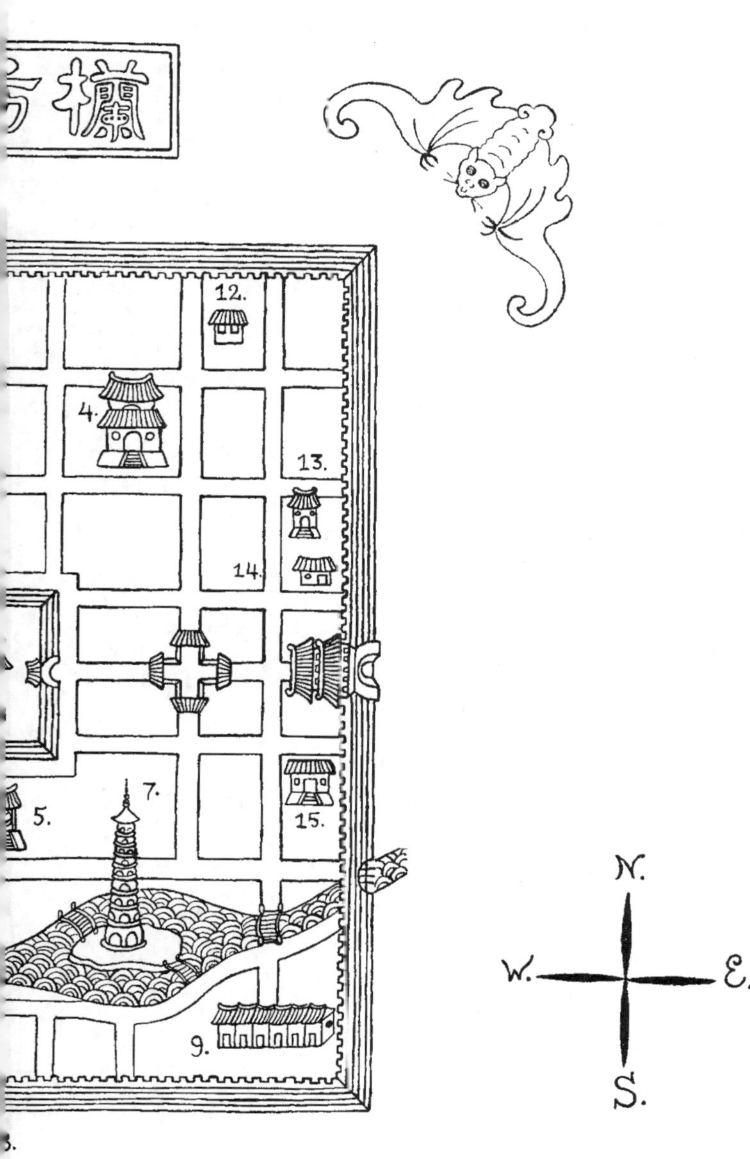

8. 北里　9. 南里　10. 钱宅　11. 丁宅
17. 水门　18. 法场

前言

笔者的中国古代公案小说《狄公案》[1]英译本面世后，有读者要求我继续搜寻其他同类中国小说。不过，此类书籍如今相当稀少，很难再找出一部能同时满足东西方读者的作品来。事实上，《狄公案》一书是个例外。通常说来，在风格与内容方面，中国公案小说与现代侦探小说有着很大区别，以至于对如今的东方读者而言也是索然寡味，对西方读者则更甚。

从另一方面来说，在中国古代公案小说中，包含着许多机智精彩的情节和有关探案的内容。因此，如果自己动手创作一部中国风格的侦探小说，并运用从中国古代小说中发掘出的素材，我认为将会是一个有趣的尝试。

笔者之所以致力于这一尝试，主要是为了向当代中国和日本读者表明一点，即采用中国传统风格，同样可能写出一部令当今东方读者喜爱的侦探小说来。在中国和日本的图书市场上，如今到处充斥着西方三流惊悚小说的拙劣译本，而本国原有的公案小说几乎被人遗忘，鉴于此种状况，这一尝试则更具价值。我完成了《迷宫案》的英文手稿后，鱼返善雄（Ogaeri Yukio）教授将其译成日语，1951 年由东京讲谈社出版，名为《迷路之杀人》，日本著名侦探小说家江户川乱步还为此书作序。在此之后，我写出了中文本，1953 年由新加坡南洋出版社出版，名为《狄仁杰奇案》，两种版本在中国和日本均得到好评。受此鼓舞，我又写出了两本狄公案小说，即《铜钟案》与《湖滨案》，两书的中文版与日文版如今尚在准备之中。

在达到了主要目的之后，我又想到或许西方读者也会对这种新式侦探小说产生兴趣，于是决定出版《迷宫案》英文版。另有一个动机，则是由于西方作家常常在侦探小说中加入中国因素，因此我想或许读者会有兴趣看到在地道的中国背景之下，中国人将会是何等面貌。

本书的后记中有关于背景与中文资料来源的介绍。在此只需说明一点，笔者从中国古代典籍中借用了三个故事，重新组织后写成了一部情节连贯的小说，以中国古代著名判官狄公为中心人物，并借用了中国古代公案小说的某些典型特色，比如在开篇的楔子中透露出书中重要事件的某些线索，用一组对句作为篇章回目，运用中国小说的

---

❶ 即《狄公案：狄公破获的三桩命案》，译自中国古代的一部公案小说，附有简介与注解，译者高罗佩，一卷本并有插图，1949 年出版于东京。——原注

特殊结构，即判官同时办理多个案件，等等。总而言之，尽可能保留中国小说的风格与氛围。

本书的故事发生在公元六世纪时的兰坊，这是一个虚构而成的中国边陲城镇。书中附有中国式全城地图，笔者本人还亲手绘制了十几幅中国明代风格的插图。

本书中的所有令人满意之处，都应归功于创作出这些故事的中国古代作家，而所有不尽人意之处则都应归咎于笔者本人。

高罗佩

1956年春，海牙

目　录

插 图 一 览

人 物 表

狄仁杰：新任兰坊县令，人称“狄公”。兰坊地处大唐帝国西北边陲。

洪　亮：狄公的心腹谋士，县衙都头，人称“洪都头”。

马　荣：狄公的亲信随从。

乔　泰：狄公的亲信随从。

陶　干：狄公的亲信随从。

丁护国：退职将军，居于兰坊，被人谋害于自家书斋中。

丁　毅：丁护国的独子，贡生，人称“丁贡生”或“丁生”。

吴　峰：兵部吴副将之子，贡生，喜好作画。

倪守谦：前节度使，致仕后定居兰坊，后病逝。

倪梅氏：倪守谦的续弦少妻。

倪　继：倪守谦长子，元配夫人所出。

倪　善：倪守谦幼子，倪梅氏所出。

李夫人：倪梅氏之友，画师。

老　方：铁匠，后任县衙衙役班头，人称“方班头”或“班头”。

白　兰：方铁匠长女。

玄　兰：方铁匠次女。

小　方：方铁匠之子。

钱　茂：当地豪强，暗中操控兰坊。

刘万方：钱家师爷。

老　凌：军中逃卒，狄公助其复归军中。

探　子：回纥部落酋长，本名乌尔金王子，此系假名。

猎　户：探子的同伙。

吐尔贝：回纥女子。

鹤衣先生：年迈隐士。

第一回

游莲池湖畔逢奇遇　赴兰坊半路遭险情

天地之体，恒久万年。上有日月，下有山川。

人伦礼义，出自圣贤。正道为本，律令辅焉。

若有智者，既慈且严。天之利器，为父母官。

善者蒙尘，终得雪冤。恶者虽狡，逃罪万难。

值此大明永乐年间，天下太平，五谷丰登，四方无旱无涝，万民富足乐业。凡此种种，全赖当今圣上仁德。既是太平盛世，作奸犯科之事自然鲜少发生。有人若想研究刑侦探案之道，当世记述必定少而又少，因此非得向前朝典籍中去搜求文献不可。

敝人平日最喜这门学问，一向孜孜以求，不但在故纸堆里四处翻寻昔年案录，而且每逢与知交故旧在酒肆茶坊中小聚时，一旦有人说起前代著名判官折狱断案的逸闻，我也总是从旁凝神倾听，引为乐事。

话说一天午后，我想起荷花开得正盛，欲去赏看一番，便独自漫步穿过西园，又走过雕花汉白玉石拱桥，行至莲池中央的小岛上，在一家饭铺的露天平台中，寻了一个清静角落坐下。

我饮了几口热茶，嗑着瓜子赏看湖中美景，只见满眼粉荷碧叶，密密匝匝遮蔽了整个水面，湖畔男女老幼往来穿梭，煞是热闹。平日里我时常暗自打量路人，观其衣着举止，度其性情家世，以此自娱，倒也饶有乐趣。

这时只见两个年轻美貌的女子一路挽手走来。我见她们眉眼十分相像，立时断定必是一对姊妹，然而看去却又性格迥异。年幼的欢快活泼，口中叽叽呱呱说个不停，年长的却一脸端庄畏怯，几乎不曾开口答言，面上愁云密布，想必遭遇过什么不幸之事。

二女在人群中消失了踪影，又见一个老妪紧跟在后，手拄一柄拐杖，行路时脚下微跛，似乎一力要追上二女，看去像是保姆仆妇一类人物。待她从眼前经过时，却分明瞧见面相狞邪，似非良善之辈。我连忙移开视线，转而留意起后面一对清俊的少年男女来。

只见那男子头戴一顶秀才的冠帽，女子衣着端庄，一身少妇打扮。二人走路时虽不在一处，却又两下眉来眼去，一望便知乃是同行。看其举止鬼祟，我心想这一对男女定是暗中结有私情。从平台前经过后，那女子想要牵住男子的手，男子却立时将手抽回，还频频皱眉摇头，示意不可。

看罢路上行人，我又转头漫视座中宾客，却见有个中年男子，亦是独坐一旁，身材肥硕，衣冠齐整，圆圆一张脸面，看去甚为和悦健谈，似是田主乡绅一流人物。我唯恐如此径直打量，会被他误以为有意结交，于是赶紧顾视左右，皆因自家更喜独坐一隅心中浮想，尤其是忽见对方眼光一闪，不觉心生警惕。此人虽说面相和善，却又带着一副精明冷酷的神气，保不定是个阴险狡诈、心怀鬼胎之徒哩。

过了半日，又有一位须发如银的老者款步走上台阶，身穿一件黑绒镶边的褐袍，拖着两条阔袖，头戴一顶黑方帽，虽未佩有官徽标识，却是仪表堂堂、气度不凡，两道白眉下双目如电，拄着手杖立在当地，正朝四下打量。

我心想如此高龄长者被撂在一边不得入座，未免有失礼数，于是连忙起身相邀。老者拱手一揖，从旁坐下。我二人一面饮茶，一面客套寒暄几句，老者自称姓狄，曾任刺史之职，如今已然致仕。

彼此交谈一阵后，我发觉此翁竟是如此学识渊博、品味高雅，谈诗论文愈发起兴，间或又观望一番池边行人，不知不觉便过去了大半日。

我听那老者说话时带有山西口音，便趁着谈兴稍减之际，询问他与太原狄氏可有渊源。太原乃是山西省府，早在数百年前的大唐时候，狄家曾经出过一位名垂青史的忠臣良相，名字叫作狄仁杰。

老者一听这话，忽地目光灼灼，手抚长髯，含怒说道："不错！老夫确是太原狄家之后，先祖中得有狄公这般杰出的人物，自然甚感荣耀，谁知竟也生出许多烦恼。只因每每在饭铺茶坊中受用茶饭时，不时便会听见旁人议论先祖，说到狄公在朝廷任职时的政绩轶闻，大体倒还属实，并且官修正史中自有传略行述可资查证，然而一旦提及他早年担任地方县令时的经历，有些无知无识之辈便会信口开河。虽说狄公确因破获过许多疑案而声名远播，但是此类街谈巷议，却多数不尽不实，甚或荒诞不经。狄家自有狄公办案的详录，代代相传，已有数百年之久。奈何出门在外时，这些假捏而成的妄言常会飘入耳中，令老夫气闷不已，有时竟至吃喝未毕便拂袖离去。"说罢摇头叹息，还气恼地用手杖连连戳地。

我听说这位老者果然是狄公后人，不禁心中大喜，起身恭敬一揖，说道："老人家，小生一向专爱搜集前朝著名判官办案的实录，并乐于细细研读古书中的记载，绝非信口开河、轻嘴薄舌之徒。对于后人而言，岂不是正该以史为镜，照出我辈的缺陷不足，并以此作为警诫么？此类记述不但能够移风易俗、教化民众，也是对邪恶之人的有力威慑。要说天网恢恢疏而不漏，作恶者终得恶报，哪里还能找到比这更好的明证呢。

“依小生愚见，前朝判官之中，实在无人可与狄公相比，故此多年以来，一直四处搜求狄公断案的记载。今日既是有缘相遇，并且老人家又知晓许多掌故，特此恭请惠示一二，让小生有幸聆听几段鲜为人知的旧闻，自是感激不尽。”

老者一听，立时爽快应允，于是我便邀他一同用饭。

此时暮色降临，众宾客纷纷离开平台回到室内，店中伙计也已点起烛火照亮。

我见大厅内人多嘈杂，请老者转去旁边小巧的雅间就座。凭窗朝外望去，湖面正沐浴在夕阳余晖之中。

我叫来伙计，总共点了四样菜，还有一壶温酒。

一时酒过三巡，菜过五味，老者轻捋长髯说道：“想当年，这位受人尊崇的狄家先祖曾经担任过兰坊县令。兰坊地处偏僻，远在大唐西北边陲，饶是当日情势非常，狄公仍然设法破获了三桩惊世大案，老夫这便与你细细讲来。”说罢便絮絮讲述起来。

那老者口中所述的一段故事，果然十分离奇曲折，虽说颇有趣味，但他却不时发些离题甚远的冗长议论，语声也是单调平板，竟如蜜蜂一般嗡嗡嘤嘤，过了半日，我便心不在焉起来，连饮三杯意欲提神醒脑，不料酒水下肚后，竟愈发昏昏沉沉，听着那老者的声音在耳边絮絮不已，朦胧中仿佛闻得睡魔正迈着步子渐渐走近。

待我一觉醒来，发觉自己埋头枕臂伏在桌面上，房中沉寂冷清，老者早已不见了踪影。

一个面色阴沉的伙计立在桌旁，冷冷道是头更已过，想是我把饭馆误认作过夜的旅店了。

我见这厮甚是无礼，想要出语叱责一番，奈何头脑沉沉，一时竟无言以对，只问我那同座客人去了何处，又仔细形容一番老者的衣着相貌。

伙计答曰自从黄昏时起，他便在店内另一边伺候，一直忙个不定，哪里来的闲工夫挨个儿打量众宾！说罢掏出账单来，只见上面列着六道菜八壶酒。我心中兀自疑惑与那老者的奇遇究竟是真是幻，这伙计面相狡狯，没准儿见我昏睡过去，便趁机大敲一笔竹杠，不过事到如今也无话可说，只得照单全付。

我自觉受人作弄，怏怏出门后一路走回，街中几乎不见行人。进到家中书房，只见书童蜷缩在墙角处已然睡去，我无意将他唤醒，便轻手轻脚从架上取下几册唐史与邸报，还有先前所做的有关狄公的笔录。细细读过之后，我发觉老者所述的情形虽与史实基本相符，但在西北边陲却并无兰坊这一地方，许是自己听错了名字也未可知，或可明日再度拜访那位老者，以期解说更详，这时方才想起虽然故事听得句句在耳，却怎么也记不起其人的姓名居处，不禁大为懊丧，只得无奈摇头，于是当即提笔蘸墨，一气书下这段听来的奇异故事，直到雄鸡报晓时方才搁笔。

及至次日，我遍访亲友，四处打问，却无一人听说过有位狄姓刺史致仕后住在城内，再想详究细枝末节也是枉然。然而我仍旧难消心中疑虑，那老者或是路过此地，又或是住在城外近郊某处。

如今我斗胆将这段故事向诸君道来，至于莲池边的一段奇遇究竟是梦是真，不如也留给目光如炬的各位看官去自行定夺。浮生多累，镇日忧患，若是有人翻阅此书时竟能忘忧片刻，我也便心中甚慰，不会再为被人讹去的银两而耿耿于怀了。无论当日情形如何，那店内伙计定是个奸诈小人无疑，试想一个品味高雅的饱学之士，怎会一下子喝掉八壶水酒，简直岂有此理，即使二人对饮，也断乎不至于此吧。

兰坊城东边的山间地带，四辆马车正沿着蜿蜒的山路缓缓前行。

狄公身为新任兰坊县令，正在头一辆车中，此刻坐在被褥卷上，背靠着一大包书籍卷册，以期在长途劳顿中稍稍求得舒适。亲信随从洪亮坐在对面，身下枕着一捆衣料布匹。路上十分难行，众人只得想方设法减轻颠簸之苦。行走多日后，狄公与洪亮都觉得十分疲累。

另有一辆蒙着丝绸幔帐的大油篷车紧随其后，车内载着狄公的三位夫人及儿女，另有几名侍婢，人人蜷缩在枕头被褥之间，但求小睡一刻。其他两辆皆是行李车，几名家仆坐在箱笼包裹之上，看去摇摇晃晃，另有几人则宁愿跟着汗湿的马匹一路步行。

今早天亮之前，一行人马离开村庄，途中所经之处皆是荒山野地，只遇见几个打柴的樵夫。不料午后走坏了一只车轮，因此耽搁了一个时辰。此刻天色渐暗，山中愈发显得荒凉可畏。

马荣乔泰骑马在前开道，皆是背负阔刀，鞍袋上还系有硬弓，箭袋中插满羽箭，不时哗哗作响。这二人亦是狄公的亲信随从，练就一身好武艺，携着诸般兵器一路护卫。另有一名亲信陶干，身材干瘦，腰背微微佝偻，与老管家一道走在最后。

人马行至一道山梁上，只见前路延伸下去，一直没入树木丛生的山谷中，对面赫然又是一座陡峭的山峰。马荣见此情形，一收缰绳，转头冲车夫叫道："你这狗头，半个时辰以前就说快到兰坊了，明明这里还得再翻过一个山头！"

车夫心中暗骂城里来的大爷们总是性子急躁，只得郁郁答道："不必担心，过了那一道山梁，兰坊县城就在山脚下，大爷一看便知！"

"我已经听这厮说过好几回'下一道山梁'了。"马荣对乔泰说道，"若是深更半夜才到兰坊，该是何等难堪！那卸任的县令必是从午后起便已苦苦等候，当地一干名流想也摆好了接风宴，又该如何发落？此时他们定是跟我们一样肚内空空了！"

"不但肚内空空，且还口干舌燥！"乔泰附和一句，拨转马头，驰至狄公乘坐的车前，开口禀道，"老爷，前面还要穿过一片山谷，不过总归快到兰坊了！"

洪亮叹气说道："老爷受命从蒲阳提前离任，实为憾事一桩。虽说一到那里便遇上两桩大案，不过大体说来，还真是个好地方。"

狄公苦笑一声，左右挪动一下，试图靠坐得更舒服些，开口说道："想是京师中的佛门余孽与广州富商的盟友互相勾结，从而使得我在蒲阳任期未满便被调离。[1] 兰坊地处偏远，任职时多半会遇上一些特殊而有趣的疑难之务，若是在中土大城中则绝少发生，定会从中受益良多。”

洪亮点头同意，心中却仍然郁郁难平。他已是年过花甲之人，如此长途跋涉，只觉筋疲力尽。洪亮自幼便是狄家仆从，狄公步入仕途后，洪亮一直忠心耿耿跟随左右。狄公每到一处任所，都会任命他为县衙都头。

车夫们扬鞭赶路，一行人马越过山梁后，顺着狭窄崎岖的小径一路下行，不一时便走入山谷中，两旁皆是茂密的灌木丛，高大的雪松遮天蔽日，使得林间颇为阴暗。

狄公正想吩咐手下仆从点亮火把，忽听周围响起一片嘈杂的人声。

只见林中忽然冲出一群人来，个个面上蒙着黑巾。

两名汉子上前捉住马荣右腿，马荣还来不及抽出长刀，便从马上被拖将下去。另有一人跳到乔泰身后，勒住他的脖子，将他一把拽下马来。还有二人直冲陶干与管家袭去。

车夫们见此情形，纷纷跳下地来躲入林中，立时跑得不见了踪影，狄府几名家仆也拔脚四散奔逃。

狄公乘坐的车窗前赫然冒出两个蒙面人。洪亮当头

---

[1] 在 1962 年英国初版中，此处有一原注：见《铜钟案》。

赴兰坊半路遭险情

挨了一棍，立时昏厥过去。狄公眼见一支长矛刺入车中，连忙闪身避开，又迅即出手抓住矛柄。外面那人猛往回拉，想迫使狄公撒手。狄公先是紧紧握住，又猛地朝外一送，那人朝后踉跄跌去，于是狄公夺下兵器，越窗而出，将一支长矛舞得上下翻飞，使贼人不得近前。偷袭洪亮之人手持一根大棒，方才那匪长矛脱手后，又抽出一柄大刀来，此时一同上前与狄公交手。狄公见这二人来势汹汹，心想自己怕是难以久敌。

再说二匪将马荣拉下马后，预备着等他一起身便挥刀砍去，只可惜运气不佳，偏偏遇到一个武艺高强的对手。马荣曾经以拦路劫财为生，与乔泰同为绿林兄弟，在江湖上颇有名气，直到遇见狄公后才改邪归正。[1] 说起道上的恶斗来，马荣可谓了如指掌、样样精通，此时并不站起，而是就地将身子一扭，捉住一匪的脚踝猛拽一把，那人立刻身子歪斜失去平衡，同时又出拳朝另一人的膝头用力击去，然后才一跃而起。前一人兀自脚下踉跄时，马荣冲他头上补了一拳，迅即转身后，再朝抱着膝盖的后一人面门上踹了一脚，直踢得那人朝后翻倒，差点跌断脖颈。

马荣抽出佩刀，见乔泰倒在地上，正与一个贴在他

---

[1] 在 1962 年英国初版中，此处有一原注：见《黄金案》。

背后的贼人殊死搏斗，另有二匪手持长刀站在一旁，伺机便冲乔泰刺戳，于是急忙奔上前去，拿刀捅入右边一匪的胸口，还来不及拔出兵刃，又抬脚踢向另一个的大腿根处，那人立时痛得弯腰倒地。马荣拣起劫匪丢下的长刀，一刀刺去，戳中乔泰背后那人的左肩下方，正欲扶乔泰起身时，忽听狄公叫道："当心！"

马荣迅即转身，躲过了当头一棒，原来是袭击狄公的歹人跑来助阵，虽未打中马荣头顶，棒子却重重落在左肩上，马荣咒骂一声倒在地下。那人抡起大棒又朝乔泰头上砸去，乔泰此时已拔出佩刀，趁他双臂抬起时，俯身跳到近前，举刀深深刺进对方心口，直至没柄。

这时狄公正在独斗一个持刀之人，亦是速战速决，先举起长矛佯装要攻上前去，对方举剑欲挡。狄公忽然使个花招，长矛在空中划过一圈，正打在那人头上。

狄公命乔泰将几名贼人捆起，又奔向行李车那边。只见一匪躺在地上，两手抓着脖颈拼命挣扎，另有一匪手提狼牙棒，正朝车底看觑。狄公挥动长矛平拍在那人头上，将其打倒在地。

这时陶干从车底下爬出来，手中握着一根细绳。

"这里情形如何？"狄公问道。

陶干咧嘴笑道："一个贼人打倒了管家，另一个在我头上扫了一下，我便惨叫一声，顺势倒下，并未拔脚逃走。他们以为我受伤不起，便开始搬动箱笼，哪知我悄悄爬起身来，从背后甩出套索，套在离我最近的一贼头上，然后藏在车下收紧绳头。另外一贼若要近前，则会自居险地，手中纵有兵器也是无用，正在左右为难时，老爷倒是替他做了个了断。”

狄公听罢不觉发笑，又闻得马荣大骂，赶紧飞奔过去。陶干从袖中抽出一根细绳，将二贼的手脚牢牢捆住，这才放开套在其中一贼脖子上的绳圈，那人已被勒得奄奄一息。

陶干人过中年，看似枯瘦无力，却极其狡黠，这二贼便是上了他的当。陶干曾行走江湖多年，专以坑蒙拐骗为生，有一次身陷危境，碰巧被狄公解救，从此追随狄公效命左右。他对江湖上正邪两道皆是了如指掌，在诱捕罪犯与搜查证据时极为得力，又有一肚子意想不到的奇招怪式，那个面色青紫的贼人今天算是领教了一二。

狄公走到前头，只见最初偷袭马荣时头上吃了一拳的贼人已然恢复元气，正在与乔泰徒手相搏。马荣的左肩挨了一棒后，左臂酸痛不已，只能蹲坐在地上，挥动右拳与一贼对打。那人身材小巧，手持一柄匕首，在马荣身前身后来回腾挪跳动。

狄公见状举起长矛。就在此时，马荣捉住对方持刀的手腕用力一拧，匕首掉在地上，又使力将那人朝下一压，抬腿将膝头顶在对方小腹上。那人禁不住惨叫一声。

马荣费力地抬起脚来，对方用另一只手冲着马荣的头上肩上不住捶打，然而气力甚弱，竟似无物一般。马荣气喘吁吁地对狄公叫道："老爷可否将他的面罩摘下？"

狄公扯下裹在那人面上的头巾，马荣叫道："老天！原来是个小娘子！"

但见那年轻女子两眼喷火、怒目而视，马荣大为惊异，不觉松手。

狄公迅速将那女子的两臂扭在身后，怒喝道："匪帮中偶尔也会有这般自甘堕落的女子入伙。将她也用绳子绑起，同那几人一样！"

马荣见乔泰已然得胜并将对方捆起，便叫他过来动手，自己站在一旁，搔着头皮不知所措。乔泰上前将那女子两手反剪捆在身后，女子始终一言不发。

狄公走到女眷乘坐的车前。只见大夫人伏在窗边，手中握着一把匕首，其他几人缩在被褥下面，吓得魂不附体，于是安慰众人说已经化险为夷。

这时几名家仆与车夫纷纷从藏身之处重又露头转回，连忙点起火把。

在闪烁的火光中，狄公查看了一番恶斗后的结果，自己这方几乎并无伤亡。洪亮已苏醒过来，陶干帮他在头上扎好了绑带。老管家与其说是被人打晕，倒不如说是吓昏过去。马荣脱下上衣，坐在一截树桩上，左肩处青紫肿胀，乔泰正在替他涂抹药膏。

马荣杀死二贼，乔泰杀死一贼，另有六匪受伤，轻重不等，惟有那女子毫发无损。

狄公命家仆将众匪捆起，又置于行李车顶上，死尸抬入另一辆车中，那女子则随众步行。

陶干捧出保温竹篮，给众人送上热茶。马荣只漱了一口便吐在地上，对乔泰说道："这伙贼人个个手法粗糙，我看不像是劫道的行家里手。"

"不错，"乔泰赞同道，"他们既有十人，理应干得更地道些。"

"依我看来，他们干得已经足够地道了。"狄公淡淡说道。

众人不再言语，又喝了一杯茶，个个筋疲力尽，无意再说长道短。只听得家仆们窃窃私语，受伤的匪徒口中呻吟不已。

稍事休整后，一行人马重又上路。两名家仆举着火把在前照亮。

又过了半个时辰，众人方才越过最后一道山梁，终于走上一条宽阔的大道，过不多久，便望见兰坊城北门上的雉垛森然浮现于夜空之中。

第二回

破落衙院提审劫匪　冷寂档房翻出旧文

乔泰抬头打量，只见城门十分坚固，上方还建有高大的谯楼，不免有些惊异，又想起兰坊位于边陲之地，须得时刻提防以游牧为生的胡人从北方大漠突袭而来。

乔泰驱马上前，提起刀柄，在镶有铁制门钉的城门上连敲数下。

等了半日工夫，谯楼上有一扇小窗的遮板打开，有人粗声粗气地喝道："晚上城门关闭，且等明早再来！"

乔泰重重擂门，大声叫道："县令老爷驾到，还不赶紧开门！"

"哪里来的县令老爷？"那人问道。

"新任兰坊县令狄老爷在此，你这蠢货，还不把门打开！"

只听"砰"的一声，窗外的遮板重又关合。

马荣赶到乔泰身边，开口问道："为何迟迟不见开门？"

“这起懒鬼正在打瞌睡哩!”乔泰怒道，说话时又举起刀柄砸门。

这时听得铁链“哐啷”一响，沉重的大门缓缓开启，两名守卒现身出来，衣着邋里邋遢，头上戴着锈迹斑斑的铁盔。

乔泰纵马驰入，险些将二卒踩在蹄下，口中骂道：“你们两个懒鬼，快将城门大开!”

二卒对着马荣乔泰瞋目而视。其中一人张口欲言，见乔泰怒形于色，到底没敢吱声，与同伴合力将大门推开。

一行人马穿过城门，沿着幽暗的大街朝南走去。

城内到处冷冷清清。此时一更未过，街道两旁的店铺却都已关门闭户，窗上的厚木遮板盖得严严实实。

路边不时可见货摊，百姓们三五成群聚在油灯下，见有车马经过，只是报以漠然一瞥，便又转过头去自顾吃喝。

新任县令驾临，既不见一人前来相迎，城内也全无一点欢庆的迹象。

车马经过一座高高的跨街牌坊，大街在此处分为左右两条，正对面一堵高墙。马荣乔泰见此情形，心知这便是兰坊衙院的后墙了。

众人折向东边，沿墙直走到一扇大门前。只见门上高高悬着一面木匾，饱经风雨侵蚀，上书“兰坊县衙”四个大字。

乔泰跳下马来，走上前去大力敲门。

出来应门的是个矮胖男子，身着一件打了补丁的长袍，一副乱蓬蓬的胡须肮脏油腻，两眼明显斜视，举起灯笼打量一下乔泰，张口斥道：“你这丘八，莫非不知衙院闭门不开？”

乔泰一听勃然大怒，一把揪住那人的胡须大力摇晃，将其脑袋在门柱上撞得咚咚作响，直到对方哭叫告饶方才松手，厉声喝道：“新任县令狄老爷在此，赶紧开门，再叫衙内一干人等通通出来！”

那人连忙推开两扇大门，车马鱼贯而入，行至中庭内止步，迎面便是阔大的花厅。

狄公下车环视四周，只见花厅的六折门全都上锁加闩，对面的公廨窗户紧闭，到处漆黑一片，不见一个人影。

狄公袖起两手，命乔泰将看门人带来。

乔泰拽着那人的衣领，将其提到近前，矮胖男子赶紧跪倒在地。

狄公喝问道：“你是何人？前任匡县令又在何处？”

“小人乃是衙内狱吏。”那人吞吐说道，“匡老爷今日一早便出了南门，离开兰坊城了。”

“县衙大印又在哪里？”

“想必是在公廨中的什么地方。”那人颤声答道。

狄公终于忍无可忍，顿足叫道：“守卫何在？衙役何在？还有书办吏员，等等。这县衙简直岂有此理，人都到哪里去了？”

“衙役班头上月便已离去。主簿告病休假已有二十余日，还有……”

“这么说来，除你之外再无旁人了。”狄公打断那人的回话，转头对乔泰命道，“将这厮关入自家大牢里。我且去看看到底有何古怪！”

狱吏开口叫屈，乔泰左右开弓赏了他两记耳光，然后捉住两手反剪在背后，推他转过身去，猛踹一脚，张口喝道：“带路去大牢！”

大牢位于衙院左厢，正在空无一人的三班房后面。牢房显见得许久不曾用过，不过门扇看去倒还结实，窗户上装有铁栅。

乔泰将那人推入一间狭小的牢房中，锁上牢门。

狄公说道：“我们去大堂和公廨中瞧瞧！”

乔泰提着一盏灯笼照亮，倒是毫不费力就寻到了大堂正门，上前一推，双扇门嘎吱吱开启，铰链皆已生锈。

乔泰提起灯笼一照，只见大堂内空空荡荡，青石地板上蒙着厚厚一层尘土，四壁结满蛛网。狄公走到高台前，只见案桌上铺的红布已是破旧褪色，一只硕大的老鼠迅疾跑过。

狄公示意乔泰过来，然后登上高台，绕过案桌，掀起后墙上悬挂的帷幕，露出一扇通往二堂的小门，抬手处兜头落下一团尘雾。

二堂内只有一张松散摇晃的书案，一把靠背破损的扶手椅，还有三只木头脚凳。

乔泰推开对面墙上的门扇，迎面扑来一股潮湿的霉味，室内四面靠墙摆着搁架，上面摞有一排排皮制公文箱，箱面上遍生绿霉。

狄公见此情形，摇头咕哝道："好一堆案卷文书！"随后抬脚踢开通往走廊的门扇，默默踱回中庭，乔泰提着灯笼在前照亮。

马荣陶干已将抓来的匪徒关入牢内，三具死尸暂时放入三班房中。狄府管家正在督管众仆从搬运箱笼，对老爷报曰后面的内宅看去甚是妥当，前任县令将一应物事都放置得井井有序，房间也均已打扫过，家具洁净且完好无损，自家厨子正在灶房中生火。

狄公听罢，长吁了一口气，总算略略放心，至少家眷子女能有个安身之处。

狄公命洪亮马荣下去歇息，带着铺盖卷暂且在内宅的厢房中过夜，随后示意乔泰陶干同来，三人一路走回凄寂冷清的二堂内。

陶干将两支点燃的蜡烛放在桌上。狄公小心翼翼在扶手椅上坐下。两名亲随先吹去脚凳上的尘土，然后各自落座。

狄公抱臂据案，半晌默然不语。

如此景象看去颇为古怪，三人仍是一身行路打扮，褐袍上不但沾有泥土，且还扯破了几处，全是拜途中一番恶斗所赐。摇曳不定的烛光下，个个看去面色憔悴、疲惫不堪。

狄公终于开口说道："诸位，时候已是不早，人人又饿又乏，不过此地的种种古怪情形，你我皆已看在眼里，因此想与你二人议论一番。"

陶干乔泰不住点头。

"这兰坊城着实令我大惑不解。"狄公接着说道，"前任县令在此任职三年，内宅倒是一切完好，大堂却显见得从未用过，且又将全体衙员打发回家。想必早有信使快马先行，通报过我今日午后即将到任的消息，他竟连句话也不留便一走了之，还将官府印信托付给那个无赖一般的狱吏，主管地方的其他人员也统统装聋作哑，对我们全不理睬。不知你们如何看待?”

“老爷,”乔泰发问道,“莫非是当地百姓预备要造反不成?”

狄公摇头说道:“城内看去确实冷冷清清，店铺关门也早得不同寻常，不过并无骚乱迹象，也不见街垒路障或其他防范措施。街上百姓并未流露出敌意，只是漠不关心而已。”

陶干若有所思，捻着左颊上的三根长毫，开口说道:“我曾经脑中一闪，疑心莫非有虫灾或凶险的疫病正在此地肆虐，不过又见百姓们在街中悠闲吃喝，毫无恐慌之态，于是便打消了此念。”

狄公以指代梳，从长长的颊须中篦出几片枯叶来，又道:“我不想传狱吏前来详问究竟，那厮一看就绝非善类!”

这时管家进来，后面跟着两名家仆，一人手托大盘，盘内有几碗米饭和热汤，另一人提着一只大茶壶。

狄公命管家给关在狱中的囚徒也送去些吃食，然后三人默默用饭，潦草吃罢后，又饮了一杯热茶。

乔泰手捻髭须沉思半晌，开口说道:“老爷，依我看，马荣说得一点不错，在山间拦路打劫的那伙匪徒，根本不是真正的绿林中人。叫他们来问问此地的情形如何?”

“好个主意!”狄公赞道，“你去找出领头之人，再带他过来!”

过不多久乔泰转回，拽着铁链领进一名囚犯，非是别个，正是手持长矛欲刺狄公的那人。狄公上下打量一眼，只见他身材健壮，相貌端正，神情坦率，看去不似山贼，倒更像是小店主或工匠一类人物。

那人在桌案前跪下，狄公命道:“报上你的姓名、生业!”

“小民姓方，”那人恭敬答道，“不久前还在兰坊城内打铁，方家居住在此已有数代。”

“你放着家传的正经生意不做，偏要去落草为寇、铤而走险，又是为何?”

方铁匠低头闷声答道:“小民意欲杀人害命，犯下大罪，想来必死无疑，甘愿认罪就是。老爷为何还要多此一举，提小民来问话?”

狄公听他言语中透出无限绝望，便徐徐说道:“本县总要先听人犯讲过所有来龙去脉，然后再做决断，从不会贸然定罪。方才所问之事，你且如实招来!”

“回老爷话，”方铁匠叙道，“小民自幼跟随父亲学会了打铁，操此营生已有三十多年。家中除了老婆，还有一子二女，个个身强体健，每日不愁吃喝，不时还能有荤腥下肚，真是心满意足了。

“不料有一日祸从天降，小儿不幸被钱大户手下撞到，见他年少力壮，便强行拉去入伙。”

“这姓钱的是什么人?”狄公插话问道。

“还有哪个姓钱的!”方铁匠酸苦答道，“早在八年多以前，他夺了当地的大权，从此一手遮天，兰坊一半田地和超过两成的店铺房产都归他所有，不但包揽了全县的政事、讼事与军务，还定期给州府官员们赠送贿银，派人骑马前去，五日便可到达，声称如果不是有他坐镇，胡人早已越过疆界攻占了兰坊，那些人听了，也都信以为真。”

“如此情形实在太不寻常，莫非以前的几任县令，全都默不作声?”狄公问道。

方铁匠耸耸肩头，答道:“凡有县令到任，过不多久便会发觉，还是将实权交到钱大户手里，自己做个傀儡更加平安自在。只要他们有名无实，钱大户每月都会送上厚礼，他们日子过得倒是十分惬意，只苦了我们平头百姓。”

“你这一番说辞，听去甚为荒唐。”狄公冷冷说道，“在偏远地方，偶尔会有鱼肉乡民的恶霸出现，倒也是实情，有的县令性情软弱、忍气吞声，情形便会愈发可悲。

不过要说八年之中，居然到此任职的每一位县令都会屈从于钱某人的淫威，本县却是难以置信。”

方铁匠轻蔑地说道：“说来也是我们兰坊百姓运气不佳！四年前，曾有一位县令不肯与他为伍，不想只过了半月便曝尸河边，被人切断了喉咙。”

狄公忽然倾身向前，发问道：“那位县令可是姓潘？”

方铁匠闻言点头。

“当日朝廷得报，道是回纥人入侵，潘县令殉难于乱军之中。”狄公接着说道，“本县当时正在京城，还记得他的遗体被军队一路恭送入京，过后又追封为刺史。”

“那是钱大户下毒手之后掩人耳目的法子，”方铁匠漠然答道，“小民不但知道真相，还亲眼见过潘县令的尸身。”

“再往下说！”狄公命道。

“从此以后，”方铁匠接着叙道，“小民的独子便被迫做了钱家仆从，我再也没能见他一面。

“过不多久，又有一个下作的老婆子跑来保媒拉纤，说是钱大户想出十两银子买下我家长女白兰，被我一口回绝。三天之后，白兰出门去了集市，便再也没有回来。小民几次前去钱家，求他让我见上女儿一面，每次都被毒打一顿，然后赶出门去。

“家中痛失一子一女后，我老婆便生病卧床，于半月前断了气。小民提起父亲留下的大刀，一口气奔去钱家，却被守卫挡住，给了我一顿棍棒后，又被扔在道边等死。六七日前，一伙歹人放火烧了我的铁匠铺，小民便带着幼女玄兰离开兰坊城，加入了山中的一伙乡亲。他们也同为走投无路之人。今晚我们头一次上路打劫，不想正遇到老爷经过，玄兰也被一并捉住。”

堂内一片沉寂。狄公正欲朝后靠坐，猛然想起椅背已坏，连忙重又两肘据案，开口说道:“你这一席话听去甚是耳熟。匪徒一旦被官府捉住，上了公堂后，常会讲出如此这般的悲惨遭遇。你若是说谎，必将人头不保。若是供述属实，本县过后自会另行发落。”

“小民横竖已是没有指望。”方铁匠颓然说道，“就算老爷不砍我的头，钱大户也定会取我性命。那些同伴皆是一样，都是被钱大户残害到了这步田地。”

狄公示意一下，乔泰将方铁匠带回大牢。

狄公起身离座，在地上来回踱步。乔泰转回时，狄公站定沉思道:“那方铁匠口中所述显然俱是实情。兰坊城被一恶霸暗中操纵，县令只是有名无实的傀儡而已。当地百姓之所以举止古怪，这便是其中缘故。”

乔泰猛拍一下膝头，怒道:“莫非我们也得对那姓钱的恶棍低头不成?”

狄公淡淡一笑，说道:“如今已经入夜，你二人还是回去歇息，好好睡上一觉，明日还有许多公事要派给你们去办。我再坐半个时辰，翻看一下那些旧案卷。”

陶干乔泰一听，道是愿意留下助老爷一臂之力，却被狄公坚拒。

二人离去后，狄公取了一支蜡烛，走入隔壁房中，用衣袖揩去公文箱标签上的霉迹，只见上面标注的最近日期是八年之前，便将这一箱搬入二堂内，放在书桌上翻检起来。

狄公只粗粗一看，便瞧出其中大多为例行公文，然而在箱底却有一卷，注名“倪氏兄弟案”，于是坐下展开，从头浏览。

原来此案是因为倪守谦身后的遗产分配而引发。倪守谦曾任节度使，致仕后居于兰坊，已于九年前过世。

狄公不禁闭目回想。早在十五年前，自己尚在京师长安任秘阁校理一职，倪守谦已是蜚声朝野。此公极富干才，且又言行甚谨，为国为民真可谓呕心沥血，在地方广施惠政，在朝廷时献良策，正值圣上要封他为当朝宰相时，却突然以身体欠佳为由，辞去所有官职，竟去了边地某处悄然归隐。圣上也曾劝他三思，奈何倪守谦坚辞不受，到底挂冠而去，此事曾在京城中轰动一时，传为奇谈，是以至今犹记。

如此说来，倪守谦的暮年时光，正是在这兰坊城中度过的。

狄公再次缓缓展开案卷，从头至尾细细研读起来。

据卷中所载，倪守谦致仕后定居兰坊时，已是年过花甲，家中妻室亡故，膝下只有一子，名叫倪继，时年三十岁。倪守谦来到兰坊后，不久便续娶一少妻，却是一个姓梅的农家少女，年仅十八，虽是年纪悬殊、家世迥异，这对老夫少妻竟生下一子，取名倪善。

后来倪守谦卧病在床，自觉大限将近时，将倪继与少妻梅氏及幼子倪善叫到床前，道是将亲手所绘的一幅卷轴遗给少妻幼子，其余所有家产皆归长子所有，还说相信倪继定会妥善处理此事，使其继母与幼弟得到应有之份，说完后便撒手人寰。

狄公看过案卷的日期，得知如今倪继应是四十左右，寡妇倪梅氏年近三十，其子倪善年方十二。

据案卷所述，倪守谦下葬之后，倪继便立即将继母幼弟逐出家门，声称其父临终前的遗言分明暗示出倪善并非倪家骨血，梅氏既然不守妇道，自己也就无须照拂她母子二人。

梅氏随即去县衙大堂状告倪继，驳斥其口头遗嘱的说法，要求依照常例，分给倪善一半家产。

当时钱大户刚刚开始独霸兰坊，县衙看似对此案坐视不理，全无一些作为。

狄公收起案卷。乍一看去，梅氏并无太多胜算。倪守谦留下的遗言，再加上老夫少妻年纪相差悬殊的事实，的确暗示出梅氏曾红杏出墙。

转念一想，如倪守谦这般品德超迈的卓越人物，竟会选择如此奇特的方式表明倪善并非自己的亲骨肉，也实在令人怪讶。若是他当真察觉少妻与他人有染，理应悄悄将她休掉，再将母子二人遣送至遥远的异地他乡去，便可保全自己的体面与倪家声誉，为何又要以画卷相赠呢？

还有一事也很古怪，倪守谦并未留下白纸黑字的遗嘱。他为官一生、世情通透，理应深知口头遗嘱几乎总是后患无穷，会引起家中无数纷争。

此案不但颇有值得详查之处，或许还能从中发掘出倪守谦当年突然辞官的秘密所在。

狄公又翻检了一回，却没能找到与倪家一案有关的其他文书，也没见到对钱大户不利的任何明证。

狄公将所有案卷收回箱内，坐在椅中久久沉思，心里盘算着铲除恶霸钱某人的种种计策，然而思绪却又不时转回到倪守谦及其令人费解的遗赠上去。

只听“毕剥”一声爆响，一支蜡烛终于燃尽。狄公长叹一声，擎起另外一支，起身朝内宅走去。

第三回

集市中目睹强横事　茶馆内耳闻忧心辞

次日清早，狄公一觉醒来，发觉竟然睡过了头，不禁十分懊丧，匆匆用过早饭后，旋即奔去二堂。

只见二堂内已经上上下下打扫干净，座椅修复完好，桌面光可鉴人，狄公平素最喜爱的文房四宝已妥帖陈列于案头，一看便知定是洪亮亲手布置。

狄公在档房中寻到了洪亮。洪亮陶干将此屋也已清扫过，打开门窗通风透气，又给朱红皮制公文箱的表面打蜡上光，如今正弥漫着一股宜人的气味。

狄公满意地点点头，回到书案后坐下，命陶干去叫马荣乔泰。

四名亲信齐集后，狄公先问洪亮马荣伤势如何，二人答曰全然无碍。洪亮头上裹的绷带换成了一片膏药，马荣的左臂虽仍有几分僵硬，但是已可活动。

马荣禀报曰今日一早与乔泰查看过县衙武备库，发现里面存有不少上好的刀枪剑戟与铁盔皮衣等物，只是老旧蒙尘，须得好好擦洗一番。

狄公徐徐说道：“方铁匠一番言语，透露出此地情势非常的原因所在，听去颇为可信。若是他所言句句为实，我们就必须先发制人，赶在钱某人发觉我意欲和他为敌之前抢得先机，趁他尚未知情时攻其不备，正如常言所道：‘咬人狗儿不露齿！’”

“老爷对那狱吏将如何发落?”洪亮问道。

“暂且关在原处。”狄公答道，“昨晚我一时起意将那厮锁入牢中，实属侥幸之举。他显然是钱某人的细作，若是不曾羁押，定会立即跑去主子面前详报关于我等的情形。”

马荣张口欲问，狄公却扬手示意一下，接着道：“陶干，你这就出去走一趟，多多打探有关钱某人及其手下的消息，还有富裕乡绅倪继的情形，此人乃是出名的节度使倪守谦之子，倪守谦已于八九年前在兰坊亡故。

“我与马荣也即刻出门，去城里四处走走。洪亮乔泰留下，督管衙内一应事务。各处大门仍旧锁上，我不在衙院时，任何人不得出入，惟有管家可以独自出去买些吃食。

“及到正午时分，大家再返回此处碰面!”

狄公从座中立起，戴上一顶黑便帽，身穿简素的蓝袍，看去颇似悠闲自在的文人学士，与马荣一同出了衙院。

二人先是朝南而行，赏看了一回兰坊城内有名的宝塔。这宝塔建于莲池中央的湖心小岛上，沿岸植有许多垂柳，万千青条在晨风中轻轻摇曳。二人看过后，又混入人流，朝北而去。

此时时辰尚早，路上行人往来如常，大街两旁的店铺生意兴隆，不过几乎听不到欢声笑语，众人皆是低声交谈，并且开口之前，总要先左顾右盼一番。

二人行至衙院北面的二层牌楼，朝左一转，向鼓楼前的集市走去。集市内的景象颇为新鲜有趣，越过边界而来的外邦商贩们正在哑声叫卖，衣服样式奇特、色彩艳丽，还不时可见手托钵盂的天竺僧人。

只见一名鱼贩子正与一个衣着齐整的青年后生激烈口角，引得一群好事之徒纷纷上前围观，显然是由于卖家要价过高而起此争执。那后生到底将一把铜钱掷入鱼贩子的竹篮中，愤愤说道："此地若是法度严明，谅你断乎不敢在光天化日之下欺骗乡民！"

这时忽然闪出一个宽肩阔背的大汉，上前揪捽住那后生，扯得他原地一个转身，又扬手甩出一记耳光，高声骂道："叫你混说钱大人的坏话！今天算是吃个教训！"

马荣见状，意欲上前拦阻，却被狄公紧紧拽住胳膊。

围观者立时四散而去。那后生一言不发，揩去嘴边的血迹，也自顾走开。

狄公冲马荣使个眼色，二人紧紧跟在后面。

眼见那后生走入一条僻静的小巷，狄公快步赶上前去，开口说道："这位相公，请恕在下唐突，适才撞见相公被那无赖欺侮，为何不径去县衙告他一状？"

后生闻言站定，对着面前二人狐疑地上下打量几眼，见狄公气宇轩昂，马荣身形魁梧，便冷冷说道："你二人若是钱家的耳目，想要挑唆我惹祸上身，可是打错算盘了！"

狄公前后左右打量一下，见巷中无人，便徐徐说道："相公误会了。在下乃是新任兰坊县令狄仁杰。"

后生一听，面色立时变得煞白，直如白日见鬼一般，手抚前额努力定一定神，深深吁了口气，面露喜色，躬身一揖，恭敬说道："小生姓丁名毅，乃是丁护国将军之子，从京师长安迁来此地，如今是一名贡生。久闻老爷大名，这兰坊城总算迎来了一位名副其实的父母官！"

狄公听罢这一番称颂，微微颔首致意，隐约记起那丁护国将军多年前曾领军北征，在边陲之地与胡人大战，取胜后班师回朝，不料却被勒令休致，仕途就此告终，不禁心中暗自思忖丁毅身为将门之后，为何竟会移居这等偏远之地，于是说道："这城中有许多古怪之处，本县正想听你细细道来。"

丁毅并未立即作答，思忖一二刻后应道："此事不宜在人多处谈论。小生想请老爷喝杯清茶，不知可否赏光?"

狄公点头应允，三人随即去了一家茶坊，正在此巷的拐角处，又挑了一张离众稍远的桌子坐下。

伙计送上茶后，丁毅低声说道："兰坊城内有一恶霸，姓钱名茂，独揽此地所有大权，无人敢与之作对。钱宅中畜养的地痞流氓约有百人之多，整日里无所事事，只在城内四处游走、欺压百姓。"

"他们身上可否带有家伙?"马荣问道。

"这些无赖上街时，只随身携有棍棒和刀剑。不过要说钱宅内备有许多兵器盔甲，小生以为丝毫不足为怪。"

狄公问道："在兰坊城中，你可曾常常看见越界而来的胡人?"

丁毅断然摇头道："小生在此城内，还从未见过一个回纥人。"

"如此说来，钱茂上报官府的所谓胡人来袭，显然都是捏造而成，"狄公对马荣说道，"全是为了让官府相信非得有他们一伙人在此坐镇不可。"

马荣问道："你可曾去过钱家宅院中？"

"绝无此事！"丁毅叫道，"对那一片里巷，小生从来都是绕道而行。钱茂命人在宅院外竖起两道高墙，还在四面各自修建了一座角楼。"

"当初他如何篡夺了此地的大权？"狄公问道。

"他从其父手中继承了万贯家财，却未能继承哪怕一分一毫的卓越品格。"丁毅答道，"钱父在兰坊土生土长，专做茶叶生意，为人诚实勤勉，日久积富。兰坊原本位于通往于阗与其他西边属国的要道上，往来客商云集，于是成为重要的商埠，然而就在几年前，横穿沙漠的路途中，有三片绿洲变得干涸，通商要道因此朝北迁移了三百里地。从那时起，钱茂收买了一群地痞无赖以壮声势，后来便自立为一城之主。

"此人聪敏果决，颇具将才，倒是从军的好材料，只可惜性情跋扈、目中无人，宁愿在此处称王称霸，不受任何人拘管。"

"如此情形，真是大非幸事。"狄公议论了一句，端起茶盅一饮而尽，起身欲走。

丁毅连忙倾身朝前，恳请狄公再稍稍逗留一刻。

狄公心中迟疑，但见丁毅面色愁郁，到底重又坐下。丁毅将三人的茶盅逐一满上，看去似是茫然不知该从何说起。

“丁公子，你若有什么心事，”狄公说道，“只管照直说来，无须多虑！”

“实话对老爷讲，”丁毅说道，“有件事一直重重压在小生心里，不过与恶霸钱茂无关，却是家事一桩。”说到此处又住口不语。

马荣颇觉不耐，身子在座中左右挪动几下。

丁毅鼓足勇气，又道：“老爷明鉴，有人想要谋害家父的性命！”

狄公扬起两道浓眉，说道：“你既能预知此祸，想要设法避免，按理说应该不是难事！”

丁毅摇一摇头，“还请老爷听小生从头道来。老爷许是听说过家父被下属诬告一事，那恶人姓吴，原是一名副将，只因对家父北征时的胜绩心怀妒恨，于是横加诬告，虽然并无明证，朝廷兵部仍是勒令家父休致。”

“不错，本县记得此事。”狄公说道，“莫非令尊也住在兰坊？”

“家父之所以移居边地，一来是由于家母生前祖籍兰坊，二来是他一心想要离开都市大埠，免得遇见旧日同仁时彼此尴尬。若是住在此地，我们父子大可清静度日。

“谁知一月之前，小生留意到敝宅附近时常有人逡巡来去，形迹十分可疑。六七日前，我悄悄尾随其中一人，见他一直走到城内西北角的一家小酒肆中，店名叫作‘长春’。我又去旁边一家店铺中打问，得知吴副将的长子吴峰就住在那长春酒楼中，自是大吃一惊！”

狄公面露疑色，发问道：“吴副将为何要命他儿子前来骚扰令尊？他已经害得令尊前程尽毁，再有任何不轨形迹，只会自速其祸。”

“小生深知他们父子的诡计！”丁毅急切说道，“家父在京师的一班故旧好友已然寻出了当年诬告的证据，那姓吴的得到风声，为了救自己一条狗命，于是派遣其子前来谋害家父。老爷想必不知那吴峰是何等人物。他嗜酒成性，最是行止放荡，且又酷爱好勇斗狠，既已花钱雇下几名地痞流氓窥伺敝宅，一旦得了机会，定会立下狠手！”

“即使如此，本县一时也难以插手此事。”狄公说道，“只能提醒你多多留意吴峰的一举一动，并在贵府内外采取若干简便易行的防范手段。不知吴峰可与钱茂有所勾结？”

“这倒没有。”丁毅答道，“吴峰显然无意为钱茂效力。至于防范手段，家父自从退职还家后，就曾收到过恐吓书信，因此敝宅的门户日夜上锁加闩。家父不但绝少外出，而且命人将他书斋的所有门窗都砌砖堵死，只留下一扇门用以出入，且只配有一把钥匙，家父时刻带在身上。他一进书斋，便会立即闩上房门，为了编纂一部关于边陲战事的史书，平日里大半时间都在其中消磨。”

狄公命马荣记下丁家宅址，原来离此处不远，就在鼓楼前方。

狄公起身欲走，嘱道：“若是遇有什么变故，切记前来官府报之。此刻本县非得告辞不可，丁公子亦知担任兰坊县令大非易事。待我清算了钱茂一党之后，再来详究你方才所言之事。”

丁毅谢过狄公，将二人恭送至茶坊门口，又躬身施礼道别。

狄公与马荣踱回大街。马荣议论道：“那后生让我想起了‘杞人忧天’的说法来！”

狄公却摇头沉思道：“此事颇多古怪之处，令我甚为不喜。”

第四回

陶干禀报钱宅秘事　狄公巧设衙内计谋

马荣闻听此言，不禁大为惊异，狄公却未再详论究竟，二人默默走回衙院。乔泰出来开门，并报曰陶干正在二堂内等候老爷。

狄公传令唤洪亮前来，待四名亲信在书案前坐定后，方才简述一番与丁毅偶遇的经过，然后命陶干报来。

陶干一张瘦脸比平日拉得更长，开口叙道："回老爷，情势看去对我等颇为不利。那钱某人根基深厚、势焰熏天，一面搜刮劫掠一方财富，一面却又留神不去冒犯从京师移居此地的世家大族，免得他们向朝廷上报些对他不利的消息。这些贵人包括老爷刚刚遇到的丁贡生之父丁将军，还有节度使倪守谦之子倪继。

"钱茂行事十分精明，因此倒不逼人太甚。他虽然从兰坊的所有行当户抽利颇多，但也留给商贾们适度的余钱，并且多少还能维持地方安稳。若是有人偷窃或争斗时被捉住，钱茂的手下便会当场将其打个半死。这些泼皮打手们在饭铺酒肆中白吃白喝确是实情，不过钱茂一向出手阔绰，他本人及其手下也照顾了许多大商号不少生意，受害最烈的实为小店主、工匠或手艺人。总而言之，兰坊百姓已然听天由命、得过且过，只因稍有不慎，便会落入愈发悲惨的境地。”

“钱茂的手下对他可否忠心？”狄公插言问道。

“他们又怎会不忠心呢？”陶干说道，“这伙泼皮大约有一百来人，整日酗酒赌博。钱茂不但从市井无赖中招募人手，还挑选了不少军中逃卒。钱家大宅就在北门附近，看去好似一座要塞，院墙高耸，墙顶竖着一排铁蒺藜，正门前还有四个全副武装的家丁日夜把守。”

狄公缓捋颊须，默然半晌后又发问道：“关于倪继，你可打听到什么消息？”

“倪继住在水门附近，如同归隐一般深居简出。”陶干答道，“不过关于其父倪守谦，即已经故去的节度使大人，却流传着许多故事。据说他性情乖僻，长年住在东门外山脚下的一大片田庄里，其中有一幢老旧阴暗的房舍，四周密林围绕，迄今已有二百年之久。倪公在房舍后面又造了一座迷宫，占地大约六七亩，宫内道路两旁皆是茂密的灌木丛与巨石，形成围墙一般难以逾越的屏障。有人说里面毒蛇遍地，还有人道是沿途设有许多机关陷阱，总之极尽凶险之能事，众人都以为即使倪公本人也不敢入内，谁知他竟是几乎每日必去，还在其中盘桓个把时辰。”

狄公听了陶干这一番话，不觉十分起兴，出声赞道：“此事果然离奇！莫非倪继也时常去那乡间别墅？”

陶干摇头答道：“非也。倪公刚一下葬，倪继便立时离去，从此再未踏入一步。那座别业一直闲置，只留下一对老夫妻看守门户，听说附近时常闹鬼，倪公的幽灵会在夜间四处游荡，因此人人都对那一带敬而远之，即使大白天也绕道而行。

“倪公在城内还有一座宅院，就在东门内，但是倪公过世后，倪继便立刻将旧房卖掉，在城对面另购一处，居住至今。新宅坐落在西南角的一片空地中，靠近河边。我来不及跑去亲自查看，不过听说十分气派，四周筑有高墙。”

狄公起身离座，在地上来回踱步，半晌后不耐烦地说道：“想要铲除钱茂，终归得诉诸武力，我并没太多兴趣。此事极像一盘棋局，对手的路数与高下，自始便一目了然，并无任何隐晦不明之处。然而另外两桩疑难却令我深感兴味，一是倪公模棱两可的临终遗言，二是有人预先昭告丁将军会被谋害。虽说我更愿全力追查如此吊人胃口的奇事，奈何仍得先除去这当地一霸不可，真是好不恼人!”

狄公恼怒地揪一揪长髯，又道：“且罢，想来多说也是无益。我这便去用午饭，过后将首次升堂理事。”说罢离开二堂。

四名亲随直朝空荡荡的三班房走去，狄府管家已在那里为他们备好了一顿便饭。

众人进屋时，乔泰冲马荣递个眼色，二人停在外面的穿廊上。

乔泰对马荣低声道：“老爷怕是看轻了对付钱茂一事。你我都曾从军入伍，明知没有一点胜算。钱茂手下有上百人，且训练有素，而我方除了老爷之外，惟有你我能够上阵厮杀一番。离兰坊最近的军营关卡，也得骑马三天才能到达。要不要提醒老爷不可贸然行事？”

马荣捻着短短的髭须，低声答道：“你我所知的情形，老爷也已尽知。据我想来，他已盘算好了应对之策。”

“最上策便是不要与如此强敌硬碰硬。”乔泰说道，“对你我来说倒是无须多虑，但是老爷的家眷妻儿却如何是好？钱茂绝不会对他们略发善心。依我之见，你我理应去向老爷提议，不妨先假装对钱茂俯首帖耳，日后再见机行事、攻其不备，不消半月便可调来军团助战。”

马荣摇头道：“不请自来的献策，向来只会讨人嫌。

你我还是稍事等候，观望一下再说。我倒觉得如能力战而死，实为再好不过的死法。”

“好吧，”乔泰说道，“若是当真动起手来，我至少能以一敌四。如今且去用饭，方才所言莫要泄露一字出去，不必令洪都头和陶干白白担惊受怕。”

马荣点点头。二人走入三班房，坐下大吃大嚼起来。

一时众人饭毕，陶干揩揩下颌说道：“我替老爷当差已逾六年[1]，自以为对他了解颇深，不过这次却是大惑不解。如今正值大敌当前，铲除钱茂一事刻不容缓，且又万难措手，为何他却把心思放在一桩陈年讼事和一起或许根本不会发生的杀人案上。洪都头，你追随老爷几十年，不知有何高见？”

洪亮正左手撩起胡须，右手端着汤碗，抓紧喝完最后几口，将碗轻轻放回桌上，微微一笑说道：“这些年里，要说揣摩老爷的心思，我只学到了一样乖巧，那便是对他言听计从即可，切勿自作聪明！”

众人闻听发笑，起身转回二堂。

洪亮正助狄公换上官服时，狄公简短命道：“鉴于衙内无一吏员差役，今日你们四个必须在堂上暂代一时。”

---

[1] 依照高罗佩先生所作的年表，狄公在666年担任汉源县令并收服陶干，670年任兰坊县令，其间应是相隔四年。

说着掀开帷幕，从二堂走入大堂，又迈步登上高台。

狄公在案桌后坐定，命洪亮陶干站在左右两旁充作书吏，负责记录审案过程，马荣乔泰则站在高台前权当衙役。

马荣站定后，疑惑地望了乔泰一眼，二人都在寻思老爷为何非要摆出正式升堂审案的排场。乔泰眼见大堂空空荡荡，不由想起以往见过的戏台上的景象来。

狄公一拍惊堂木，郑重宣道："本县今日首次升堂。乔泰，将人犯统统带上！"

一时乔泰引着六名劫匪与那年轻女子回来，一根长长的铁链将几人拴在一起。

众犯行至高台前，只见大堂内清冷无人，县令老爷身着全套官服，端坐于破旧的案桌后方，不禁十分惊异。

狄公面色肃然，命陶干逐一记下各人名姓，以及从前操何营生，然后说道："尔等在官道上偷袭路人，企图谋财害命，犯下大罪，依律本当斩首，并籍没全部家产，再将人头悬在城门上示众三日，以儆效尤。

"不过，鉴于遇袭者并无一人身死，也未受重创，尔等被迫铤而走险，也是自有缘故，因此本县决定格外开恩，不予追究，只要答应一个条件，便可当即释放。

"条件便是所有人必须在兰坊县衙中充当差役，由方铁匠出任班头，从此为国为民竭诚效力，服役期限暂且未定，不过有朝一日，本县自会放你们出去。”

众犯一听，个个惊得目瞪口呆。

“老爷在上，”方铁匠开口说道，“我等蒙此大恩大德，实在感激不尽，不过也只是苟延残喘多活几日而已。老爷有所不知，那钱茂向来睚眦必报，且又……”

狄公猛一拍惊堂木，如雷霆般断喝道：“尔等抬头看着本县！仔细看好这公服上代表生杀大权的补子❶图样！须知举国上下，每时每刻，成千上万的大小官员身穿有此纹样的公服，都在为天下万民主持公道。自从上古时候起，圣人贤者们便创制出一套礼仪规范，正是用这些飞禽猛兽来作为长幼有序、尊卑有伦的象征，上承天意，下应民愿，千秋百代，流传至今。

“想必你们也都见过山中溪涧奔涌，若是将一根树枝插入水中，纵然能支撑一时半刻，过后终会被激流卷走不见踪影。同理亦然，偶有邪狞之徒，或是愚鲁之辈，一时逞凶作恶，想要破坏天下的秩序法度，如此行径必将遭到惨败，难道不是一清二楚之事么？

“这图样乃是正义的象征，我等切不可对此失掉信心，

❶ 又称“胸背”，简称“补”。即补缀于品官补服上的一块方形或圆形织物，前胸后背各一，是用来表示品级的徽饰。文官用飞禽，武官用走兽，各分九等。

更不可颓然自弃。

“尔等统统立起。来人，替他们解开锁链！”

县令老爷这一番训导劝诫，众犯虽然未能句句领会，但也深感其诚，不禁心中敬服，大为振奋。几名亲随却是听得字字入耳，深知老爷一席话既是为堂下案犯所发，也是借机开导他们几个。马荣乔泰连忙低头为众人解下铁链。

狄公又道：“至于尔等以前在钱茂手中受过哪些苦楚，过后可逐一向陶干与洪都头报上，本县届时自会在公堂上一一审理，不过眼下另有更为要紧的公事须办。你们六人立即去中庭内，将库存兵器与衙役穿的旧公服清洗干净，再由本县的两名亲随马荣乔泰指挥操练。方铁匠的女儿先去后面内宅中充当侍女，让宅内总管派你做些活计。退堂！”说罢起身转回二堂。

狄公换过家居便服，开始整理公文。这时方班头走入，躬身一揖，恭敬说道：“启禀老爷，就在我等当日劫道的山上，有一块临时搭起的营地，里面暂住着三十多名乡亲，都是因为钱茂无法无天而被迫逃出城去的，小人全都认识。除了五六个无赖之外，我敢担保余下的皆是正派良民，正想这几日或可跑去一趟，将其中身强力壮之人招进县衙来当差。”

“好个主意！”狄公赞道，“你这便骑马前去，挑选你认为适合的人选，让他们趁着天色将晚时进城，三三两两分成几路行走！”

方班头领命匆匆离去。

当日午后多时，衙院中庭内看去犹如兵营一般。

只见十人头戴黑漆头盔，身着皮衣，腰系红绦，一身正规衙役打扮，由方班头带着来回操练。另有十人身披轻型锁子甲，戴着锃亮的铁盔，手持长矛，由马荣指导练习格斗。还有十人归乔泰统领，正在听他传授使用刀剑时的各种诀窍。

县衙大门紧闭，洪亮陶干站在门口负责把守。

入夜之后，狄公命所有人员齐集大堂。

堂内只点着一支蜡烛，狄公在微光下对众人分头下令，又提醒他们务必肃静片时，不可弄出一点动静，然后吹熄烛火。

陶干走出大堂，小心关上门扇，手提一盏小灯笼照亮，穿过黑洞洞的廊道，直走到大牢中那狱吏在押之处，掏出钥匙打开牢门。

陶干解开将犯人系在墙上的铁链，尖酸说道：“只因你玩忽职守，没能妥善保管前任县令交托的印信等物，老爷下令将你遣走。过不了几日，自会重新招募衙员，头一个押上堂来跪地受审的，便是那无法无天的恶霸钱茂!”

狱吏并未答言，只是怒目相向。

陶干在前引路，二人一路走去，只见廊道漆黑，庭院空旷，三班房内冷冷清清，到处皆是幽暗寂静。

陶干打开门扇，冲那狱吏猛推一把，喝道:“赶紧出去！别让我再看见你那副嘴脸!”

狱吏轻蔑地瞥了陶干一眼，冷笑道:“你这狗头，我过不多久便会回来，比你料想的还要快些哩!”说罢便消失在黑暗的街中。

第五回

漆黑夜半众匪袭院　朝日初升三骑出征

午夜刚过，忽然响起一阵喧闹声，打破了衙院内的沉寂。

只听有人嘶声叫喊喝令，还有兵器碰撞的锵锵声。一根巨木正在撞击大门，隆隆声回荡在寂静的夜中。

然而衙院之内，仍是略无声息。

门板终于被撞裂，只听一声闷响，厚重的木门倒在地上。二十几个泼皮无赖闯入院内，手持棍棒刀剑，一个彪形大汉举着火把在前引路。

众泼皮涌进前院，高声叫道:“狗官在哪里？贼县令还不快滚出来!”

领头的大汉一脚踹开二门，抽出长刀站在一旁，让同伙鱼贯而入。

庭院内一片漆黑，伸手不见五指，贼众不由得暂且止步。

突然间，县衙花厅的六扇大门一时齐开，里面摆着两排灯笼火烛，将四下照得一片通明。

刚刚闯入的众泼皮被这乍暗乍明弄花了眼，恍惚中仿佛看见左右两旁皆是全身披挂的官兵，光亮照在头盔矛尖上，明晃晃分外耀眼，人人平端着一杆长矛，看去严阵以待。台阶下立着一排衙役，手中亦是刀剑出鞘。

台阶上方站定一人，身着全副官服，锦袍辉煌，头戴一顶乌纱帽，看去威仪凛凛。左右两旁立着两名大汉，身着骑兵百长的戎服，护心镜与臂甲闪闪发亮，尖盔上五色小旗飒飒飘动，一人张弓搭箭，早有准备。

狄公开口断喝，声如洪钟："兰坊县令在此！尔等还不赶紧弃械受降！"

持刀的大汉头一个回过神来，对贼众叫道："大家操起家伙杀出去！"话音未落，猛喘一口粗气，仰面朝天栽倒在地，喉头已被乔泰射出的羽箭洞穿。

就在这时，只听花厅内有人高声发令："朝后……转！"立时传来一片铁器叮当之音，还有重重的踏步声。

众泼皮面面相觑，不免惊慌失措起来。却见一人排众上前，对同伙叫道："弟兄们，我们中了埋伏！现有官兵在此！"说着将长矛扔在阶前，又解下腰上的剑带，叹道，"老子熬了六年才混到什长，想来又得从小兵重头做起了！"

漆黑夜半众匪袭院

马荣喝道：“谁在这里自称什长？”

那人一个立正，“小人姓凌，原是左翼第卅三军第六步兵营中的一名什长。敬听百长吩咐！”

“凡是军中逃卒，都走上前来！”马荣叫道。

立时有五人走出，在那什长身后排成一列，笨手笨脚地立正站好。

马荣命道：“你们将被送到营中，接受军法处置！”

此时其余泼皮已将兵器交出，衙役们接过后，又将贼人一一捆缚起来。

狄公说道：“百长，再去问问兰坊城中共有多少军中逃卒。”

马荣听罢，冲那什长大声喝问一遍。

“启禀老爷，大约四十左右！”

狄公手捋长髯，对马荣说道：“等你率军去巡察其他边县时，本县想留下若干兵士镇守此地。还请百长对参将提议，将这几名逃卒重新收编入伍。”

马荣随即喝道：“凌什长与五名兵士听好，现在你们各自回去，丢掉这身破破烂烂的便装，明日午时再来此处，务必依照军规，全身披挂整齐！”

六人高声应道：“遵命！”说罢仍旧列队出门而去。

狄公示意一下，衙役领命将众犯带去大牢，陶干正在彼处等候。

陶干一一录下十五个犯人的名姓，却见最后一人非是别个，正是不久前刚被遣走的那名狱吏，不由咧嘴笑道："你这厮所言真是不虚！回来得果然比我意料中还要早些！"说话间推得那人一转身，紧接着不偏不倚踹出一脚，使其重又跌回原先的牢房之中。

在中庭内，由方班头招募来的一班新人正肩荷长矛，列队朝三班房走去。

狄公见他们步伐齐整，对马荣微微笑道："操练了一下午，居然颇为见效！"说罢走下台阶。

两名衙役关上花厅的门扇。这时洪亮现身出来，拎着一堆破旧的铁锅、水壶和锈铁链等物。

狄公赞道："洪都头，你音声威武、气势如雷，正宜发号施令哩！"

次日一早，太阳刚刚露头，便有三人骑马出了兰坊县衙。

狄公一身猎装，走在当中，马荣乔泰身着骑兵百长的军服，全副披挂分列左右。

三人一路朝西而行。狄公回头望去，只见衙院上空，一面杏黄大旗正猎猎飘动，上有"中军"两个鲜红的大字，不禁对马荣乔泰笑道："为了赶制那面旗子，几位夫人昨晚一直忙到深夜！"

三人直奔钱家大宅驰去，只见门前有四名彪形大汉，手持长戟，森然兀立。

马荣走到四人面前方才收缰勒马，用手中长鞭一指大门，喝道："把门打开！"

昨晚放还的几名逃卒显然已将大军入城的消息传回。几名守卫略一迟疑，随即推开大门，狄公一行策马而入。

前院中约有二三十人，正三五成群凑在一处各自说得热闹，一眼瞥见三骑进来，心知曹操已到，惊得立时噤口收声。有几个原本手持刀剑的，也赶紧将兵器藏入衣褶袍缝内。

狄公一行并未顾视左右，旁若无人朝内行进。

马荣一骑在先，径直驰向通往二进庭院的台阶，狄公与乔泰跟在后面。

只见凌什长正率领三十来人，忙着打理身上披挂之物，或是为大刀长矛上光，或是给皮衣皮甲涂油。

马荣并未停步，边走边冲凌什长叫道："带上十人，跟我过来！"

后院内冷冷清清，几名家仆看见三人骑马闯入，急忙拔脚溜走。

马荣直朝里面一幢高大房舍而去，马蹄踏在青石板地上笃笃作响。朱漆雕花门扇甚为精美，可见此处必是宅内大厅。

三人甩镫离鞍，下了坐骑，将缰绳扔给凌什长手下。

马荣抬起铁靴，一脚踢开正中门扇，大步走入，狄公与乔泰跟在后面。

大厅中央有三人团团围坐一处，看去正在商议要事。居中之人身材高大，肩宽背阔，坐在一张蒙着虎皮的太师椅中，一脸横肉，神色傲慢，留着漆黑的短须，似是刚刚起床不久，身上仍穿着白绸睡服，外罩一件宽大的绛紫色家常锦袍，头戴一顶黑便帽。另有二人坐在对面的乌木雕花脚凳上，皆是年事已高，显然也是匆匆裹上衣物。

大厅内一派尚武气息，更像是一座武备库而并非是待客的厅堂。四周墙面上悬有各式刀枪剑戟，地上铺着大块兽皮。

那三人眼见狄公一行闯入，不觉目瞪口呆，竟至说不出一句话来。狄公亦是一言不发，自顾在一张空椅中坐下，马荣乔泰直走到钱茂面前方才止步，冲着他怒目而视。

钱家两名师爷急忙起身离开脚凳，退到主人的座椅后方。

马荣乔泰入室擒凶

狄公对马荣闲闲说道："百长，城内已由官军统管，捉拿歹人之务，本县就全托给你了。"

马荣转头叫道："凌什长！"

凌什长疾步跨过门槛，后面跟着四名手下。马荣问道："这几名人犯中，哪一个是恶贼钱茂？"

凌什长伸手一指坐在太师椅中的那人。

马荣喝道："钱茂，你犯下阴谋叛乱之罪，今日奉命前来捉拿！"

钱茂从座中跳起，立在马荣面前，用同样的高声叫道："你是何人？竟敢在老子家里撒野！来人，给我拿刀砍了！"

话音未落，马荣抬起带甲的铁拳，结结实实正中钱茂的面门。钱茂应声倒地，落在一张精致的茶几上，连同一套贵重的细瓷茶盅统统砸得粉碎。

大厅后方摆着一架大屏风，只见六条大汉从屏风后闪出，个个手持长刀，看去凶神恶煞一般，为首的晃着一把双刃利斧。

众保镖一见马荣乔泰全身披挂，猛地收住脚步。马荣抄起两手，厉声喝道："放下手中兵刃！对你们这帮小喽啰是否定罪，过后由我们长官定夺。"

钱茂的鼻梁骨已断，鲜血汩汩流出，滴落在衣袍前襟处，这时抬头叫道："休听这厮胡说！你们端了我钱家十年饭碗，先替我宰掉那个狗官再说！"

为首之人一听，举起利斧，直朝狄公奔去。

狄公端坐不动，缓缓捋着颊须，一脸不屑盯住来人。

"王大哥且慢！"凌什长叫道，"我不是已经跟你说过，如今城里来了大批官军？全城已尽被他们掌握，你我根本不是对手！"

持斧之人一听这话，立时犹豫不决起来。

乔泰不耐烦地顿足叫道："赶紧料理了这几个歹人，还有更要紧的事等着办哩！"说罢转身朝外走去。

此时钱茂已昏厥过去。马荣全不理会那几名保镖，蹲身下去动手给钱茂上绑。

狄公从座中立起，整整衣袍，对持斧者冷冷说道："将你手中的凶器放下！"然后转身背对此人，眼神凌厉地盯住那两名师爷。二人一直默默站在原地，在情势尚不分明时，显然打算观望一番后再做定夺。

"你们两个是什么人？"狄公冷冷发问道。

年长者躬身一揖，开口答道："回老爷话，小民也是迫于无奈，才做了钱某人的师爷。还请老爷听小人说……"

"你还是留着回衙后再讲不迟！"狄公打断那人的话

头，又对马荣道，“我们趁早回县衙去，只带走钱茂与两名师爷即可，至于其余人等，以后再来料理不迟。”

马荣迅速答道：“县令大人吩咐，小校自然从命！”

马荣冲凌什长示意一下，便有四人上来，将两名师爷捆起。乔泰解下缠在腰间的细铁链，在两头各打一环，分别套在二人脖颈上，双双拽出门去，又将铁链系在鞍头，说道：“你们要是不想被活活勒死，最好脚下快跑！”

乔泰与狄公分别登鞍上马。马荣将不省人事的钱茂横担在鞍上，对凌什长叫道：“将你的手下分作四班，每班十二人，分别负责拿下钱茂十名爪牙，然后再带去四方城门，将人统统锁在谯楼上。正午时分，会有军官前去各处城门巡视！”

“遵命！”凌什长应声答道。

三人策马穿过庭院，两名师爷在乔泰马后一路紧跟。

一个留着花白山羊胡的老者正在二进庭院中等候，跪在地上连连叩头。

狄公勒住马匹，问道：“你且起来，报上姓名！”

老者连忙踉跄爬起，躬身施礼，口中答道：“小民是这宅中管家。”

狄公命道：“你负责照看宅中的一应器物，以及所有仆从与女眷，直到县衙派人前来接管为止！”说罢继续前行。

马荣弯腰冲那管家侃侃说道："你以前可曾见过军中如何实施鞭刑？就是用细藤条慢慢抽到断气为止，经常要打上三个时辰哩。"

老管家一脸懵懂，只得恭敬答道以前从不曾见过。

"县令老爷方才吩咐的事体，若是你没能仔细照办，到时自会尝到这鞭刑的滋味！"马荣信口说罢，催马离去，留下管家站在原地，面如死灰，浑身如筛糠一般不住哆嗦。

三人驱马走出钱宅正门时，四名守卫连忙举起手中的兵器敬礼致意。

第六回

众行首应邀入衙院　倪夫人拜会献画图

狄公一行返回县衙。钱茂依然不省人事，两名师爷一路跑得气喘吁吁。马荣乔泰将这三人统统交给方班头看管，然后走入二堂。洪亮正帮狄公换上家常衣袍。

马荣将头盔朝后一推，揩揩汗湿的前额，由衷赞道："这真是我所见过唱得最响的一出空城计了！"

狄公淡淡一笑，说道："要是与钱茂兵戎相见，势必难以了局。即使我方果真有二百官兵，也非得血战一场不可。钱茂品性下劣，却又胆大妄为，他的爪牙喽啰们定会挑起一场硬仗。

"我自始便寻思如何才能智取，设法造出声势，让钱茂一党以为大势已去，而我方取胜有如探囊取物一般。我原本打算扮作一名节度使或是御史大夫，假托巡察边地，不过听到陶干报曰钱茂手下有不少军中逃卒时，便随即改了主意。"

"昨日钱茂手下偷袭县衙后，老爷放那什长与另外五人回去，岂不是太过冒险?”乔泰问道，“若是他们派人出去四处打探，定会察觉我方只是虚张声势而已。”

“那正是决定成败之举。”狄公答道，“任何头脑清醒之人，都不会将六条大汉放虎归山，除非自己握有远超敌方的优势兵力作为后盾。凌什长从未想过要去查证。钱茂精明狡黠，但是亦对大兵压境一事深信不疑。即使他本人决意负隅顽抗、拼死一搏，然而手下众喽啰却已生出异心来，尤其听得我们暗示曰或许会放过他们不予追究，就更是不愿卖命了。”

“既然我们已经放出风去，号称有官兵入城，”洪亮问道，“如何才能自圆其说、妥善收场?”

“若是不出我所料，谣言总会流传一阵。”狄公平静说道，“这些官兵先是在众人口中添油加醋、越说越神，直至活龙活现，人人都信以为真，等风头过后，自会逐渐平息下去，根本不必你我费心。

“如今且说正经事。首先我须得整肃县衙，然后办理钱茂一案。

“陶干，你现在就出去召集城内各位里长，命他们立时前来见我，并顺路邀请各大行会首领午时前来衙院会面。

“洪亮，你与方班头跑一趟钱宅，并带上十名衙役同去。钱家的女眷家仆等务必仍禁于各自院中，等待日后发落。你与管家一道清点所有贵重之物，将其统统收入一间牢靠的屋中，再将房门封起。方班头顺便也可四处搜寻他的一双儿女。

“马荣乔泰，你二人去四面的城门巡视一番，看看凌什长是否确已派了自己人前去镇守，还有钱茂手下那四十名从未投军的打手，是否已被分别锁在城门的谯楼之上。若是事事妥当，你们就告知凌什长，他将重新入伍，并且不会降职，再仔细询问一番那些逃卒以前都有何经历，凡是不曾临阵脱逃，或是犯下重罪后亡命而去的，皆可重归军中。今日午后，我会草拟一份给兵部的呈文，一则为他们请命，二则请派一百名官兵驻守兰坊。”

狄公说罢后，命洪亮沏一壶热茶来。

过不多时，城内里长已被陶干悉数召来，又一径走入县衙二堂，个个看去愀然不乐。

这些里长本是从当地招募而来，作为官府与百姓之间的纽带，不但负责上报出生、死亡、婚姻，还主管不少其他公事。自从钱茂一手遮天后，一应庶务完全废弛，无人过问。里长既有官职在身，凡遇新任县令莅临，理应在衙院候驾相迎，当日却是无一人前往。凡此种种失职之举，想来一番申斥总是不可避免。

众里长拜见狄公，果不其然被劈头盖脸痛骂了一顿，从二堂出来时，人人面如死灰、两股战战，赶紧拔脚溜走。

狄公离开二堂，走入轩敞的花厅内，只见金匠、木匠、米商与丝绸商四行的行首已等在那里。于是宾主彼此见礼寒暄，狄公一一问过名姓，又命管家送上茶点。

众行首恭贺老爷甫一到任，便迅速捕获了恶霸钱茂，兰坊终于重归正途，皆是喜不自胜，不过听说大批官兵驻扎城中，不免颇有几分疑虑。

狄公扬起两道浓眉，说道："此地只有二三十名军中逃卒而已，本县已将他们重新编入行伍，派去担任守卫之职。"

金匠行首冲着几位同仁会意地一瞥，微微笑道："老爷对军务守口如瓶，我等自然明白。不过北门守卫说过老爷当日入城时，他们差点被一队骑兵踩于马蹄之下，昨晚又有一名金匠亲眼看见一队官军从街中经过，约有二百来人，脚上裹着稻草，免得发出声响。"

丝绸商行首也附和道："敝人的表兄也曾见过十辆马车排成一列驶过，车上满载着军械等物。不过老爷大可放心，我等深知官军巡察边县乃是机密之事，免得被界河对岸的胡人知晓。这消息理应不会传出城去，然而参将若是不曾在县衙上竖起大旗来，岂非更宜严守秘密？胡人的探子一旦看见此旗，便会得知城内驻有大军。”

“这面大旗乃是本县自行派人挂起的，”狄公答道，“身为一县之令，在情势危急时，有权如此行事，只是表明此城暂且依照军法处置一切事务。”

众行首含笑躬身一揖。年纪最长之人郑重说道：“老爷处事谨慎，我等岂能不知！”

狄公就此撇下军务不提，将话头一转，请求各位行首在今日午后举荐三名年高德劭之人前来，分别担任县衙主簿、档房总管与狱吏之职，再找十来个可靠的少年书生充任书吏，还请他们借给县衙两千两纹银，用以修葺大堂并支付衙员薪俸。一旦钱茂之案了结后，这笔钱便可从被籍没的钱家财产中如数奉还。

众行首一听，立时满口答应。

狄公最后又道是明日一早将会升堂审理钱茂一案，请各位回去告知全城百姓。

众行首告辞离去后，狄公回到二堂，只见方班头正在堂内等候，旁边还有一个相貌英武的年轻后生。

二人一见狄公，双双跪倒在地，后生连叩了三个响头。

“启禀老爷，”方班头说道，“这便是小人的犬子，自从被钱家爪牙掳去后，被迫在钱宅内充当仆役。”

“今后就留他在县衙中担任差役之职，并归你统管。”狄公说道，“不知你可曾寻回女儿?”

“唉，”方班头叹一口气，“犬子说从未在宅内见过她。小人已四处搜遍，不见她的一丝踪迹，还仔细盘问了钱宅管家，那人道是记得钱茂曾说起想要纳白兰为小妾，但又坚称自从我一口回绝后，钱茂便再未提及此事。小人真不知该如何是好。”

狄公沉思道：“令嫒被钱茂劫去，原是你的猜想，到底是虚是实，尚待查证。像钱茂这般人物，在宅外另有金屋藏娇之处也并非奇事。不过转而思之，我们也得想到，或许钱茂当真与令嫒失踪一事无涉。到时我提审钱茂，自会问起此事，并派人四处彻查，你不必立时便灰心失望!”

这时马荣乔泰走入，报曰凌什长事事遵命照办，四座城门各有十名兵士把守，每座谯楼上都锁着钱茂的十来个爪牙，并查出有五名逃卒以前犯下罪行，为了逃脱责罚而擅离军中，如今已被收监。原先守卫城门的一起懒汉，已被凌什长贬为水夫。

马荣又称赞凌什长德才兼备，实为难得的军中人才，当年只因与一奸诈的百长发生争执才脱队出走，如今得以重返军中，自是欣喜万分。

狄公点头说道："我会举荐他做个队正。眼下先命那四十人守卫城门，若是当真品行端正，就派他们转去镇守钱宅，最终我会将钱宅改作中军大营之用。乔泰，你继续统领那四十人与县衙内操练过的二十人，直到我请派的官兵到来后再议。"

狄公说罢后，命马荣乔泰退下，提笔书成一封紧急文书，向远在州府的刺史详报一番这两天内发生的情形，又附上请求重新收编入伍的人员名单，并提议擢升凌什长为队正，最后请派一百名官兵前来兰坊长年镇守。

狄公刚刚封好书信，班头进来报曰有位倪夫人求见，正在衙院门口等候。

狄公一听大喜，命道："引她进来！"

一时班头领着一个女子走入二堂。狄公上下打量一眼，只见她三十左右年纪，衣着简素，面上未施粉黛，却难掩秀丽姿容，跪在书案前怯怯说道："小妇人倪梅氏拜见老爷。"

"此处并非公堂，夫人不必拘礼，"狄公和蔼说道，"还请起来坐下说话！"

倪夫人缓缓立起，坐在书案前的一张脚凳上，看似心中迟疑，欲言又止。

"本县久仰倪公大名。"狄公说道，"倪公身为朝臣，真乃一代人杰，才智超群，令本县钦敬不已。”

倪夫人躬身一拜，低声说道：“诚如老爷所言，先夫一生行止，总还当得起‘正人君子’四字。小妇人深知老爷公务繁忙，若不是先夫曾留有遗命，须得遵嘱照办的话，断乎不敢前来相扰。”

狄公倾身向前，急切说道：“夫人请讲！”

倪夫人从袖中取出一个长圆包裹，起身呈至案上，开口叙道：“当日先夫在病床上，将此亲手绘制的卷轴交与小妇人，道是作为遗产赠给我与幼子倪善，其余财产皆归前妻所生的长子倪继所有。

“先夫说罢后连声咳嗽，倪继出去命人另端一碗药汤来。他刚一出门，先夫便立即对我说道：‘你若是遇有难处，便将此画带去县衙，呈给县令过目。若是他不解画中之意，你就等下一任县令到任时再去呈上，直到有一位聪明颖悟的父母官能解开此中奥秘为止。’话音落后，倪继转回房中。先夫看着我们三人，再也未吐一字，只将一只消瘦的手放在幼子头上，微微一笑，安详逝去。”说到此处，不禁潸然泪下。

狄公静待倪夫人稍稍平静后，方才说道：“夫人，倪公仙逝之日的所有细节，无一不是至关重要，还请详述过后又发生何事。”

倪夫人接着叙道："倪继将此画从我手中拿走，道是替我收藏好，当时态度颇为和善。谁知葬礼刚过，他便翻脸无情，命我与善儿立即离开倪家，不但言语粗暴，还指责我不守妇道，从此不许我们母子踏入他家半步，并将卷轴掷于桌上，冷笑一声道是乐意奉还我应得的遗产。"

狄公手抚长髯，说道："夫人，倪公既然才智卓绝，此画中必有深意存焉。本县定会细细研究。不过，须得事先提醒夫人一声，至于画中到底藏有何意，且又预示何事，本县并无任何先入之见。或是对夫人有利，或是证明夫人确与他人有染。无论何种情形，本县都会妥为勘察，秉公裁断。至于今日是将此画留给本县，还是一并带走从此不提，全凭夫人自行定夺。"

倪夫人款款起身，庄容说道："但请老爷留下此画细究。小妇人惟愿上苍开恩垂怜，保佑老爷能破解此中奥秘。"说罢深深一拜，告辞而去。

洪亮陶干已在外面廊上等候，这时方才进来。陶干手中满满抱着一堆公文卷册。

洪亮禀报曰他二人已将钱宅的财物清点造册，查出黄金数百两，还有大量纹银，已将这所有黄白之物收起，连同许多纯金器皿一道锁入密室之中。宅内女眷与仆从都关在三进庭院中。乔泰率领六名衙役与十名兵士，驻留在二进庭院内，负责看守全宅。

陶干将所有文书放在案上，得意地笑道："老爷，这些便是我二人写下的清单，还有在钱家密室里发现的所有契书账目等物。"

狄公靠坐在椅背上，兴味索然地望着面前一堆文书，说道："钱茂一案头绪甚多，若要一一具结，势必费时颇久，且又冗长乏味，就将此务交给你二人去办。据我想来，这一应文书，大不了是些非法侵吞他人田产房屋或者小额敲诈勒索的凭证。几位行会首领答应今日午后便举荐几名适宜的人选前来县衙充任书吏，包括一名档房总管。他们想必也会出力协办。"

"回老爷，这一干人正在中庭内等候。"洪亮说道。

"如此甚好。"狄公说道，"你和陶干去指点他们如何做公。今晚档房总管将会助你二人整理这些文书。我且等你写一份详细的呈文来，对如何了结钱茂一案提出若干主张。不过，若有任何与谋害前任潘县令有关的文书，你们须得单独收起，并另放别处。如今我想要集中精力思考眼前这一疑难。"说着取出倪夫人留下的包裹，又小心打开，将卷轴在书案上徐徐铺展。

洪亮陶干趋前几步，与狄公一道细看。

此画中等大小，乃是一张绢本设色的山水条幅。只

《虚空楼阁》图

见峰峦叠起，白云缭绕，绿树丛中掩映着几处房舍，右边一条山溪蜿蜒流下，却不见一个人影。上方用汉隶古体题写着“虚空楼阁”四字，旁边并未落款，只有一方朱红钤印。画心四周镶有锦边，下有木轴，上有丝绳。为了挂在壁上，字画通常都需如此装裱。

洪亮捻着胡须，若有所思地说道:“观其名目，似乎暗示着画中描绘的乃是道家仙境，或是神仙居处。”

狄公点头说道:“此画须得细细研究赏鉴。将它挂在书案对面的墙上，好让我随时都可看到!”

陶干将画卷悬在大门与窗户之间的墙壁上。狄公起身出门，行至中庭。

只见前来任职的一应衙吏已等在那里，看去皆是正派体面之人。狄公略议几句，最后嘱道:“本县的两名亲随这就教授你们如何当差。仔细听好，明日早衙升堂时，你们便须各司其职。”

第七回

生贪念僧人受刑罚　闯公堂生员报凶信

次日一早，天光未亮，兰坊百姓便纷纷前往县衙。临近升堂时，衙院正门外的大街上已经聚集起众多乡民。

只听三声锣响，衙役推开两扇大门。众人鱼贯涌入，一径奔往大堂，不消片时便已人满为患，连个插足之地也没有了。

一班衙役排成两列，在高台前分立左右。

只见后方的帷幕一动，狄公身着全副官服迈步走出，登上高台坐定，四名亲随侍立一侧。主簿与手下书吏站在案桌旁，桌面上如今已换了一块崭新的猩红绸布。

堂内一片肃静。狄公提起朱笔写下令签，命狱吏提人。

方班头恭敬地双手接过签牌，唤了两名衙役一同下去，不一时便带着钱家那名年岁较长的师爷转回。犯人上来跪在堂前。

狄公命道："报上你的姓名、生业！"

“小民名叫刘万方。”那人谦恭答道，“钱茂父亲在世时，小民一直是宅内管家，自从十年前钱老先生过世后，便被钱茂任命为师爷。小民一有机会，从来都是敦促劝说钱茂改邪归正，绝无虚言，还请老爷明察！”

狄公冷冷一笑，说道：“本县只得说你这一番良苦用心，实在收效甚微！如今县衙正在收集核查你家主人的罪证，而你身为帮凶，想也参与不少，日后自会一并翻出。不过，本县此时不欲细究你们主仆所犯的轻罪，只问几桩要紧事。钱茂到底害过几条人命？你且从实招来！”

刘万方答道：“回老爷话，小民的主人罔顾国法，侵吞霸占他人田产房屋，欺辱毒打乡民，俱是不虚，不过据小民所知，他却从未肆意杀人害命。”

“扯谎！”狄公喝道，“潘县令在此地遭人毒手，你又如何解释？”

“说起此事来，”刘万方答道，“钱茂与小民一样又惊又疑！”

狄公怀疑地瞥了刘万方一眼。

“潘老爷意欲对我家主人不利，我等自是早有耳闻。”刘万方接着又道，“由于潘老爷身边只有一个随员，钱茂便按兵不动，打算先观望几日，看他究竟会有何举措。不料一天早上，两名手下跑来报信，道是潘老爷居然陈尸河岸。

“钱茂一听大为恼火，因为深知众人一定会把此事算在他的头上，于是赶紧拟了一份呈文上报刺史，谎称潘老爷为了捉拿一名回纥叛酋，率领六名乡兵冒险渡河，后来在对敌厮杀中不幸殉难，由钱家六名家丁署名作证，并且……”

狄公猛一拍惊堂木，怒喝道：“如此荒诞不经的一派胡言，本县还从未听过！来人，先给这狗头二十五鞭！”

刘万方张口欲替自己分辩，却被班头立时上前掌掴两记，众衙役将其衣袍扯下，露出后背按倒在地，皮鞭呼啸着抽打过来。

只见鞭痕窄细，没入皮肉甚深，刘万方吃痛不禁，口中仍然大呼冤枉。

抽过十五鞭后，狄公示意住手，深知钱茂如今大势已去，刘万方再无理由为他遮掩，况且也该想到即使自己加意袒护，其他同案犯很快也会招供。狄公心想此人作恶谅必不少，若是依法惩办起来，十五鞭恐怕远远不够，不如先给他吃些苦头，令其心神大乱，然后便会一五一十和盘托出。

班头递给刘万方一杯浓茶。狄公又问道：“如果你所言为实，那么钱茂为何不去查找真凶？”

“此事无须再查，”刘万方答道，“只因小民的主人已经知道了凶手是谁。”

狄公扬起两道浓眉，冷冷说道：“你说得越发荒唐起来。若是钱茂明知凶手是谁，为何他不将那人捉住再献给刺史？如此一来，定能赢得上边更多信任。”

刘万方沮丧地摇一摇头，“回老爷，此事恐怕只有钱茂本人才能作答了。他平时只与我等商议一些细琐之务，若有重大事体，从来不跟我们透露一字。小民知道他每遇要事，都是听从另外一人的指点。至于那人到底是谁，我等却从不知晓。”

“据本县想来，钱茂凭着一己之力也足以成事，”狄公说道，“为何还要另请一位神秘谋士？”

“小民的主人虽说聪明有胆，又精通诸般武艺。”刘万方答道，“但是毕竟土生土长在这偏远边县之中。区区一名兰坊乡民，哪能晓得如何应付刺史，又如何与朝廷大员们周旋呢？总是在那神秘人物来过之后，他便会使出不少高明的手段来，从而避免了刺史插手兰坊本地事务。”

狄公倾身向前，厉声问道：“那神秘的谋士到底是谁？”

“在最近四年中，小民的主人定期与那人密会。”刘万方说道，“到了入夜时分，他就命我去宅院角门处，告知守卫如有访客前来，便立即引到书斋中去。那人总是徒步而来，裹着一件僧袍，又用黑巾缠在头上，因此我们谁也不曾见过其面目形容。密谈一次常要用去个把时辰，过后那人便又悄悄离去。至于谈了些甚事，钱茂对我等从不提起，不过每次会面后，随之都会有些大动作。

“小民确信正是那人主使谋害了潘老爷的性命，并且事先不曾知会过我家主人。出事当晚他又来过，二人想是大吵了一架，我等在外面廊上都能听见他们彼此高声叫嚷，只是听不清一字半句。自从那次密会后，钱茂一连数日踢鸡打狗，大发脾气。”

狄公不耐烦地说道：“本县听够了这些神神鬼鬼的说辞。至于钱茂绑去方铁匠的一儿一女，又是怎么回事？”

“关于此类细事，我等从人倒是能向老爷详述始末。”刘万方说道，“方铁匠的儿子确是被钱茂手下捉来的。只因宅内缺少粗使的下人，于是钱茂便派人出去寻几个精壮后生来，当日统共带回来四人，其中三个后来被各自父母花钱赎了回去，唯独那铁匠跑来与守卫生事，因此钱茂决意扣下他的儿子不放，算是给他一个教训。

“至于他家女儿，小民听说钱茂偶然经过方家铁匠铺时，从轿中瞧见了那女子，颇为中意，随即提出将她买下，被铁匠一口回绝后，很快便将此事抛在脑后。后来那铁匠上门搅扰，一口咬定是我们掳去了他的女儿。钱茂一怒之下，就派人放火烧了他家的铁匠铺。”

狄公靠坐在椅背上，缓缓捋着长髯，心想刘万方所言应是不虚，钱茂想必与方家长女失踪一事无关，如今必须设法将那神秘谋士迅速拘捕，此事宜早不宜迟。虑及此处，又开口命道：“你且说说本县抵达兰坊后，那两天之内都发生过何事！”

“七日之前，匡老爷报知我家主人，道是新任县令即将赴任，”刘万方答道，“并提出一大早便要离开兰坊，只因自忖彼此照面的话，未免有些尴尬难堪。钱茂听罢一口应允，又下令老爷驾临时，不许任何人有所表示，全然冷淡以对，口中道是‘要给那新官一个下马威’。

“钱茂一心等待衙内牢头前来报信，头一天却不见他的人影，直等到次日晚上方才转回，道是老爷决意要收拾钱茂，还说县衙内虽然只有三四名随从，却是个个威猛凶悍，非同寻常。”

陶干听到此处，不禁暗笑一声，难得听见有人对自己如此美言，心中好生得意。

“我家主人听罢后，当即命令二十名手下连夜突袭，”刘万方接着叙道，“闯入衙内活捉县令，再将其余人等痛打一顿。后来老凌带着五人返宅，并传回消息说是全城已被官军悄悄占据。彼时钱茂已然睡熟，没人敢去搅扰。到了昨日一大早，小民带着老凌去了钱茂的卧房。他听说此事后，命人立即在正门前升起一面小黑旗，然后匆匆奔到大厅。我等正在商议如何应对时，不料却被老爷与二将进来一并拿下。”

“升起小黑旗是何意思?”狄公问道。

“我等皆知那是召唤神秘谋士的信号。每次旗子一升，那人当夜必会来访。”

狄公示意一下，班头带刘万方下去，然后另发一签，下令提人。

不一时，钱茂被带上堂来。

众人眼见这便是把持了兰坊八年之久的铁腕霸主，禁不住低声议论起来。

钱茂果然身形魁梧，身高六尺开外，宽肩阔背，脖颈粗壮，看去孔武有力，上堂后并不下跪，先是傲然打量狄公一眼，又转身冷笑着环视堂下众人。

“你这厮好生无礼，见了老爷还不跪下!”班头喝道。

钱茂气得面皮紫涨，额头青筋暴现，张口欲言时，鼻孔内忽然涌出一股鲜血，脚下踉跄几步，一头栽倒在地。

狄公见状示意，于是班头上前，弯腰揩去钱茂面上的血迹，见他已是不省人事。

班头命衙役提来一桶冷水，解开钱茂的衣袍，将他前额与胸口处拿水浸湿，却无济于事，钱茂仍旧昏迷不醒。

狄公十分着恼，命班头再次带刘万方上堂。

刘万方在案桌前跪定，狄公立即问道："你家主人可是患有什么疾病?"

刘万方惊恐地看了一眼俯卧在地的钱茂，见众衙役仍在设法将其弄醒，摇头答道："我家主人虽说身体壮健，却素患头风，这些年看过许多医生，却无药可治。他一旦大发雷霆，不时便会突然昏厥过去，正如这般情形，过上个把时辰方能苏醒。医师说过只有一个法子能够治愈，就是开颅放出里面的毒气。但是在兰坊本地，却找不到一人有此高明医术。"

刘万方被带下后，四名衙役将浑身瘫软的钱茂抬去大牢。

狄公心想钱茂当堂昏厥真是太不走运，从他口中问出那神秘谋士的身份乃是至关重要之事，但凡稍有延误，那隐身幕后的人物就可能逃之夭夭，不禁深为懊悔在钱茂被捉后还未曾直接审问过他，但是谁又能料到他竟会有一名不知身份的同谋者呢?

狄公长叹一声，坐直起来，一拍惊堂木，朗声说道:“人犯钱茂，在以往八年之中，窃取官府权柄取而代之。即日起，兰坊恢复所有法度秩序，善者将被保护，恶者将被严惩。

“钱茂犯下阴谋叛乱之罪，将会受到应有惩处，除此而外，另有许多大小罪行。凡是想要状告钱茂的乡民，须向县衙递上诉状。所有讼事将会逐一勘审，一旦情势许可，自会给予赔偿。本县须得在此申明，此案头绪甚多，绝非一朝一夕便能了结，不过尽可放心，尔等终有冤屈昭雪之日，公道重降之时。”

堂下观审的百姓爆发出一阵欢呼。衙役们费了半日工夫，公堂内才又恢复了肃静。

只见角落里有三个和尚并未随众同喜，却挤在一处窃窃私语，此时排众上前，口中高声喊冤。

三僧行至高台前。狄公上下打量一眼，只觉个个面相粗俗、眼神诡诈，看去皆非良善之辈。

待三僧跪下后，狄公命道:“你们中间哪个年纪最长，报上名姓，并说明有何冤抑!”

“老爷在上，”跪在当中的一僧开口说道，“贫僧法名道柱，与这两个僧友同在城南的一座小寺内出家，每日虔心拜佛、一意清修。敝寺只有一件宝物，乃是一座观世音菩萨纯金造像，阿弥陀佛！两月之前，恶贼钱茂来到敝寺，竟将佛像攫去，如此亵渎圣物，终将堕入阿鼻地狱下油锅受酷刑。如今我等恳请老爷开恩，将此宝物归还敝寺，若是钱贼已将圣像熔化，则请判给金银作为赔偿！”说罢叩头三下。

狄公缓捋颊须，半晌后闲闲问道：“既然那佛像是贵寺中唯一宝物，想必你们定会精心照管？”

“回老爷，确是如此。”那僧连忙答道，“贫僧每日早起都要拂去像上尘土，对其默诵经文！”

“至于你那二位僧友，也是同样虔诚侍奉菩萨了？”狄公又问道。

“小僧每日早晚都在观音像前焚香，”右边的僧人说道，“静心凝望菩萨慈容，数年如一日，阿弥陀佛！”

“小僧每日也在观音像前诵经祝祷个把时辰，心中无限喜乐，阿弥陀佛！”左边那僧也说道。

狄公满意地点头一笑，对主簿命道：“给这三位原告每人一条木炭，一张白纸！”

惊诧不已的三僧领到各自物事后，狄公命道：“左边的那个，走到高台左边去。右边的那个，走到高台右边去。道柱转身面朝众人！”

生贪念僧人受刑罚

三僧分别依言站好，又听狄公断然命道："你们统统跪下，给本县画出一张佛像的图样来！"

堂下众人发出一阵低语。

"肃静！"众衙役喝道。

只见三僧在纸上涂涂抹抹，半晌仍未完工，不时抓耳挠腮，个个汗出如浆。

狄公到底对方班头命道："拿来给本县过目！"

三图呈上后，狄公只看了一眼，便厌恶地抬手抛下案桌。

纸张飘落地上，堂下众人方才得见，竟是形态各别，全无相似之处。第一张画中的观音是四臂三面，第二张则是八臂，第三张虽是常见的两臂，旁边却又多了一个童子。

只听狄公如雷霆般断喝一声："这三个无赖居然妄想诬告！来人，给他们每人二十大板！"

众衙役将三僧脸面朝下按倒在地，撩起僧袍扯下内裤，板子呼呼有声直落下来。

三僧挨打吃痛，不禁放声叫苦，但是衙役并未放过，一五一十直到打满为止。三僧受刑后几乎不能行走，几个好心的看众上来将他们拖拽出去。

狄公宣道："就在这三名奸僧上堂之前，本县正欲警告严禁趁机假捏罪名诬告钱茂，企图浑水摸鱼。要想知道有何下场，他们三人便是好榜样！

“本县还要再说一句，兰坊城自从今日起结束兵管。”

狄公说罢，转身与洪亮低语几句。洪亮快步离开公堂，一时折返，连连摇头。

“钱茂一旦恢复知觉，”狄公低声说道，“便让狱吏立时告知与我，三更半夜也无妨！”

狄公举起惊堂木，正要拍案退堂，忽见门口一阵骚动，一个青年后生拼命想要挤过稠密的人群。

狄公命两名衙役将那人带上前来。

那人气喘吁吁跪在高台前时，狄公认出正是两天前曾经一道饮过茶的丁公子。

“老爷在上！”丁毅叫道，“家父果然被吴峰那恶魔害了性命！”

第八回

老将军被害书斋内　新县令查案宅院中

狄公朝后靠坐在椅背上，将两手缓缓笼入宽大的袍袖中，说道："你且说说几时发现出了人命，又是如何情形？"

"昨晚正是家父的六十大寿，"丁毅叙道，"合家在大厅内宴乐欢庆，人人兴高采烈。将近午夜时分，家父起身离席，道是想要回书斋去，趁此吉日，为他那本有关边地战事的史书作序。小生亲自将家父送到书斋门口，又跪地请过晚安，家父进去关上房门后，还听见他在里面上闩的声音。

"谁知这竟是小生见到家父的最后一面。今日一早，宅内管家前去书斋叩门，报知早膳已经备好，叩了半日不见应答，便来告诉小生。我二人担心家父在夜间突然发病，便取了一把利斧将门劈开。

"进门一看，只见家父伏在书案上。小生以为他沉睡未醒，上前轻推肩头，这才发现竟已断了气，喉头处赫然插着一把小小的匕首。

“小生赶紧奔来县衙报案，必是那吴贼使出卑劣手段，家父年老体弱，终不是他的对手。但求老爷为我丁家报此血海深仇！”

丁毅说罢痛哭失声，又伏在地上连连叩头。

狄公浓眉紧皱，默然半晌后说道：“丁贡生勿要过于悲伤！本县将立即着手勘察此案，一旦召齐随员，便会赶去案发现场，一定为你伸张正义，只管安心等待！”说罢一拍惊堂木，宣布退堂，随后起身离去。

众衙役费了不少气力，才将观审者悉数驱出大堂。百姓们仍在议论今日堂上发生的种种，无不交口称赞这位新任县令，尤其对他智断三僧诬告一节叹服不已。

凌什长跟在众人后面，紧一紧腰间剑带，对两名少年兵卒说道：“这位县令老爷，虽说不及马乔二位长官魁梧壮健，倒也堪称威仪凛凛。惟有经过多年戎马征战，才能练就他二人那般的身形体魄。”

其中一个小兵看去聪明伶俐，开口问道：“县令老爷宣布兰坊城结束兵管，即是说曾经进驻此城的官军已在夜间撤离。但是不知为何除了我们弟兄之外，从未见过半个官兵的影子！”

凌什长傲视一眼，厉声说道：“小卒哪能过问大计。

不过看你年纪轻轻，脑筋也还灵光，我就透些消息给你，那一队官军奉命在边地四处巡察，正好途经兰坊。这可是要紧的军机秘事，胆敢走漏一丝风声，管保叫你人头落地!”

那兵士又问道:“还有一事请教什长，官军撤离此地时，怎会神不知鬼不觉，未被一人看见呢?”

“你且听好，”凌什长得意洋洋地答道，“我大唐官军向来英勇神武、无所不能！莫非你从未听我讲过横渡黄河一事？当时河上既没桥梁，也没渡船，我们将军想要过河，于是就派出两千人，手拉手排成两行跳入水中，另有一千人站在中间，手持盾牌举过头顶，然后将军便从这盾牌连成的铁桥上纵马驰去对岸了!”

那兵士听罢，心想实在匪夷所思，不过深知凌什长脾气暴躁，只得恭敬应道:“长官说得是!”三人跟着最后几名看众出了县衙大堂。

中庭内已备好一乘官轿，众衙役立在轿旁等候，六人在前，六人在后。还有两名兵士牵着洪亮陶干的马匹待命。

狄公从二堂内出来，身上仍是全副官服，由洪亮搀扶着坐入轿中。

洪亮陶干登鞍上马，一行人出门走入大街。两名衙役高举执事牌跑在前头，牌子上题有“兰坊县衙”几个大字，另有二人鸣锣开道，高声叫道：“让开！让开！县令老爷来了！”

路人纷纷立在两旁恭候，看见官轿走近时，齐声欢呼“老爷福寿绵长！”

洪亮策马行在狄公轿旁，在轿窗外俯身欣喜说道：“老爷请看，这情景与三天前真是迥然不同哩！”

狄公听罢，只是淡淡一笑。

丁宅看去高墙深院，颇为气派，丁毅已在前院内恭候。狄公下了官轿，只见一个留着花白山羊胡的老者走上前来，自称是当地仵作，平日里经营一家远近闻名的药铺。

狄公下令径去案发现场，命方班头与六名衙役在大厅内布置起临时公堂，再备好尸检的一应用具。

丁毅恭请狄公及其随员跟他进去，引着众人穿过一道回廊，行至后院。只见花园内有假山鱼池，景致十分宜人。大厅的门扇一齐大开，仆从们正在忙着挪移家什器物。

丁毅推开左边一扇小门，走过一条幽暗的廊道，来到一个小院内。此院约有八尺见方，三面高墙环绕，对面墙上有一扇窄窄的硬木小门，一块门板已被劈坏。丁毅将门推开，站在一旁让狄公进去。

室内弥漫着一股蜡烛燃烧后的油烟气味。

狄公跨过门槛，朝四下打量。

只见书斋呈八角形，占地颇大，墙上高处有四扇小窗，装有着色玻璃，透进缕缕柔和的光线。窗户上方有两个洞口，大约二尺见方，镶有格栅，是唯一的通气孔。除了门扇以外，四壁上再无其他洞开之处。

书斋正中摆着一张硕大的乌木雕花书案，只见一人面朝门口伏在案上，身着墨绿织锦家常衣袍，头颅斜枕在弯曲的左臂上，右臂朝外伸出，手中仍握着一支朱漆笔管的毛笔。一顶黑绸便帽掉在地下，露出一头灰白的长发。

书案上设有常见的文房四宝，桌角处有一只宝蓝瓷瓶，里面插着几枝枯萎的鲜花。另一边立着一盏铜烛台，蜡烛已经燃尽。

狄公见靠墙处皆是一人来高的书架，便对陶干说道："你去查看一下那几面墙上可有暗门密道，再瞧瞧窗户和上面的通气孔！"

陶干脱下外袍，预备攀上书架，狄公又命仵作检查尸体。

仵作先摸了摸死者的肩头与双臂，试图抬起头颅，却发觉尸身已然僵硬，于是不得不使其全身朝后仰靠在椅背上，方始露出面目。

只见丁护国一双无神的眼睛盯着天花板，脸孔瘦削，皱纹密布，面上凝固着惊愕的表情，骨瘦如柴的喉头处插着窄窄一片薄刃，仅有一寸来长，厚度不及半指，露在外面的原木刀柄样式奇特，只比刀刃略厚，长短仅有半寸。

狄公抄起两手，低头俯视尸身，半晌后对仵作说道：“将这匕首拔出来！”

仵作想要握住小小的刀柄，不料甚为吃力，转而伸出拇指与食指捏紧，轻轻一拔便立时脱出，刺入皮肉不过二三分而已。

仵作将小刀用一张油纸仔细包起，说道：“死者血液已凝，全身僵硬，想必死于昨日晚间。”

狄公点头沉思道：“死者闩上房门，脱下外袍和帽子挂在门旁，又换上家常衣袍，坐在书案后砚墨润笔，只写了两行字便遽尔中断，可见凶手必是此后不久便使出杀招。

“不过，从死者看见凶手到匕首刺入喉头，似乎只有极短的一瞬，甚至还来不及将笔放下，未免有些离奇。”

“回老爷，”陶干插言说道，“还有一事更为离奇，我看不出凶手如何能潜入室内，更不必说又是如何离去的！”

狄公扬起两道浓眉。

“有人想要进入这书斋的话，只能从这扇门出入。”陶干继续说道，“我已查看过四壁，包括书架上方的小窗户和通风口，最后还看过门扇，但是没能发现任何暗门！”

狄公揪揪髭须，对丁毅问道：“就在令尊进门前后，凶手可否会趁隙溜进屋来？”

丁毅一直立在原地，目光呆滞地盯着门扇出神，听见狄公问话，方才回过神来，答道：“回老爷，绝无可能！家父走到这里，打开门锁，在门边略停片刻，小生跪地请安时，管家就站在小生身后，然后小生起来，家父进屋关上房门，无人可以在那时溜进门去。家父一进去便将门锁上，并且手中握有唯一的一柄钥匙。”

洪亮俯身对狄公耳语道：“老爷，我们得叫那管家前来问话。即使那凶手真能掩人耳目溜进屋来，我也看不出他过后如何出去。发现出事时，这扇门确是从里面上了闩的！”

狄公闻言点头，又对丁毅说道：“你认为凶手定是吴峰，可有什么证物能证明他进过这间书斋？”

丁毅缓缓转头四顾，颓然摇头答道：“回老爷，吴峰那厮十分狡猾，想必不会留下任何破绽。不过小生确信，若是继续详查下去，必会发现他作案的证据!”

“我们这就将尸身挪到大厅内去，”狄公说道，“丁公子，你先去那边，看看尸检是否一切准备就绪!”

第九回

狄公独思疑团未解　仵作验尸死因方明

丁毅刚一离开，狄公便对洪亮命道："查看一下死者身上都有何物！"

洪亮探一探袍袖，从右袖中掏出一条手巾与一只锦匣，匣内装有牙签耳挖，从左袖中取出一把样式复杂的大钥匙与一只硬纸盒，又摸索死者的腰带，只搜出另一条手巾来。

狄公打开纸盒，只见里面盛有九枚蜜饯梅子，整整齐齐排成三列。这种甜食乃是兰坊特产，远近闻名。盒盖上贴着一片红纸，上书"吉祥如意"四字。

狄公叹了一口气，将纸盒放在书案上。仵作从死者僵硬的手中抽出笔管，两名衙役进来，将尸身挪至竹担架上，然后抬出门去。

狄公坐在死者的扶手椅中，命道："你们皆去大厅，我留在这里稍坐片刻。"

众人离去后，狄公靠着椅背，若有所思地四下打量。

只见沿墙皆是书架，上面排满书籍卷册，唯独在房门左右留出两片空白墙面，挂着两幅字画，上方悬有一块匾额，刻着“自省斋”三个大字，可见这便是丁老将军自取的斋名了。

狄公再看书案上陈设的文房四宝，见有一方雅致的砚台，旁边是刻镂精美的竹笔筒，还有一只用来染墨濡笔的红瓷水盂，上面印着“自省斋”三个蓝字，显然是专为丁护国而制。小小的玉制墨床上搁着一块墨条。

书案左边还有一对青铜镇尺，刻有“春风裁柳叶，秋月耀清涟”一联，下款则是“竹林隐士”，想来应是丁护国某位友人的雅号，此人特意做了这对镇尺相赠。

狄公拿起死者用过的笔，却是一支长颖狼毫，制作得格外精巧，朱漆雕花笔管上刻有“晚岁酬”三字，旁边还有一行秀逸的蝇头小楷：“恭贺自省斋主人六十华诞，静庐拜祝。”看来亦是一位友人所赠的寿礼。

狄公放下笔，又细看死者留下的文稿，只见纸上写有两行醒目的字迹：

序　　言

夫史书者，古已有之，皆由先贤秉笔书成，但为搜录前朝遗事，以飨后人矣。

狄公独思疑团未解

此乃开篇明义之句，意思完整，可见丁护国在书写时并未被人打断，很可能正在寻思下文时，便突然遭到毒手。

狄公再度拈起那支朱管狼毫，漫不经心地打量着上面刻的云龙纹样，忽觉这书斋内真是静谧逾常，外面的声响丝毫不曾透入。

突然，狄公感到一阵难以名状的恐惧，自己此时不但坐在死者的座椅中，且又正是死者遇害时的同一位置。

狄公猛一抬头，却见门旁挂的卷轴稍稍歪斜，心中不由一阵惊悸。莫非那幅画背后藏有暗门，凶手正是从那里潜入室内，并拿刀刺死了丁护国？若是果真如此，自己岂不是也正身处危境之中。狄公想到此处，两眼紧紧盯住卷轴，仿佛即刻便会移向一边，露出一张狰狞的面目来。

狄公努力自持一下，心想若有暗门装在如此明显的地方，陶干绝不会漏掉，定是他在查看背后的墙面时，将画稍稍弄歪了一些。

狄公抬手拭去额上的冷汗，心下渐定，但是仍觉得凶手仿佛就近在咫尺，这奇怪的念头兀自徘徊不去。

狄公将笔浸入水盂中润了一润，伏在案上想试试可否好用，发觉放在右边的烛台颇为碍事，正欲将其推开时，忽又停手不动。

狄公靠回椅背，盯着烛台沉思良久。死者写完两行字后，显然稍停片刻，并将烛台挪到近前，不过却不是为了看清纸上的字迹，若是那样，则应挪到左手边才对，定是瞧见了什么东西，想要在烛光下凑近细看，不料凶手就在那时突然出手杀人。

狄公紧皱眉头，将笔放下，拿起烛台细细看了一回，却未能发现有何异样，于是重又放回原处，疑惑不解地摇摇头，霍然起身走出书斋。

两名衙役站在走廊上把守，狄公命他们盯紧书斋，不许任何人靠近，直到门板修复并贴条加封后方罢。

大厅内一切准备就绪。狄公走到临时案桌后坐下，对面地上铺有芦席，丁护国的尸身直挺挺躺在上面。

丁毅确认死者确为其父后，狄公命仵作开始验尸。

仵作小心地脱去死者所有衣袍，瘦骨嶙峋的尸身一览无余。

丁毅举起袍袖遮住脸面，书吏与其他衙员从旁默默注视。

仵作蹲在地上，一寸一寸检视尸体，特别留意所有要紧的部位，摸过头骨后，又用一片银板撬开唇齿，细看了舌头与喉咙，终于起身禀道："死者生前身强体健，并无任何生理缺陷。四肢上显出铜钱大小的色斑，舌面覆有厚厚一层灰苔。喉头处的伤口虽不致命，不过那柄薄刃小刀上喂有剧毒，实乃毒发身亡。”

众人听罢，皆是倒吸一口凉气。丁毅垂下胳膊望着尸身，面上惊恐万状。

仵作打开纸包，将匕首呈至案桌上：“老爷请看，凝血旁边有一些不明之物，便是毒药。”

狄公捏着刀柄举起匕首，细看上面的褐色斑痕，对仵作问道：“你可认得这是何种毒药？”

仵作摇头一笑，答道：“回老爷，小人没法验定外用毒药，只熟悉那些内用之物以及服后的症状，不过能涂在匕首上的着实罕见。小人只敢说，从尸斑的颜色与形状看来，似是某种毒兽体内的毒液。”

狄公不再追问，将方才所述录入一张尸格里，又让仵作自行读了一遍，并签名画押，然后命道：“如今给死者好生穿上衣物，然后收殓入棺。将管家带来回话！”

众衙役拿了一张尸布将尸身盖起，又抬到担架上。这时管家进来，在案桌前跪下。

狄公说道：“你既主管宅内一应家务，就把昨晚发生的事情原原本本报来，且从晚宴说起。”

“昨日晚间，我家老爷的寿筵就摆在这间大厅里，”管家说道，“老爷坐在正中这张桌子的尊位，旁边围坐着二太太、三太太与四太太，少爷与少奶奶，还有大太太家的两个表亲，大太太已于十年前故去。请来的一班乐师在外面平台上奏乐助兴，众乐师散去后，又过了一个时辰，老爷方才回房。

“将近午夜时，少爷敬过最后一巡酒，老爷起身道是想回书斋歇息，少爷便陪着老爷一路走去，小人拿着一支点燃的蜡烛跟在后面。

“老爷打开房门，小人先走进去，用手中的蜡烛将书案上的两支蜡烛点亮，敢说房内并无一人。走出门时，只见少爷正跪在老爷面前请安，过后站起身来。老爷将钥匙揣入左袖中，进屋关门，少爷和小人都听见了上门闩的声音。小人所说句句是实!”

狄公示意一下，主簿大声念了一遍录下的供词，管家听罢后确认无误，并按过指印。

狄公命管家退下，对丁毅问道：“后来你又做了些什么?”

丁毅面色颇不自在，欲言又止。

狄公喝道：“本县问你，还不回话!”

“实话说来，却是小生与拙荆生了一场口角。”丁毅勉强答道，“小生径回内宅后，拙荆埋怨适才在寿筵上，小生对她有失礼数，非说在众多女眷跟前丢了颜面。小生只觉十分疲累，无意与她争执，便坐在床边喝了一盅茶，两个侍女上来服侍拙荆更衣，又听她抱怨头疼，让一名侍女替她揉揉肩膀，大约用去两刻钟，然后才算上床安歇。”

狄公方才走笔如飞写下几行字句，此时将字纸卷起，闲闲说道：“本县还未发现任何与吴峰有关的线索。”

“小生恳请老爷将吴贼捉来拷问！”丁毅叫道，“到时他定会全盘招供。”

狄公站起身来，宣布本案的初查到此为止，随后一言不发走回前院，重又坐入轿中，丁毅从旁躬身揖别。

回到县衙后，狄公径去大牢，狱吏禀报曰钱茂仍是昏迷不醒。狄公命他叫一名医生来，想尽办法将钱茂弄醒，然后带着陶干洪亮走入二堂。

狄公在书案后坐定，从袖中取出那柄匕首，命衙吏送一壶热茶来。

三人各自饮过一盅，狄公背靠座椅，缓捋长髯说道：“此案实在离奇得很。除去凶手的身份与杀人动机，还有两点疑难殊不可解，一是凶手如何出入一间密室？二是如何将这古怪的凶器刺入死者的咽喉？”

洪亮摇头不解，陶干却凝神打量着小匕首，手捻左颊上的三根长毫，徐徐说道：“回老爷，我曾经脑中闪过一念，以为自己解开了这一谜团。想当年我在江南四处漂泊时，曾听人讲过住在深山中的蛮人会用一种长长的吹管打猎。依我看来，这小刀的刀柄呈圆柱状，样式甚为怪异，很可能是从类似的吹管中射出，因此便推断凶手或可透过墙上的格栅，从室外刺中了死者。

“但是随后我又发现，从凶器刺入死者喉头的角度来看，完全不可能是由室外吹入，除非凶手事先藏在书案下面！我还看见书斋的后墙正对着另一堵实心高墙，谁也无法在那里架起梯子来。”

狄公缓缓呷了一口热茶，半晌后说道：“你认为此案凶手不可能使用吹管杀人，甚有道理，不过我也赞同你所说的凶器并非直接刺入死者喉头，只因刀柄小到连一个孩童也难以握住。

“你再留心看那刀刃，形状朝内凹陷，亦是非同寻常，看去更像一把凿子而并非匕首。如今查案尚未深入，我并不想猜测这凶器到底是如何刺入死者喉头的。陶干，你替我仿造一把这匕首来，用木头做成同样大小形制，以便我能用来放心尝试。不过千万小心，天知道刀尖上涂了什么致命的毒药！”

“老爷，我们还得继续调查此案的背景。”洪亮沉思道，“何不召那吴峰前来问话？”

狄公点头说道：“我正有此意，打算立时便出去寻访吴峰其人。与其将疑犯提到县衙审问，倒不如冷眼观察他在自家地界内的言行举止。我欲微服前往，洪都头也一道随行。”说罢站起身来。

这时狱吏忽然急急闯入，口中叫道：“启禀老爷！钱茂已经醒来，不过怕是挨不了多久了！”

狄公一听这话，立时跟着狱吏奔出门去，洪亮陶干紧随其后。

只见钱茂直挺挺躺在牢房中的木头长榻上，双目紧闭，呼吸粗重，狱吏已将一块浸过冷水的布片敷在他的额头处。

狄公俯身去看时，钱茂睁开两眼，直直朝上凝望。

“钱茂，”狄公焦急问道，“究竟是谁杀害了潘县令？”

钱茂两眼喷火瞪着狄公，口唇翕动一下，却没能发出声来，终于使尽全身力气，含混吐出了一个字，便又声息全无，庞大的身躯忽然一阵抽搐，闭起两眼全身一挺，似是想要换个更为舒服的姿势，随即一动不动，气绝身亡。

洪亮叫道：“他开口说了一个‘你’字，却没能把话讲完！”

狄公直起身子，缓缓点头说道：“我们极想知道的消息，钱茂还没来得及说出口，便已经断气了！”又低头看着尸体，黯然叹道，“如今我们再也没法知道潘县令究竟是被谁所害!”说罢将两手笼进宽大的袍袖中，转身走回二堂。

第十回

着微服私行访狂生　召众人齐集赏书画

为了寻找吴峰的住处，狄公与洪亮费了不少周折，问过关帝庙背后的几家店铺，却都道是从不曾听说过吴峰其人。

后来狄公忆起吴峰住在一家名叫“长春”的酒肆中，此店却是尽人皆知，以出售上等酒水而闻名。一个街中顽童引着他二人拐入一条小巷，只见一面红布酒旗迎风飘动，上书“长春”二字。

酒肆正门大开，一张高高的柜台隔在店铺与街市之间，店内沿墙木架上摆着许多硕大的陶制酒坛，外面贴有红签，表明皆是上品。

掌柜生得一张笑嘻嘻的圆脸膛，立在柜台后一边剔牙，一边朝街中悠闲张望。

狄公与洪亮绕过柜台，在一张八仙桌旁坐下，要了一小壶好酒。掌柜上前抹桌时，狄公问他生意如何。

掌柜耸肩答道：“不敢夸口说生意兴隆，不过总还安稳。正如我一向所说，刚刚持平总要好过入不敷出！”

“莫非没人帮你操持店务?”狄公问道。

掌柜转身从屋角的一只坛子里舀出些许腌菜，盛在碟内端到桌上，说道:“虽说也想有人帮把手，奈何如此一来，便又添了一张吃饭的嘴，还不如自己动手料理罢咧。不知二位客官到此地有何贵干?”

“我二人贩售丝绸，”狄公答道，“从京师而来，正好路过兰坊。”

“好，好!”掌柜说道，“有位客官暂住在小店内，姓吴名峰，也是从京城来的，你们二位一定得会会他!”

“那位吴先生莫非也是做丝绸生意?”洪亮问道。

“不，他是个画师一类人物。”掌柜答道，“我自然看不出好孬，不过却听人说他画得很是不坏。看他整天从早到晚埋头画个不停，想来定是错不了!”说罢走到阶前，大声叫道:“吴相公，这里有两位从京师来的客官，想必知道不少时新消息哩!”

只听有人在楼上应道:“我正在作画，一时不能走开，让他们上来如何!”

掌柜闻听大为扫兴，狄公在桌上留下一笔丰厚的赏钱以示慰藉，然后与洪亮顺阶而上。

二楼是一间大房，前后各有一排宽阔的格窗，窗上糊着洁净的白纸，光亮从外面透入。

着微服私行访狂生

只见一个番邦装束的年轻后生正伏案描绘一幅阎君像，身着一件花哨的外褂，头裹彩色绸巾，看去活像是越界而来的胡人。

屋子正中是一张硕大的桌案，案上一幅白绢铺展开来。两排格窗之间，顺墙挂满了业已完成的画作，皆是暂裱于纸面上。后墙处摆着一张竹榻。

“二位相公，请在榻上稍坐片刻!”那后生头也不抬地开口说道，“小生正在着蓝色，一旦停笔，颜料干凝之后便不匀了。”

洪亮在竹榻上坐下，狄公却仍旧立于原地，饶有兴致地打量着正在挥毫作画的后生，观其画作，笔法倒也纯熟，然而颇有些不同寻常之处，尤其是对衣褶和人物面貌的处理甚为奇特。狄公再看挂在墙上的其他画卷，亦是张张显示出同样的异域风格。

后生着色完毕，直起身子在瓷碗中涮笔，目光锐利地瞥了狄公一眼，轻轻一转碗中的画笔，说道：“原来是新任县令大驾光临。老爷既是微服出行，小生在此也不便多礼，免得令老爷尴尬难堪!”

狄公忽闻此言，不免吃了一惊，问道：“相公何出此言，认定我便是县令?”

后生得意地一笑，将画笔放下，抄起两手背靠桌案，正对着狄公说道："小生以专工人像自居，而老爷正是一副绝好的县官模样。不信请看这幅阎君像，虽说形容气度有所不及，不过看去简直就是照着老爷描画而成哩！"

狄公忍俊不禁，心想这后生着实聪明过人，哄他也是无益，于是说道："你看得不错，我正是新任兰坊县令狄仁杰，这位是我的亲信随从。"

吴峰缓缓点头，直盯着狄公说道："老爷的大名，在京师中尽人皆知，但不知为何竟会屈尊驾临小生的住处？想来并非是要捉拿于我，此类公事自会派衙役去办。"

"你为何认为本县要捉拿你？"狄公问道。

吴峰将头巾朝后一推："小生不妨免去客套寒暄之语，好替彼此省些时间，还请老爷见谅。今日一早，丁护国被人杀死的消息传得满城风雨。那老贼假仁假义，合该有此下场。他家少爷早就四处散布谣言，说我意欲谋害丁护国的性命，只因人人皆知家父与丁护国势不两立。这一个多月里，丁公子不但在这附近时常窥探，还企图从店掌柜口中打听我的消息，并且无中生有地编造出种种瞎话来。

"想来必是丁公子跑去官府，控告我谋害了他的父亲。若是换作平常县令，定会立时派出衙役将我拘捕，但是老爷为官清正，向来以明察秋毫而著称，因此便决意亲自前来，先看看我到底是甚样人物。"

洪亮见这吴峰放言高论了半日，越听越恼，此时再也按捺不住，跳起来叫道："老爷，这狗头傲慢无礼，着实令人忍无可忍！"

狄公抬手制止，淡淡一笑说道："洪都头无须动怒，吴相公与本县颇有缘法，竟似相知多年一般，我看他倒是个痛快爽利之人！"

洪亮重又坐下后，狄公接着说道："吴相公说得不错。既然你开门见山，本县也不妨直言相询，身为朝中著名参将之子，你为何要孤身一人，来这偏远之地定居？"

吴峰打量一下满墙的画卷，答道："小生在五年前通过院试，博了个贡生的功名，之后便弃文从艺，令家父大失所望。虽曾跟随京师里的两位名家学艺，不过对他们的画风总觉得不甚满意。

"两年前，小生偶遇一位番僧，从西域的于阗国而来。那僧人给我看过他的画作，真可谓鲜丽灵动、栩栩如生。我心想若是潜心学习此种风格，必能振兴中原画艺，不妨自己亲赴番邦先行求学，于是便决意离家前往于阗。"

"依我之见，中原画艺已是尽善尽美，"狄公冷冷说道，"看不出能从异族番邦那里得到多少进益。不过我也不必硬充行家，你且说下去！"

"小生想方设法，终于从家父那里弄来一笔川资，"吴峰又道，“他之所以许我出行，实指望这不过是少年人的轻狂放浪之举，有朝一日自会迷途知返，从此收心敛性，走上正路。两年前，通往西域诸国的官道途经兰坊，于是我便来到此地，不料发现官道已改走北边。兰坊以西的大漠中，只住着一些以游牧为生的回纥人，根本无知无识，更谈不上什么画艺。”

“既然如此，”狄公插言道，“你为何不立即离开此地，继续朝北而行？”

吴峰笑道：“其中缘故，一时怕是难以说清。老爷目光如炬，必已看出小生不但生性惫懒，行事又全凭兴致，没个准定。既然此地颇合我意，何妨暂住一时，顺便练习作画。再说这居处也十分悦人，小生向来极爱美酒，住在酒肆里真是得其所哉。此店的掌柜天赋异禀，极会品酒，其藏货堪与京师里最有名的酒楼相比，是故至今客居于此。”

狄公听罢未予置评，又道：“本县再问你一事，昨晚你人在哪里？从一更说起，直到三更为止。”

“就在此处！”吴峰应声答道。

“谁人可以作证？”

吴峰喟然摇头答道：“没人作证，我哪里晓得丁护国偏偏会在昨夜吃人杀死呢！”

狄公走到台阶前，冲那掌柜叫了一声。

待掌柜在阶前冒出头来，狄公大声说道：“只因我二人小有争执，这才叫你来问个究竟，昨晚可曾见过吴相公出门?”

掌柜搔搔头皮，咧嘴笑道：“实在对不住客官，这个我可说不准！昨晚店里人来人往，真不敢说定吴相公到底有没有出去过!”

狄公闻言点头，手抚长髯，半晌后又道：“丁公子报曰你曾雇了几名手下窥探丁宅!”

吴峰听罢大发一笑，高声说道：“这话好生荒唐！我对那徒有虚名的丁将军避之唯恐不及，哪里会花自家银子去探听他的动静!”

“令尊当年状告丁将军，却又为何缘故?”狄公问道。

吴峰闻听此言，敛容恨恨说道：“那老贼当年为了自己脱困，竟葬送了整整一营官军的性命，致使八百名大好男儿全被胡人残杀。当时军中已多有怨声，若非虑及军心不稳，丁护国定会被依律斩首。朝廷欲将这一丑事遮掩过去，因此勒令他休致还家。”

狄公未发一语，沿墙徐行细细观画，只见画中皆是神佛一类人物，以观音尤为出色，或是单独成像，或是有菩萨罗汉簇拥左右。

狄公转身说道：“本县最后还想直言几句，你所谓的新派画风，在我看去并无多少进境，不过说不定看久了也能顺眼，还请送给本县一张，以便闲暇时细细赏鉴。”

吴峰疑惑地瞥了狄公一眼，稍稍迟疑片刻，从墙上取下一张中幅观音像来，只见观音居中，另有四位菩萨侍立左右。吴峰将画铺在案上，从小巧的乌木底座上取下一方小小的白玉雕花印章，在朱红印泥里按了一按，盖在画卷一角，却是一个古雅别致的篆体“峰”字，然后将画卷起，捧给狄公，问道：“小生到底算不算是被官府捉拿？”

“看来你心中深有负罪之感。”狄公冷冷说道，“不必担心，现在不会捉你，不过你暂时不得离开此店，日后自会有公差前来传话。多谢以此画相赠！”

狄公对洪亮示意，二人顺阶而下。吴峰躬身一揖权当送别，并未一路恭送出门。

一时行至街中，洪亮忍不住冲口说道：“那狂生若是在大堂上吃些苦头，说起话来就不会是这副腔调了！”

狄公笑道：“吴峰这后生确是聪明绝顶，不过他却已走错了一步棋！”

这时陶干乔泰正在二堂中等候。此日午后，二人一直在钱宅中搜集几桩敲诈勒索案的证据。陶干还证实了刘万方在公堂上的供词果然不虚，钱茂确是事事都要独断独行，两名师爷只不过从旁唯唯、随声附和而已。

洪亮送上热茶，狄公饮过一盅后，展开吴峰所绘的观音像，说道："大家都过来！陶干，你将此画就挂在倪公的山水条幅旁边！"

狄公坐回椅中，盯着二画端详半日，方才说道："这两幅画中，分别藏有倪节度遗嘱与丁将军被害案的关键！"

洪亮陶干乔泰闻听此言，纷纷掉转脚凳，正对着墙上的卷轴坐下。

这时马荣走入，见众人排排端坐、引颈注目，不禁大感意外，面露惊异之色。

"马荣，你也坐下！"狄公命道，"一起来看画！"

陶干站起身来，反剪两手立在倪守谦的画卷前，半晌后转身摇头说道："我原以为在画中的枝叶间或是石纹上藏有微小的字迹，但却没能找出一个字来！"

狄公捋着颊须，沉思说道："昨晚我观看此画，竟用去个把时辰，今日一早又逐寸细瞧，须得说仍是一头雾水。"

陶干揪一揪凌乱的髭须，问道："老爷，该不会是背后的衬纸中藏有字条吧？"

"我也想到过这一层，因此对着强光仔细看过。"狄公答道，"若是在衬纸之间藏有字条，应该会显露出来。"

"我当年住在广州时，曾经学过如何装裱书画。"陶干说道，“不知老爷可否许我将衬纸完全拆下，顺便看看四周锦边下面可否藏有东西？再瞧一瞧上下两根天杆地杆是不是实心木棍，难保倪节度不会将字纸卷紧后塞入其中。”

“只要你过后能将其裱回原样，尽管拿去拆检。”狄公答道，“虽说我觉得如此藏法未免有些粗糙，倪公才智超群，想必不至用此手段，不过总可一试，为了解开此谜，哪怕是最小的机会也不可放过。

“至于吴峰所绘的这张观音像，则是完全不同，里面藏有一条明显的线索。”

洪亮惊讶地问道：“老爷，怎会有这等事？这画明明是吴峰自己挑了送给老爷的！”

狄公微微一笑，说道：“那是因为吴峰无意中露出了马脚却并不自知。他可能认为我鉴赏书画不甚在行，不过我却从他的画中，看出了被他所忽视的东西。”说罢呷了一口热茶，命马荣去唤方班头。

方班头进来立于书案前，狄公对着他肃然注视了一二刻，温颜说道：“你家女儿玄兰很会做事，拙荆曾对我夸奖她手脚勤快，人也聪明伶俐。”

方班头听罢深深一揖。

“玄兰如今总算有个安身之处，我并不想让她离去，”狄公又道，“更何况你那长女白兰至今尚无音讯。不过要说去丁家打探消息，我看她倒是最合适不过。丁护国的丧礼在即，丁家定是一片忙乱，急需更多人手。若是玄兰趁机进去帮佣几日，定能从其他家仆口中探听出不少消息来。你是玄兰的父亲，唯有你点头同意，本县方可行事，否则绝不会自作主张。”

“老爷在上，”方班头从容说道，“小人全家都甘愿为老爷效命，万死不辞。再说我那小女生性好动，又有决断会机变，听老爷派她去打探消息，肯定十分乐意。”

马荣在座中兀自扭了半日，这时忍不住插话说道：“启禀老爷，这样的活计派给陶干去做，岂不是更为拿手？”

狄公目光犀利地扫了马荣一眼，答道：“若想知道一家之中的内情，最好是从侍女们的家常闲话中去探听。方班头，你这就去告诉玄兰，命她立即前往丁宅！

“至于吴峰，我想派两人前去盯梢。马荣今晚充当明哨，装出一副不欲被人察觉的样子，如此一来，吴峰就会知道你是衙门派来监视他的，不过还得给他悄悄溜出门去的机会。你须得小心应付，只管拿出看家的本领来，那吴峰可是绝顶聪明！

“陶干则为真正盯梢之人，先小心藏在暗处。一旦吴峰从马荣身边溜走，你便悄悄尾随其后，看他去了哪里，又做些什么。若是他想要离城远遁，你便亮出身份来，当场将他逮住。”

陶干欣然说道：“老爷尽管放心，马荣和我以前也唱过如此这般的双簧戏！我这就将倪节度的画拿去濡湿，好让衬纸泡上一夜后能够被揭下来，然后便与马荣一道出去。”

陶干马荣退下后，狄公又与乔泰和方班头商议关于钱宅的事务，决定将钱茂的妻妾遣回各自娘家，所有仆从也统统打发离去，由县衙预支每人一个月的工钱，唯独留下管家一人以备问话。

乔泰报曰兵士们严守军纪，令人十分满意，每天早间午后，自己都会率领众兵辛勤操练一回，还说人人都对凌什长怕得要命。

方班头与乔泰离去后，狄公靠着椅背，心想虽然乔泰投奔自己多年，对他却知之甚少，只晓得曾与马荣同为绿林兄弟，但是上山落草之前有何经历，却是一无所知。马荣倒是原原本本讲过自家身世，有些段子还说过不止一次，乔泰则始终讳莫如深。他在兰坊统率兵卒、执行军务竟如此得趣，令人不免疑心以前是否在军中做过武官。狄公想到此处，暗自决意近期内将设法查明此事，不过眼下还有许多更为要紧的公务，只得叹一口气，翻开摆在案头的公文，正是陶干呈上的有关钱茂的案卷，于是埋头细看起来。

第十一回

三宝庵陶干观异事　长春店马荣遇酒徒

马荣心想自己倒也无须乔装改扮，只将头上那顶衙门公差才戴的黑帽摘下，换作尖顶软帽，看去像是工匠一类人物，陶干则换上一顶可折叠的黑纱薄帽。

二人临出门前，先在三班房中稍稍计议一番。

“我这头的差事倒不难办，”马荣说道，“无非弄出点动静来引起吴峰注意，明白我是奉命前来盯梢的差人，看住他不得出门，只是不知这厮会如何应对。若是他浑不在意照样出去，欲在街中将我甩掉，这可如何是好？”

陶干摇头说道：“料他不至于此。要紧的是吴峰并不晓得你受命前去做甚，若是公然出来并被你捉住，定会令官府生疑，想必不敢冒此风险。我担心的却是吴峰根本不打算从你眼皮子底下溜走，老老实实依令坐在家中。不过只要他溜出门去，我必会紧紧盯住，你只管放心！”

二人商定后出了衙院，马荣走在前头，陶干稍稍拖后几步，一路跟随。

马荣已从洪亮口中得知吴峰的住处，因此不费吹灰之力便寻到了长春酒店。

店内点着两盏五彩灯笼，光亮照在酒坛外的一排排红签上，看去十分悦目。掌柜正忙着打酒，两名闲汉斜倚在柜台前，从碟中夹出几片咸鱼，悠然送入口中。

马荣见酒店对面是一户中等人家的宅院，便穿街过去，走上高高的门廊，背靠黑漆大门站定。

酒店二楼透出烛光，马荣见有一人影在纸糊的格窗上来回晃动，心想定是吴峰正在专心作画。

马荣又探头出去左右打量，此时街中十分幽暗，丝毫不见陶干的踪影，不禁抄起两手，预备在此久候。

待那两名酒徒兴冲冲喝完一斤时，马荣身后的门扇忽然开启，只见看门人引出一位老年士绅来，一眼看见马荣，开口问道："这位相公可是要见老朽？"

"见你作甚！"马荣应声答道，转身倚靠在门柱上。

"你且听好！"老翁怒道，"此间正是敝宅，你既无公私事宜，还请移步别处，老朽不胜感激！"

"这大街乃是人人来得之地，"马荣叫道，"我想站哪里就站哪里，谁还能不许我不成！"

"你最好赶紧走开！"老翁叫道，"不然老朽就要叫更夫来了！"

“你这老儿，”马荣叫道，“要是不乐意我站在这里，就来试试将我推走如何！”

两名闲汉转身望向这边，斜倚柜台，抄起两手，饶有兴致地从旁观战。

二楼的一扇窗户开启，吴峰朝外观望，大声叫道：“何不兜头给他一拳！”也不知是在怂恿哪方动手。

“老爷，要不要再唤几个下人来？”看门人问道。

“把你们那些走狗统统叫来！”马荣嚷道，“老子奉陪到底！”

老翁见马荣一副好勇斗狠的模样，心中寻思一下，喝道：“我可不愿在自家门前大打出手。那厮如此无礼，就随他去，尽管站到骨头烂吧！”说罢转身走开，口中兀自喃喃怒骂。

看门人“砰”的一声将大门关上。马荣听见里面传来上门闩的声音。

吴峰见此情形，大失所望，随即关上窗户。

马荣施施然走入街对面的酒店中，两名闲汉连忙为他腾出地方来。

马荣瞪视二人一眼，怒道：“你们两个不会也是从那户好人家里出来的吧。”

“不是不是，我二人住在后面那条街上。”其中一人说道，“那老朽是个教书先生，脾气一向不大好。”

“我们来这儿可不是要识字念书，”另外一人附和道，“却是为了舒舒服服吃喝几口的！”

马荣哈哈大笑，抓出一把铜钱放在柜台上，冲掌柜叫道：“打一斤酒来，要最好的！”

掌柜连忙上前，将三只杯子都斟得满满，又另送上一碟风干咸鱼与腌菜，笑嘻嘻地问道：“这位客官倒是面生，不知从哪里来？”

马荣举杯一饮而尽，等掌柜重又斟满，方才说道：“我家主人姓王，是京城里的大茶商，我替他驱马驾车，拉了整整三车的砖茶，预备卖到界河对面去，今日午后刚刚进城。主家赏了我三锭银子，叫我出来快活快活，我正想找个俊俏的小娘儿们，不过看来好像走错了地方！”

“客官所言正是，要是想找姑娘，可真是跑了冤枉路。”掌柜答道，“从小店出去，走上半个时辰便是北里，里头全是从对岸过来的胡人女子。至于我们汉人的姑娘，如今都在南里，过了城东南角的莲花池便是。”又讨好地说道：“不过这些本地姑娘，都不是什么上等货色，哪里服侍得了客官这样京师里来的大爷。客官定是见多识广，何不进来坐坐，再给我们讲些道上的奇闻逸事听听如何？”说话间将钱推还给马荣：“客官头一次光临小店，这第一巡酒算我请客!”

两名闲汉一看有望蹭到酒喝，也立时来了兴致，其中一个对马荣说道:“像你老这般身强力壮，定是打退过不少劫匪贼人吧!”

马荣听他们轮番吹捧，也就顺水行舟。众人走入店中，在一张八仙桌旁坐下，马荣挑了一个面朝楼梯的位子，掌柜也过来凑趣，一时推杯换盏，喝得好不痛快。

马荣讲过几个令人毛骨悚然的惊险故事后，看见吴峰迈步下楼，走到半路却又停住，目光犀利地朝这边瞧了一眼。

“吴相公也来一同坐坐如何?”掌柜叫道，“这位客官讲的故事真是最精彩不过哩!”

“此刻我还有事，暂且脱不开身，”吴峰答道，“等晚些时候再下来，记着给我留些酒菜!”说罢复又转身上楼。

“那位是我的房客，性情倒很开朗爽健。”掌柜议论道，“你们和他攀谈，定会觉得甚有趣味，还请不要早早就走，千万等他下来!”说罢又替众人一一斟上。

姑且搁下马荣不表，再说陶干那头，这半日一直忙个不停。一见马荣站在酒肆对面，他便拐入一条幽暗的小巷中，迅速脱下长袍，里外翻转后重又套在身上。

原来这件长袍非同寻常，面子用的是上等褐绸，看去十分体面尊贵，里子却是用粗麻布缝成，沾着几块污渍，还缀了几片针脚粗陋的补丁。陶干又伸手往头上一拍，帽子立即变成扁平，活像是乞丐们常戴的便帽。

换上这身腌臜装束后，陶干走进一条狭窄的过道，两边皆是宅院后墙，正夹在吴峰所住的这排房舍与邻街房舍之间。

两墙之间的空地上满是垃圾秽物。陶干不得不小心前行，估摸走到长春酒店背后时方才止步，踮脚伸手一试，发觉刚好可触及墙头，于是引身上去，趴在墙头朝四下打量。

只见店铺一片漆黑，二楼的窗内却透出亮光来。院内满地是空酒坛，两两成排，摆得甚为齐整。此处无疑便是长春酒店的后院。

陶干重又回到地上，四处翻寻了半日，终于找到一只破酒坛，将其一路滚到墙根下，然后踩上去，正好可将手肘搭在墙头，再将下巴枕于臂上，朝四周从容观望。

吴峰住的房间背后有一道窄窄的阳台，上面摆着一排盆栽花草。阳台下面是酒店后墙，刷成一片雪白，一扇小门半开半掩，旁边另有一间耳房，想来应是灶房。吴峰若是想要离开住处，轻易便可从阳台爬下并溜到外面街中去。

陶干耐心等待。约莫过了两刻钟，楼上一扇窗子缓缓打开，吴峰探头朝外张望。

陶干一动不动，心知自己完全隐身在暗处，不会被吴峰瞧见。

只见吴峰跨出窗台，在阳台上像猫儿一般稳稳走过，直走到灶房上方，又翻过栏杆，顺着倾斜的屋顶滑下，伏在瓦上略停片刻，显然是寻找落脚之处，随后轻轻一跳，正落在两堆酒坛当中，迅速朝酒店与邻舍之间的夹道走去。

陶干也离开墙头，疾步奔出过道，不慎被一只旧木箱绊倒，险些摔断了腿，刚转过拐角时，正与吴峰撞个满怀。

陶干张口骂娘，吴峰却不加理会，头也不回急匆匆直奔大街而去。陶干稍稍拖后几步，一路紧追不舍。

街上人头攒动，十分热闹，陶干也就不必小心地一路走在暗处。吴峰头上裹着花绸巾，在一片黑帽中格外醒目，倒是极易跟踪。

吴峰一径南行，忽然拐入一条小街中。

此处行人较少，陶干并未放慢脚步，只将帽子正中的纽扣解开，于是便成了平常百姓所戴的尖顶便帽，又从袖中抽出另一样法宝来，却是一根一尺来长的竹管，里面套有另外六节竹管，一节短似一节。陶干顺手一拽，便扯成一支竹杖，步态也随之变得庄重矜持，俨然是一位上了年纪的家翁，朝前直走到离吴峰只有几步远的地方。

吴峰转入另一条小街，陶干紧随其后。周围十分寂静，陶干心想应是离东边城墙不远。吴峰对这一带似是十分熟悉，又拐进一条阒无人迹的窄巷中。

陶干并未立时跟将上去，先在拐角处伸头张望，见是一条死胡同，尽头有一座小庙的山门，木门已毁，里面全无一点亮光，也不见一个人影，显然废弃已久。

吴峰直朝前走，踩上通往庙门的破败石阶，止步转身。陶干连忙缩回头来，待到再度伸头去看时，已不见了吴峰的踪影。

陶干略等片刻，方才闪身出来，轻轻悄悄走上前去，穿过庙门时，依稀看见砖墙上嵌有彩色琉璃瓦，已是饱经风雨剥蚀，拼成“三宝庵”三个大字。

陶干拾阶而上，走入其中。

寺内看去已荒废多年，家什全都不翼而飞，佛坛处空空如也，除了几面石墙别无他物，屋顶多有破损脱落，望出去便是沉沉夜幕、闪闪繁星。

陶干蹑手蹑脚查看过殿内，却未发现吴峰的踪迹，走到后门口朝外一望，忙又回身藏在门柱后面。

只见殿后有一个小花园，高墙环绕，正中一座鱼池，池边一张石凳，吴峰独自坐在那里，两手托腮，正对着水面出神。

“这里定是个秘密幽会之处!”陶干心想。

陶干找到一处窗龛，正好坐下盯住吴峰，若是有外人进来，躲在此处也不会被瞧见。

陶干安稳坐定后，抄起两手，闭上两眼，只竖着耳朵留神倾听，并不敢总盯着吴峰看觑，因为深知很多人感觉灵敏，被人暗中窥视时会有所察觉。

陶干原地不动坐了半日，不见一点动静。

吴峰偶尔挪动一下，间或拣起几块石子抛入池中权当消遣，后来起身在庭院内来回踱步，陷入沉思默想之中，如此又过了两刻钟，蓦地起身离去。

陶干一动不动藏在窗龛内，将身子紧紧贴在潮湿的石墙上。

吴峰匆匆返回住处，甚至不曾左右顾视一下。即将行至长春酒店所在的街中时，他先在拐角处稍停片刻，伸头打量一下，显然是想看看马荣是否站在外面，然后快步朝前走去，消失在酒店与邻舍的夹道中。

陶干心知今晚的差事算是就此告终，长长吁了一口气，独自走回县衙。

此时长春酒店内，人人酒酣耳热，兴致正浓。

马荣搜肠刮肚倒尽了所有故事后，掌柜也讲了几桩自家见闻。两名闲汉从旁洗耳恭听，每次听完都大力拍手叫好，预备要再坐上个把时辰方肯罢休。

吴峰终于走下楼来，与众人团团围坐一处。

马荣记不清自己已经喝过几巡，只因酒量奇大，头脑倒还清醒，心想如果能把吴峰灌醉，不定会从他口中套出些话来，于是便摆出一副京城人的派头，对着吴峰先是大加恭维，然后敬他一杯。二人自此拉开架势纵情豪饮，一发不可收拾，以至轰动街坊，被众乡邻议论评说竟达数月之久。

吴峰自恨来迟，将半坛烈酒倒在碗中一气灌下，抹抹嘴若无其事，仿佛喝白水一般，随后又与马荣对饮一斤，并道出一大段十分逗乐的故事来。

马荣渐觉酒劲上头，绞尽脑汁又说了一桩拳脚事迹，好不容易才善始善终。吴峰听罢大声称赞，接连喝下三杯，将头巾朝后一推，两肘据案，开始讲述一连串发生在京师里的奇闻逸事，间或停下来举杯畅饮，看去兴致极高，每次都是一饮而尽。

马荣一路倾力奉陪，恍惚中觉得吴峰这后生风神俊爽，倒是颇为可亲，自己似乎有事要问他，奈何死活想不起来到底是些甚事，于是提议再喝一巡。

长春店马荣遇酒徒

两名闲汉终于不胜酒力，率先醉倒，掌柜叫来街坊邻里，将他二人送回家去。马荣心想今天真是喝得够多，开口讲出一段荤敀事，及到最后竟语无伦次起来。吴峰又喝干一杯，也说起了荤笑话，听得掌柜乐不可支，马荣虽然未能领会其中妙处，也觉得甚是滑稽，随众一同大笑，又敬了吴峰一杯。

吴峰面红耳赤，豆大的汗珠从额头簌簌滚落，抬手扯下头巾抛在屋角，从此二人说话都变得缠夹不清，同时开口，滔滔不绝，偶尔停下来拍手叫好，再度举杯同饮。

午夜过后，吴峰道是想回去歇息，从座中费力站起，总算勉强走到阶前，一路上兀自慷慨陈词，大声称颂与马荣真是酒逢知己，话语投机，此情可鉴，来日方长。

掌柜扶着吴峰上楼回房，马荣正寻思这长春酒店真是个宾至如归的好去处，着实令人痛快，随即身子一歪，悄然滑到地上，立时鼾声大作起来。

第十二回

狄县令议论画中意　方玄兰密呈艳情诗

次日一早，陶干穿过中庭前去二堂时，只见马荣坐在一张石凳上，两手抱头蜷作一团。

陶干站定观望了半日，见马荣一动不动，便开口问道："老弟这是怎么了？"

马荣胡乱摆一摆手，头也不抬地哑声说道："老兄只管走开，让我稍稍歇息一阵。昨晚我与吴峰那小子一起喝了几盅，喝罢已是夜深，便在店中住了一宿，实指望能多打听出一些他的行止动静来，两刻钟前方才回到衙院。"

陶干听得半信半疑，瞥了马荣一眼，不耐烦地说道："你随我来！我有事要禀报老爷，你也同来听听，再瞧一瞧我带来的这样东西！"说话间掏出一个油纸小包来。

马荣只得无奈起身。二人离开中庭，一径走入二堂。

狄公端坐在书案后，正埋头阅读公文，洪亮则坐在屋角喝着热茶。狄公抬头说道："二位好汉，吴峰昨晚到底出去过没有？"

马荣用大手摩挲几下额头，郁郁说道："回老爷，此刻我只觉脑袋沉甸甸的，好像塞了一堆石头。陶干自会报上所有情形！"

狄公见马荣形容委顿，定睛打量一下，转头听陶干回禀。

陶干详述了一番如何跟踪吴峰前去三宝庵，以及吴峰在庙里的种种古怪举动。

狄公听罢默然不语，眉头紧蹙，过了半晌，忽然高声说道："这么说那女子并未露面！"

洪亮陶干听得目瞪口呆，就连马荣也来了几分兴致。

狄公拿起吴峰所赠的画作，起身将其铺展在书案上，用镇纸压住两头，又取了几张白纸盖在画上，唯独露出观音的面容来，对众人命道："你们来仔细看看这张脸孔！"

陶干洪亮起身低头观画，马荣也想从脚凳上起来，却见他面上抽痛一下，重又坐了回去。

陶干徐徐说道："回老爷，这观音果然与平常见过的不同！女菩萨通常都画得平和安详，不带一些烟火气，但是此画却更像是一幅活生生的凡间女子肖像！"

狄公面露喜色，大声说道："正是如此！昨日我一见吴峰的画作，立时便发觉所有观音都是这同一副极似真人的模样。

“据我推想，吴峰定是深深爱上了一个女子，其形容令吴峰魂牵梦萦、无时或忘，于是笔下的女菩萨皆是那女子的样貌，而自己却并未察觉。吴峰画技不俗，因此这些画像必是酷肖本人。

“我确信吴峰之所以不愿离开兰坊，定是由于这女子的缘故，或许她能提供吴峰与丁护国被杀一案有关的线索!”

“要找到这姑娘，想必不会太难，”洪亮说道，“我们大可派人出去，在那佛寺周围搜寻一番。”

“好个主意。”狄公说道，“你们三个须将此像牢牢记在心里!”

马荣呻吟一声站起身来，也凑近瞧了几眼，抬手按住左右太阳穴，又闭起眼睛。

“我们这位酒仙哪里不舒服?”陶干挖苦道。

马荣睁开两眼，慢慢说道：“我以前定是见过这姑娘，模样儿多少有点眼熟，不过却想不起来到底何时何地见过!”

狄公将画作重又卷起，说道：“等你头疼过去，不定就想起来了。陶干，你放在那里的又是什么东西?”

陶干小心翼翼打开油纸包，露出一块木板，上面贴着小小一枚四方纸片，送到狄公面前，说道：“老爷千万当心！这片纸还是湿的，一不留神便会扯破。今日一大早，我将倪节度那张画的衬纸揭起，在锦边底下发现了这张纸片，正是倪节度的遗嘱！”

狄公俯身细瞧纸上的小字，看罢面色一沉，朝后靠坐在椅背上，恼怒地揪揪颊须。

陶干耸一耸肩头，“实情便是如此，老爷，外相常常靠不住，那倪夫人果然希图蒙骗官府。”

狄公将木板推给陶干，命道：“大声读来听听！”

陶干念道：

本人倪守谦，自觉寿数将尽，来日无多，特立此嘱。

续弦梅氏，与人有染，生子倪善，非我骨血，故此全部家产，皆归长子倪继所有，愿其承袭祖业，光耀门楣。

立嘱人倪守谦

陶干念罢稍停片刻，又道：“此处盖有倪节度印章，我已将其与画上的印章作过比较，确是一模一样。”

二堂内一片沉寂。

狄公忽然直身坐起，拍案叫道：“大谬不然！”

陶干面带疑色瞧了洪亮一眼，洪亮不易觉察地摇一摇头，马荣则瞪大两眼望向老爷。

狄公叹息一声说道：“我为何断定此事有不实之处，这便对你们道来。

“倪公睿智机敏、富有远见，以此为依据，我推想他深知长子倪继品性不端，对那异母幼弟十分嫉恨；倪善出生之前，倪继身为家中独子已有多年，一向以为全部家产迟早会归自己一人所有。当倪公自觉大限将尽时，一心思虑的便是如何保护孀妻幼子不为倪继所害。

“倪公早已料到，莫说将家产全留给倪善，即使平分给二子，倪继也定会暗害倪善，甚至为了攫夺那一半家产而取其性命也未可知，因此临终前语焉不详，表面看去似是剥夺了倪善的继承权。”

洪亮连连点头，并对陶干意味深长地瞥了一眼。

“与此同时，”狄公又道，“倪公将字据藏入这幅画中，声明将一半或是一大半家产留给倪善。这一点从倪公吐露遗言时的古怪措辞中便可明显看出。他分明说过此画留给倪善，而‘其余家产’留给倪继，并且刻意不曾说明究竟什么是‘其余家产’。

“倪公打定主意，要利用这一隐藏的遗嘱来保护幼子，直到他长大成人后，再将名下的家产收回，也指望十年八载之后，不定会有一位机智的县令发现这卷轴中的秘密，从而将倪善应得的家产判还给他。正是因此，他才会嘱咐少妻每有新任县令驾临时，便将此画呈上。”

“老爷，这临终嘱咐也可能根本就是子虚乌有。”陶干插话说道，“我们听到的只是倪夫人的一面之词。在我看来，这份遗嘱表明倪善乃是孽种，倪节度生性宽厚隐忍，不愿倪继将来为报父仇而行事不当，同时也希冀自有真相大白的一日，因此才将此遗嘱藏入卷轴之中。一旦哪位聪明过人的县令发现了此书，便可驳回倪夫人对倪继提出的控告。”

狄公仔细听罢这一番话，问道：“若是如此，倪夫人急于要揭开这画中之谜，你又如何解释？”

“妇人女子易于恃宠而骄，自以为有人怜爱，便可摆布得对方俯首帖耳、言听计从。”陶干答道，“我确信倪夫人满心指望其夫会大发善心，在画中藏入银票或是藏宝图一类的物事，以此补偿她那份未能到手的家产。”

狄公摇头说道：“你这一番说法，听去倒甚为合情合理，不过却与倪公的性情不符。我深信这份遗嘱是由倪继伪造而成。据我想来，倪公在这幅画中藏入了一份无关紧要的文书，为的是引着倪继误入歧途。正如我曾经所言，倪公若将真正重要之物藏在此处的话，手法未免过于粗糙。除去这一障眼法之外，此画中必是以更加巧妙的方式藏有真正的线索。

“倪公唯恐倪继会疑心画中藏有要紧之物并将其毁去，于是在锦边内夹入一份文书，专为让倪继找到，并料到倪继发现之后，便不会再继续搜寻那真正的线索。

“倪夫人说过倪继曾将此画保留了七八天之久，因此他有的是时间寻出里面藏的文书。无论到底是何物，倪继将其取出后，又换上了这份假遗嘱。如此一来，无论倪夫人拿这画怎么处置，他都会立于不败之地。”

陶干点头说道：“老爷的说法固然引人入胜，不过我仍觉得我之愚见却更为简单明了。”

“想要找到倪节度的墨宝，应是不会太难，”洪亮说道，“可惜他在这张画上题的是古体隶书。”

狄公沉思说道：“我早已打算赴倪宅一访，今日午后便去，试试能否讨来一幅倪公的家常手迹及其落款。洪都头，你这就跑一趟倪宅，将我的名帖送去，并告知我即将造访之事。”

洪亮领命后，与陶干马荣一同起身告退。

三人走过中庭时，洪亮说道：“马荣，你该喝上几杯酽酽的热茶才是。不如我们同去三班房中稍坐，先设法令你振作一二，然后我才好放心出门！”

马荣点头依从。

三班房中，方班头父子二人正坐在八仙桌旁叙话。其子一见三人走入，立时起身让座。

众人团团坐下，洪亮命衙役送一壶浓茶来。

闲话几句之后，方班头说道："你们几位进门时，我正在与小儿商议该去何处寻找长女白兰。"

洪亮呷了一口热茶，缓缓说道："方班头，有件事情我若提起，怕你听了心里不会好受，虽说不想惹你难过，但仍觉得不可不虑。许是白兰姑娘悄悄有了相好，并且随那人一起私奔了。"

方班头断然摇头道："我家这两个女儿，虽是同胞姊妹，性情却完全两样。那玄兰十分任性固执，凡事都有主见决断，自打长到我膝头这么高时，便深知自己想要何物，并且晓得如何才能弄到手，原该生成个男孩子才对。但是白兰却恰恰相反，向来稳重听话，性情十分柔顺。我敢说她从未有过与人勾搭的念头，更不必说跟人私奔了！"

"如此说来，恐怕我们得做最坏的打算。"陶干说道，"会不会有下流无赖劫了她去，然后又卖到勾栏瓦舍之中？"

方班头凄然点头，叹息说道："陶大哥说得很是。我也想到应去那些挂牌的行院妓馆里查访。各位想必知道，兰坊城中有两处这样的地方，一处叫作北里，在城内西北角，那里的姑娘全是从界河对面而来。当年通往西域的官道途经兰坊时，北里的生意十分兴隆，如今却已败落下去，沦为地痞流氓们最爱出没的地方。

“还有一处叫作南里，全是上等行院。那里全是汉人姑娘，有些还能诗善文，精通各种才艺，比起大地方的歌伎舞姬来也不差多少。”

陶干捻着左颊上的三根长毫，沉思说道：“我想应当先从北里查起。从你方才的话中，我已听出南里的行院妓馆应是不敢劫持良家女子。那些上等场所一向小心翼翼，免得触犯律法，里面的姑娘也都是按规矩合法买入的。”

马荣伸出大手，一拍方班头的肩膀，说道：“等老爷料理了丁护国一案，我便会立刻向他请命。打探你家女儿下落一事，只管交给我和陶干去办。除了这个足智多谋的老江湖，再想不出还有谁更能担当此任，再说还有我从旁出力动拳动脚，你就只管放心吧！”

方班头眼含热泪，谢过马荣。

这时只见玄兰走进门来，一身端庄的侍女打扮。

“你在那边差事办得如何，姑娘？”马荣大声问道。

玄兰全不理会马荣，冲父亲躬身一拜，然后说道：“爹爹，我有事想要禀报老爷，不知可否带我进去？”

方班头起身辞了众人，洪亮也出门去倪宅传话。父女俩穿过中庭，见狄公独自一人坐在二堂内，两手支颐，默默沉思。

狄公抬头看见方家父女，面上一喜，待二人行过礼后，和蔼地点头示意，急切问道："小姑娘，你在丁家都有何见闻，不妨一一道来！"

"回老爷话，听他家丫鬟说，那丁老将军唯恐有人害他性命，"玄兰开口叙道，"所有饭菜送入之前，都得先拿一些去喂给狗吃，为的是验明里头不曾下毒。大门二门从早到晚都关得紧紧，但凡有客人或是工匠上门，家仆们方可开锁，简直麻烦透顶，无人不怨的。谁都不乐意在丁家做事，不但会遭到丁老将军的怀疑，还要被丁少爷盘问个没完，因此一般做上二三个月便离开了。"

"你再说说丁家都有几口人，各自脾性如何！"狄公命道。

"丁老将军的大太太几年前便已故去，如今是二太太当家，她总是提心吊胆，生怕旁人对她态度轻慢，在她手下做事可不容易。三太太又胖又懒，大字不识几个，不过倒是不难伺候。四太太年纪很轻，是丁老将军到兰坊后才娶进门的。据我想来，她是男子眼中的大美人儿，不过早起梳妆时，我却看见她的左胸处生了一颗黑痣，十分难看。平时她只会朝二太太伸手要钱，若是要不来，便在房中对着镜子照来照去，一照就是大半天。

“丁少爷与少奶奶住在一处单独的小院里，尚无儿女。少奶奶相貌平平，年纪比少爷还大几岁，不过听说很有学问，读过许多诗书。丁少爷几次想要纳小，少奶奶坚决不答应。如今丁少爷想在年轻丫鬟们身上揩些油水，但却没能讨到多少便宜。谁都不喜欢在那里做事，因此丫鬟们也并不在意是否会开罪少爷。

“今日一早，我去打扫丁少爷的屋子，趁机翻了翻他的私信等物。”

“我可没吩咐你去做这等事。”狄公冷冷说道。

方班头怒瞪了女儿一眼。

玄兰脸上一红，紧接着又道：“在一只抽斗背后，我发现了一包丁少爷写的诗文书信，用词文绉绉的，我看不大懂，不过从一些字句上，能瞧得出内容很不一般，于是就带回来给老爷过目。”说话间抬手伸入袖中，摸出一叠字纸来，恭敬一拜，呈给狄公。

狄公狐疑地瞥了一眼满脸怒容的方班头，草草浏览几页，撂下说道：“这些诗稿全是有关男女偷情，写得十分香艳，你看不懂倒是再好不过。书信也是一样，署名皆是‘奴毅伏拜’。丁公子显然是为了抒发自己的一腔恋慕之情而作，写好后却从未送到情人手里去。”

“丁少爷这些东西，不大可能是写给少奶奶那般的女学究的!”玄兰说道。

只听“啪啪”两声，方班头给了玄兰两记耳光，斥道:“你这没规矩的毛丫头，老爷又没问你，怎敢多嘴多舌!”转头对狄公歉然禀道:“都是因为她娘已经过世了，所以没人管教，还请老爷恕罪!”

狄公微微笑道:“方班头，等办完了这桩人命案，本县自会为玄兰姑娘安排一桩合宜的婚事。对于一个任性的年轻女子来说，嫁人后安心操持家务，将是再好不过。”

方班头恭敬地谢过老爷，玄兰看去十分恼怒，但也没敢出声。

狄公伸出食指敲敲那叠笺纸，说道:“我会立即命人将其抄录下来。今日午后你便回去，务必将书信放回原处。小姑娘，你办得着实不坏！时时处处多看多听，只需留心不可打开关紧的抽斗柜橱之类翻东翻西。明日再来回禀!”

方班头父女退下后，狄公派人将陶干唤来，说道:“这里有些书信诗稿，你拿去仔细抄录下来，再从这些情致缠绵的字句中，看看能否寻出关于那女子身份的蛛丝马迹来。”

陶干随手翻阅了一下情诗，双眉立时高高竖起。

第十三回
倪继盛情恭迎贵客　狄公决意再访丁宅

狄公前往倪继的宅邸，只带了洪亮与四名衙役同行。

官轿经过雕花汉白玉石桥时，狄公望见立在莲池左岸的九层佛塔，不由心中赞叹，过后又朝西而行，顺着河边，直走到人烟稀少的城内西南角处。

倪宅建在荒地之外，狄公留意到四面的围墙高大厚实，心知此处靠近水门，为了防备胡人越过界河前来攻城，本地人通常愿将家宅修建得格外坚固。

洪亮走到正门前，抬手敲了两下，双扇门立时开启。官轿徐徐进入中庭，两名门丁从旁躬身施礼。

狄公从轿中走出，只见一个身量中等的肥胖男子，从花厅门口降阶而下，一路疾步奔来，生得肥头圆脸，留着短短的髭须，双眉稀淡，两只小眼骨碌碌转个不停，与其人的动作迅速、出语快捷倒是相得益彰，恭敬施礼后开口说道："小民便是倪继。老爷大驾光临，令寒舍蓬荜生辉。还请屈尊入内，略坐一时！"

倪继引着狄公顺阶而上，穿过高高的门扇，走入花厅。后墙处有一张硕大的几案，形似供桌一般，主人恭请贵客坐了案前的上座。

狄公左右扫了一眼，见花厅布置得十分典雅庄重，心想这些古董硬木桌椅，还有墙上挂的精美字画，想必皆是当日倪守谦的收藏。

一名家仆上前沏茶，捧出一套上等细瓷古董茶具。狄公开口说道："本县每到一处就任，总要拜访当地的名流士绅，已成习惯。令先尊倪公，名扬四海，政绩卓著，朝野无不钦敬。本县久欲一会倪家公子，今日有幸得见，自是欣喜逾常。"

倪继忙从座中跃起，立在狄公对面连揖三下，然后重又落座，开腔说道："老爷一番美言，令小民感激万分！老爷所言甚是，先父确是出类拔萃，堪称人中龙凤了！只可惜为父者如此不凡，为子者却如此平庸，直是有云泥之别，实乃大不幸之事也！啊啊，所谓天赋颖异，天生奇才，无一不是上苍的恩赐垂青，通过勤学苦读，磨砺日久，方可终成大器。再说小民，生来资质驽钝，即使埋头书卷，昼夜不辍，亦是事倍功半，收获甚微。不过幸好总还能返躬内省，略有自知，因此深明己短，自忖既无经天纬地之才，也就从不敢怀有为官作宰之心，但求居此边

倪继盛意恭迎贵客

地，恬然一生，料理好自家的宅内田间之务便足矣！”说罢咧嘴赔笑，搓搓圆胖的两手。

狄公正欲开口，不料倪继接着又道：“小民不过是一凡夫俗子，得与老爷这般学识渊博者相谈，实在羞煞人也。况且老爷威名素著、万众景仰，今日屈尊纡贵，驾临敝宅，令小民极感荣耀之余，更是惭惶无已。老爷乍到此地不过数日，便当机立断，火速将那逆贼钱茂拿下，惩恶扬善，功莫大焉，小民在此衷心恭贺！抚今追昔，不免想起以往数任县令，皆是屈服听任于钱某，真乃可悲可叹！先父在日，每每论及如今的青年后进，时常批评他们持身不严、行事不谨，至今言犹在耳。啊哈，不过老爷却是卓尔不群、与众殊异，小民想说的是，人人皆知……”

倪继说到此处，略略迟疑片刻，狄公连忙插话道：“倪公身后一定留下不少家产吧。”

“正是如此！”倪继答道，“只可惜小民赋性愚钝，为了管理名下田产，竟至镇日操劳，常得与那些佃农打交道，老爷明鉴，说的就是他们！当然为人甚为诚实勤勉，最是淳朴不过，然而却总是欠交租子！还有在家中帮佣的本地乡民，与京城里的下人也是大不相同！小民向来声称……”

“本县还听说，”狄公又道，“倪先生在东门外有一大片田庄，景致宜人。”

“不错，不错，”倪继答道，“那里着实是一片好地方。”说罢后，头一次住口不语。

“听说城外还有一座著名的迷宫，”狄公说道，“有朝一日，本县定要去一睹为快。”

“荣幸之至！荣幸之至！”倪继连声谢道，“只可惜那里如今十分破败。小民本想修葺一番，奈何先父生前甚爱彼处，并留下严命曰不得擅动其间一草一木。老爷明鉴，小民虽则粗蠢愚鲁，总还不敢有违孝道。先父留下一对老夫妻专门看守迷宫。二人年事已高，虽说忠心耿耿，到底精力不济，无法妥善照管。不过老爷亦知对那些老家仆，多少总得优容一二，最好敬而远之、莫去搅扰。实不相瞒，小民从未前去看过。老爷可以想见，那对老夫妻不定还以为……”

“本县对那迷宫深感兴趣，”狄公耐心说道，“听说修得独出心裁、精妙绝伦。不知倪先生可曾进去过？”

倪继一双小眼中闪过不安之色：“不不，说起来……小民从未冒险入内。实话对老爷说，先父对那迷宫格外看重，只有他一人知道其中秘密……”

“据本县猜测，”狄公随口说道，“倪公的遗孀想必也会晓得吧?”

“此事说来不免令人凄恻!”倪继叫道,“老爷想必听说过家母早已故去,当时小民尚在幼时,实属不幸!家母当年身染沉疴,缠绵病榻多年,真可谓受尽了折磨!”

“实不相瞒,”狄公说道,“本县说的乃是倪公继室,即倪先生的继母。”

倪继再次从座中一跃而起,动作灵活得出奇,在狄公面前来回踱步,忿忿道:“这桩丑事,真是令人痛心疾首,简直不忍提起!先父一世,何其英明果决,然而一着不慎,一念之差,竟至铸成大错,老爷听小民说完,便能体会得虽然身为人子,在此亦无法为尊者讳言,是何等痛彻心骨。不过须得说明一句,先父品格超迈,且又慷慨大度,正因如此,才会铸成这一最是人所难免的错误。

“老爷明鉴,先父一时心软,竟会被一个狡诈奸邪的女人所欺,受她哄骗而动了恻隐之心,娶回家中。这女人究竟是何心肠!谁想她非但不存感激之意,反而瞒着先父,与不知哪里的奸夫私通,老爷定知通奸可是一项不可饶恕的弥天大罪!先父虽说心知肚明,却始终隐忍不言,即使对我这独子也只字不提,一直等到临终时,才在病榻上吐露了这桩惊人的秘密!”

狄公张口欲言，倪继却接着又道：“小民知道老爷一定想说，我本应去县衙告发那女人才是。不过小民心想，这究竟是先父的家中私事，一旦闹上公堂，必会被那些愚夫愚妇们拿去四处宣扬，倪家也跟着名誉扫地，着实心中不忍，因此终不能如此行事！”说罢抬手掩面。

“可惜此事终不免要对簿公堂，本县深感抱憾，”狄公淡淡说道，“只因你那继母递状告你，声称对口头遗嘱不服，要求判给她和其子一半家产。”

“这忘恩负义的女人，直是让人无话可说！”倪继叫道，“老爷明鉴，她必是一条恶毒淫邪的狐狸精！但凡还有一丝天良人性，也绝不会下贱至此！”说罢不禁流泪呜咽起来。

狄公徐徐饮完茶水，等倪继稍稍自持并重回座中，方才闲闲说道：“本县从未有幸与令先尊谋过面，实为平生一大憾事。不过俗话说‘字如其人’，一个人的精神气度，常会在其笔墨中宛然犹存。不知可否烦劳倪先生让本县一观令先尊的墨宝？倪公书法高妙，自成一格，天下无人不知。”

“又是一桩大不幸之事！”倪继叫道，“老爷开了金口，奈何小民竟不能依命照办，实在窘煞人也！此乃先父的另一匪夷所思之举，不不，毋宁说是他虚怀若谷的另一明证。当先父自觉大限将近时，曾命我务必将他的所有手泽统统焚去，还说并不值得让后代保留收藏。如此高风亮节，真是令人钦敬不已！”

狄公低声附和几句，又问道：“倪公声名远播，想必在兰坊本地亦结交过不少知己？”

倪继撇嘴淡笑一下，答道：“如此边陲之地，满眼山野乡民，哪有什么能让先父意欲结交之人。当然总有例外！若是遇上老爷，先父定会视为同道，相与倾谈，不亦乐乎！他向来对地方政务深有兴趣……不不，先父整日沉浸在诗书之中，余暇时间全都用于督管家中佃农，正是因此，那女人才能够设法与他……罢罢，小民未免扯得太远了！”说罢两手一拍，命人添茶。

狄公默默捋着长髯，心想这倪继真是精明逾常，口若悬河说了大半日，实则滴水不漏。

只听倪继又开始絮絮议论本地的酷烈气候。狄公只是默默饮茶，忽然开口问道：“不知令先尊从前在何处作画？”

倪继疑惑地瞥了狄公一眼，犹豫片刻，搔搔面颊，方才答道：“小民对书画之道并不精通……请容我思虑片刻。先父曾在田庄后面的一间凉亭内作画，就在花园后头，靠近迷宫的入口处，真是好个所在。那里有一张大画案，先父当年曾经用过，想必如今仍在原处，不知看门的老夫妻有否妥善照管，老爷知道那些老仆……”

狄公起身欲辞，倪继却执意挽留，又开始长篇大论讲述一段拉杂旧事，听得人仍是一头雾水。

狄公颇费了些工夫与周折，最后总算从倪继处脱身而去。

洪亮一直在门房中等候，于是一行人返回县衙。

狄公回到二堂，在书案后坐定，深深吁了一口气，对洪亮说道：“与倪继见这一面，真是好不累人！”

“老爷可否问出什么消息来？”洪亮急切问道。

“却是没有。”狄公答道，“不过倪继口中所言，或许仍有一两桩值得注意之事。我没能讨到一张倪公的手泽，因此也就无法与陶干从卷轴中发现的遗嘱来比较字迹。倪继声称谨遵父命，在倪公过世后，已将所有遗稿焚毁。我想倪公在兰坊的友人也许会藏有一两件墨宝，但是倪继却一口咬定其父息交绝游。洪亮，你对倪宅的印象如何？”

“我在门房中等候老爷时，与那两个看门人叙了大半日闲话。”洪亮答道，“他二人道是倪继颇有些古怪的念头，与其父一样性情乖僻，不过却不及倪节度才智过人。

“虽然倪继本人从不习武，却对拳术、角抵与剑斗极为热衷，挑选家仆时，看中的全是勇武好斗之人。倪继最喜欢观看他们操练武艺，还将宅内二进庭院改作演武场，让家中仆人轮番比试，自己坐在一旁喝彩叫好，一看就是个把时辰，还给胜出者颁发奖赏。”

狄公缓缓点头，说道：“身体孱弱之人，常会对强健的体力倍加崇尚。”

“那二人还说，”洪亮又道，“倪继曾经挖过钱茂的墙角，用重金收买了钱家最好的一个武师，钱茂为此十分恼怒。倪继很是胆小，每天都担心胡人会突袭兰坊，正是因此，他才执意要求家中仆人必须个个长于打斗，甚至还聘请了从对岸过来的回纥武士，专门教授家丁们回纥人的阵法！”

“家丁有没说过倪公对倪继有何看法？”狄公问道。

“倪继定是对其父怕得要命，即使在倪节度去世之后仍然如此。”洪亮答道，“葬礼一过，倪继便将家中所有旧仆全都打发走，因为看见他们，就不免会忆起先父威仪来。对于倪节度的遗嘱，倪继全都老老实实逐条照办，包括让田庄中的一切必须保持原样。自从父亲去世后，倪继从没去过那里。家丁们道是如果有人提起那地方来，倪继便会闻之色变！”

狄公捋着长髯，沉思说道：“这几日里，我一定要去那田庄走一趟，顺便看看那座有名的迷宫。到时你还可打问一下倪夫人母子现居何处，并请他们前来见我。或许倪夫人手中藏有倪公的手迹也未可知，并可证实倪继所说的其父在兰坊并无一友是否属实。

“至于潘县令被害一案，我还没有完全放弃，仍在设法寻找关于钱茂那位神秘军师的线索。我已派了乔泰去一一查问钱宅的守卫，方班头也会去狱中提审钱茂的另一名师爷，或许还可派马荣去城里地痞流氓云集之处走一趟。如果正是那神秘的幕后人物谋害了潘县令，他一定另有帮凶。”

“老爷，马荣还可顺便打听方家长女白兰的下落。”洪亮说道，“我们几个今早与方班头商议过，他也说白兰很可能被人劫去，然后又被卖到烟花窑子中。”

狄公叹息一声，说道：“不错，恐怕那可怜的姑娘确已遭遇此事！”

过了半晌，狄公又道：“不过关于丁护国一案，仍是进展无多。我将命陶干今晚再去一趟三宝庵，看看吴峰或是他所爱慕的那个无名女子会不会出现。”

狄公见案上有一堆公文，定是自己出门时陶干送来的，于是随手拿起一份。洪亮却似乎不愿退下，犹豫半晌后说道：“老爷，我总觉得在丁将军的书斋里，我们似乎看漏了什么东西，越想越觉得此案的线索就在那里！”

狄公撂下公文，定睛注视着洪亮，又打开一个小小的漆盒，取出自己命陶干复制的小匕首来托在掌中，徐徐说道：“洪亮，我遇事从不瞒你。关于丁护国一案的背景，虽然我也隐约设想过几种可能，但是坦白说来，这匕首究竟如何使用，凶手又是如何出入书斋的，至今仍是没有半点头绪！”

二人半日无语。狄公忽又决然说道：“明日一早，我们再去一趟丁宅，专为查看书斋。或许你说得有理，必须在那里寻找此案的线索！”

第十四回
入书斋忽见奇线索　验毒物下令捉疑凶

次日一早，天气晴好，看去整日都会风和日丽。

狄公用过早饭，告诉洪亮自己打算步行前去丁宅，又道：“我也带陶干同去，稍稍走动一下，对他不无益处！”

三人穿过西边角门，出了衙院。

狄公并未派人去丁家先行通报，进门一看，只见宅内上下正忙于筹备丧礼。

管家引着狄公等三人去了一间厢房。灵堂设在大厅内，丁护国的尸身已正式入殓，硕大的棺木停放于厅堂正中，表面已涂过漆。十二名僧人正在念经，嗡嗡的诵读声与咚咚的木鱼声回荡在庭院中，四处弥漫着一股浓重的佛香气味。

狄公看见走廊中有一张条几，上面堆满了寿礼，全是红纸包裹，还附有祝信贺辞，不禁面露惊异之色。

管家见此情形，忙致歉说这些贺礼本该早早收起，奈何如今所有下人都忙于料理丧事，是以无暇及此，不想令老爷触目惊心，实在过意不去。

这时丁毅疾步奔入厢房，身着一件白麻布孝服，为了宅内凌乱而连声告罪不迭。

狄公止住丁毅的絮聒，说道："就在今明两天，本县将开堂审理此案，鉴于尚有两三处疑点须得澄清，故此贸然前来私访。本县预备再去令尊的书房中查看一番，丁公子只管料理家事，不必相陪。"

在通往书斋的幽暗廊道上，两名衙役正在那里把守，一见老爷走来，上前禀报曰这两日内，从未有人进去过。

狄公扯下封条，刚一推开门扇，只觉一股恶臭扑鼻而来，急忙以袖掩面，退后几步。

"定是有什么东西死在了里面，"狄公说道，"陶干，你去大厅内，问那些和尚要几根天竺佛香来！"

陶干领命匆匆而去，过不多时便又转回，两手各举着三支点燃的线香，冒出一股刺鼻的浓烟。

狄公接过线香，再度踏入书斋，在身前身后上下挥动，使得自己被一团蓝色的烟雾罩在其中。

洪亮陶干等在外面。过了半日，只见狄公出来，手持一柄往墙上挂条幅用的画叉，竿头处挑着一只半腐的死鼠。

狄公将画叉交给陶干，命道：“去叫衙役将这鼠尸装进一只盒子里，再将盒子封起！”

狄公方才已将几炷线香插在房内书案上的笔筒中，此时只见烟雾袅袅飘出门外。

二人立等臭气消散时，洪亮笑道：“方才我着实被那只小耗子吓了一跳，老爷！”

狄公却正色说道：“洪亮，你要是进到房内，就笑不出来了，那暴死的冤魂仍然郁积充塞在其中哩！”

一时陶干回来，于是三人走入书斋。

狄公指着地上的一只硬纸盒，说道：“这是那天从丁护国的衣袖中发现的。我将此盒放在书案上，就搁在砚台旁边。盒内装有蜜饯梅子，结果被一只耗子闻见了味道。你们看，书案上落了一层尘土，耗子踩出的足印清晰可见。”

狄公俯身下去，伸出两指小心地拈起纸盒，又放回书案上，只见盒盖的一角已被啮去。

狄公打开盒盖，见里面少了一粒梅子，不禁肃然说道：“此乃凶手的第二件杀人凶器。这些梅子是下过毒的！”又对陶干命道：“你在地上找找那粒梅子，小心不要用手碰它！”

陶干跪地四处看觑，终于在一张书架底下寻了出来，梅子已被啃去一半。

狄公从自家衣袍的褶缝中摸出一根牙签，扎起半粒梅子，重又放回盒中，再将盒盖盖上，对洪亮说道："将这纸盒用一张油纸包起，带回县衙去细细查验。"

狄公朝四下打量一番，摇头说道："我们这就回去。陶干，你将这房门再度封起，让那两名衙役仍旧在原地看守。"

三人出门走回衙院，一路无话。

狄公步入二堂，命衙吏送一壶热茶来，随即在书案后落座，陶干洪亮也在各自的脚凳上坐下。

三人默默饮过茶水后，狄公说道："洪都头，你派人出去跑一趟，将仵作召来！"

洪亮领命离去后，狄公对陶干说道："这桩人命案越发复杂起来。我们还未弄清凶手如何下手杀人，却又发现他还备有另一样凶器。刚刚得知被告吴峰有一秘密相好，接着便又听说原告丁毅暗地里也有一个情人！"

"老爷，"陶干狡黠地说道，"会不会就是同一个女子？假如吴峰与丁毅确为情敌，丁毅对吴峰的控告便须重新思量了！"

狄公欣喜道："这一说法倒甚为有趣！"

陶干思索片刻，接着又道："不过我还没能想出，凶手如何能让丁将军收下那盒有毒的梅子！想来必得亲自交到丁将军的手中才行。今天看见他家走廊的桌案上堆满了寿礼，凶手不可能将此物放在那里，不然无法确保丁将军一定会特意挑出那一盒梅子来。也可能是由丁公子或家中其他人拣出来的。”

“还有一个问题，”洪亮说道，“凶手杀人之后，为何不将此物从丁将军的衣袖中取走，而要将这证物留在命案现场呢？”

陶干疑惑地摇摇头，半晌后说道：“我们以前还从未遇到过如此难题成堆的时候。除了这桩杀人案，还有墙上那张画中的秘密待查，钱茂的神秘军师依然逍遥法外，谁知正在策划什么新的勾当。关于那人的身份，莫非还是没有任何消息？”

狄公苦笑一下，答道：“完全没有。昨晚乔泰道是已经盘问过钱家所有守卫与师爷，仍是没有一点线索。那神秘人总是深夜才来，穿一件遮住全身的长袍，从未开口说过一个字，用项巾蒙住下半个脸面，又用头上戴的兜帽遮住上半个脸面，甚至连两手也一向笼在袖中，从未露出来过！”

众人又饮了一杯茶，这时一名衙吏进来，禀报曰仵作已到。

狄公目光锐利地扫了仵作一眼，说道:“那天你在丁家验尸时，曾说过所有内服的毒药都可鉴定出来。如今这里有一盒甜梅，一只老鼠吃过半粒后，便当即毙命。你就当着本县的面，查验一下里面到底含有何种毒药。如果必要的话，也可检查那只死鼠。”说罢递过纸盒。

那老者打开随身带来的小包裹，取出一只皮夹，里面装有一套薄薄的长柄短刃小刀，挑出一把刀刃格外锋利的，又从衣袖中摸出一沓四方白纸来，放在书案一角，用一只镊子夹起老鼠吃过的那粒梅子搁在纸上，切下一片薄如棉纸的果肉来，动作极其灵巧熟练。

狄公与洪亮陶干从旁观望，紧盯着仵作的一举一动。

只见仵作用刀刃将果肉在纸上铺平，仔细看了半日，然后抬头请老爷给一杯沸水，一支从未用过的新笔，还有一根蜡烛。

待衙吏将这几样东西送入二堂后，仵作用笔蘸些沸水，将那片果肉濡湿，又拿出一小片洁白如雪的四方蜡纸来覆在果肉上，并用手掌压了压。

仵作点燃蜡烛，将蜡纸揭起给狄公过目，只见纸上沾有果肉的水痕印渍，然后拿到烛火上烘烤。等完全烘干后，将纸片举到窗前细细端详了半日，还用食指轻轻揩拭。陶干从座中立起，行至仵作身后一同看觑。

仵作回身将蜡纸呈给狄公，说道："启禀老爷，这梅子里含有大量毒物，是一种名叫藤黄的颜料，用一根空心针注入其中。"

狄公缓缓捋着颊须，瞧了一眼那张蜡纸，问道："何以见得？"

"这套检验方法代代相传，已经沿用了几百年之久。梅子中的异物，可从其色泽与颗粒辨识出来。老爷要是细看这印渍，就会发现明显呈淡黄色。颗粒的不同，只能靠触摸辨别出来，全凭从业多年后养成的经验与敏锐手感。小人见这片果肉上显出许多小小的圆形斑点，于是便断定是用一根空心针将藤黄注入的。"

"好个手法！"狄公赞道，"你再查查其他那些梅子。"

仵作领命自去查验，狄公随手把玩着空纸盒，将盖在盒底的折叠白纸揭下，忽然低头定睛细看，只见纸边隐隐显出一块朱红印记，不禁叫道："啊呀，这也未免太不小心了！"

洪亮陶干闻言起身，一同埋头细看，狄公用手一指那红印。

"这是吴峰的一半印章！"洪亮叫道，"就跟前日他盖在画上的一模一样！"

狄公朝椅背上一靠，"如此说来，已有两条线索指向这位画师。首先，用的毒药是藤黄，这种黄色颜料不仅所有画师都会使用，并且也都知道此乃剧毒之物。其次，这张纸就铺在盒底。据我想来，吴峰在画上盖印时，曾经用它垫在下面，不经意间半个印章便洇过画纸，留在了下面这张纸上。”

“这正是我们要找的证据!”陶干兴奋地叫道。

狄公却未置一词，默默等待仵作验完其他八粒梅子。

仵作终于禀道:“回老爷，所有梅子里都含有藤黄，用量足以致命。”

狄公从书案上取了一张公文用纸，推到仵作面前，命道:“还请你写下证词，再按上指印!”

仵作提笔写了半日，又按过指印，狄公嘉勉几句，命他退下，又命衙吏将方班头叫来。

方班头一进门，狄公立时说道:“你这就带上四名衙役，将吴峰捉拿归案!”

第十五回

吴峰当堂述说秘事　狄公遣众搜索城东

只听三声锣响，余音回荡在衙院内外，昭示午衙即将开堂。

大堂内又是人满为患。那丁老将军威名显赫，在兰坊无人不知，因此引来了许多看众。

狄公登上高台，命丁毅走上前来。

丁毅在案桌前跪下，狄公说道："几日前，你曾在此处控告吴峰谋害了令尊性命。本县经过详查，凭着查获的证据，已将吴峰捉拿归案。不过仍有几点尚须澄清。

"本县即刻便会传被告吴峰上堂问话，你从旁仔细听好。若是说到某处，你另有详情意欲报上的话，只管明言，无须多虑！"

狄公发签命狱吏提人，不一时便有两名衙役带着吴峰走入大堂。狄公见那吴峰镇定自若，行至高台前跪下，恭敬地等候老爷问话。

"报上你的姓名、生业！"狄公简短说道。

“小生姓吴名峰，”吴峰答道，“有个贡生的功名，但更乐于潜心作画。”

“吴峰，”狄公厉声说道，“有人告你谋害了丁护国将军的性命，还不从实招来！”

“回老爷，此事与小生全无干系，断乎不能冒认。”吴峰泰然答道，“对于死者的名姓和曾经犯下的罪孽，小生倒是耳熟能详，因为以前时常听家父谈起这桩丑事，死者当年皆是因为通敌自保，从而被兵部解职。不过小生想申明一点，本人不但从未见过那丁将军的面，甚至全不晓得他就住在兰坊，直到后来丁家公子四处散播谣言对我恶意中伤时，方才得知此事。至于那些谣言，更是荒谬绝伦，根本不值一驳，小生也从不理会。”

“若是如此，”狄公冷冷说道，“为何丁将军一直对你十分惧怕？为何下令将丁家大门日夜紧闭，自己躲在书斋中关门上锁？若是你不曾密谋对丁将军不利，为何要雇佣市井无赖去丁宅窥探？”

“老爷前头的两问，乃是丁家私事。”吴峰答道，“既然小生根本不予理会，也就无从议论得起。至于最后一问，小生坚决否认曾经雇人去窥探过丁宅，还请那原告指出一个被雇之人来，我可与他当面对质！”

“你这后生，不要如此大言不惭！”狄公喝道，“事实上，本县已经捉住其中一人，到时自会让你与他对质！”

吴峰听罢怒道：“姓丁的好生无耻，竟然贿赂他人来诬告于我！”

狄公见吴峰动了怒气，心知若想出其不意激他一激，此刻正是时候，于是倾身朝前，厉声说道：“本县自会道出你为何痛恨丁家！并非是由于两家父辈结下的仇怨，而是你自己居心不良。你且抬头看看这个女子！”说话间从袖中取出一张画像，正是从吴峰那张大作上截下的观音头脸。

狄公命方班头将此画递给吴峰，目光始终盯在吴峰丁毅身上。一听说到女子，二人立时都白了脸，丁毅更是瞪大两眼，惊骇万分。

只听旁边有人压低嗓子惊叫一声，却是方班头呆呆站在地上，手持画像，面如死灰，如同见了鬼怪一般，失声叫道：“老爷！这画的正是我家女儿白兰！”

此言一出，堂下皆惊，人群中响起一片低语。

“肃静！”狄公断喝一声，虽然心中十分震惊，却依然不动声色地说道，“方班头，将此画拿给被告！”

方班头道出白兰的名字后，吴峰立时变得焦躁不安，然而丁毅那边却似是放下心来，长长出了一口气，面上复现血色。凡此种种情形，全都被狄公看在眼里。

吴峰一言不发，只是定定地凝视着画中人。

“赶紧从实招来!”狄公喝道，“你与这女子到底有何关系?”

吴峰面色惨白，说话时声音却依然平稳，“不招!”

狄公朝椅背上一靠，冷冷说道:“被告吴峰，你莫要忘了此处乃是县衙公堂，本县命你立即回话!”

“随便你怎么用刑折磨，”吴峰朗声答道，“也休想让我开口招供!”

狄公叹息一声，说道:“你已犯下藐视公堂之罪!”随即示意左右。

两名衙役上前扯下吴峰的衣袍，另有二人分别捉住他一条胳膊，按在地上朝前拖拽，直至面孔贴地，然后一齐瞧着方班头，等他动手行刑。

方班头手持长鞭立在一旁，抬头朝狄公望去，面色痛苦不堪。

狄公心中了然，方班头生性正直，唯恐自己一怒之下，会将吴峰打到断气，于是伸手指指另一个身强力壮的衙役。

那人从方班头手中接过长鞭，举起筋肉粗壮的胳膊，用力一挥，细细的鞭子应声落在吴峰裸露的背脊上。

吴峰挨了几下，不禁吃痛呻吟，抽过十鞭之后，背上已是鲜血横流，但是仍没有开口的意思，于是又挨了十鞭，终于浑身瘫软，一动不动。

衙役禀报曰人已昏厥过去。狄公示意一下，两名衙役将吴峰拽成跪坐状，端来热醋置于他的鼻下，过了半日，方才渐渐醒转。

“吴峰，抬头看着本县!”狄公命道。

一名衙役揪住吴峰的头发，用力朝后一扯。

狄公倾身向前，定睛看去，只见吴峰面目扭曲，口唇痉挛抽动几下，木然吐出两个字来:“不招!”

那持鞭的衙役一听，举起鞭柄正要朝吴峰脸上打去，狄公却抬手制止，又徐徐说道:“吴峰，你年纪轻轻，且又聪明过人，何必非要一意孤行，做出这等蠢事来。本县不妨明白告诉你，那姑娘被人拐去，遭际着实可怜，你以为你二人私下来往神鬼不觉，其实本县早就心里有数，知道得八九不离十了!”

吴峰咬牙不语，只是摇头。

“你与白兰姑娘见面，”狄公接着又道，“总是在东门附近的三宝庵内，并且……”

吴峰突然惊跳起来，从地上蹒跚立起，一名衙役不得不从旁扶住他的胳膊，吴峰却浑然不觉，举起血迹斑斑的右臂，冲着狄公挥拳嘶声叫道:“这下她可没命了！都是你这狗官害死了她!”

堂下众人大哗。方班头按捺不住奔上前去，口中连连追问，众衙役则面面相觑，不知所措。

狄公一拍惊堂木，高声喝道:“肃静! 肃静!”

堂内的人声立时止息。

“若是再次喧哗，本县便要宣布清场了!”狄公厉声喝道,“如今各回各位!”

吴峰倒在地上失声哭泣，浑身不住颤抖。方班头僵立一旁，狠命咬住下唇，直到渗出滴滴鲜血。

狄公缓缓捋着长髯，终于打破沉寂，肃然说道:“吴峰，这下你总该明白，除了把事情原原本本讲出来，别无其他出路。从你刚才的话中，本县听出一旦说破了你们在三宝庵中见面，便会危及白兰姑娘的性命，她之所以陷入危境，你本人亦难辞其咎。在此之前，你分明有的是机会可以提醒本县。”

狄公示意一下，衙役送上一杯浓茶。吴峰一气灌下，然后凄然说道:“如今她的秘密已是尽人皆知，谁也救不了她了!”

狄公冷冷说道:“能否救得出白兰姑娘，还是留给本县裁决! 再说一遍，你且从头如实招来!”

吴峰略略自持，低声叙道:“就在东门附近，有一座小庙，名叫三宝庵。多年以前，通往西域的官道还经过兰坊时，于阗来的番僧们修建了此庙，后来全都走散，此庙便被废弃，门板窗框等物皆被周围人家拆去做了木柴，但是那些僧人所作的精美壁画却留了下来。

“小生当日走遍了全城各处，想要寻些佛门画作，偶然发现了这些壁画，便常常前去临摹。庙后还有个小花园，我也十分喜爱，不时在晚间去那里欣赏月色。

“大约二十日前，一天晚上，我多喝了几杯，便想去庙后的花园里清醒一二，正坐在石凳上，忽然看见一个姑娘走进园中。”

吴峰深深低下头去。大堂内一片寂静。

吴峰抬起头来，两眼茫然无神，接着叙道：“对我而言，她就如同观音下凡一般，身穿一件薄薄的白绸长裙，头上裹着白绸披肩，姿容秀美，清丽无双，却又愁眉深锁，似有隐衷，月光下肌肤胜雪，珠泪莹莹。此情此景，如在目前，真是铭心刻骨，永难忘怀，纵然有生花妙笔，亦不能描摹其万一！”说罢抬手掩面，又无力地垂落下来。

“我起身奔到她面前，一时竟语无伦次。只见她惊恐地朝后退去，低声说道：‘千万别出声，你快些走开！我心里怕得要命！’于是我跪倒在地，恳求她相信我绝无恶意。

“她将身上的衣服裹紧，又低声说道：‘有人不许我离开住处，不过今晚我却私自跑了出来，现在得赶紧回去，不然就没命了！莫要告诉他人，以后我还会再来！’

“那时偏逢乌云遮月，一片黑暗之中，我只依稀听见她渐行渐远的脚步声。

“就在当晚，我将庙内和周围地方寻了个遍，花去个把时辰，但却未能找到她的踪迹。”

吴峰住口不语，狄公示意再送上一杯浓茶，却见他不耐烦地摇摇头，接着又道：“自从那夜惊鸿一瞥过后，小生念念不忘，几乎每晚都会跑一趟三宝庵，但是她再也没有出现过，显然是一直被人囚禁。如今她私访三宝庵之事已是传遍全城，那恶人定会害了她的性命！”说罢放声痛哭。

狄公沉吟片刻，开口说道：“如今你自己也已明白，知情不举将会酿出何等祸事来。本县定会派人尽力搜寻那姑娘。与此同时，你也最好老实供出，究竟是如何谋害丁将军的！”

吴峰叫道：“老爷要我招供，小生照办就是！不过却不是眼前。恳请老爷赶紧派人去救她！或许还为时不晚！”

狄公耸耸肩膀，对衙役点头示意，于是衙役将吴峰架起，重又带回大牢。

吴峰当堂述说秘事

“丁贡生听好，此事实属意外，”狄公说道，“显然与吴峰谋害令尊一事无涉。不过今日对被告无法再继续盘问，本县决定暂停审理令尊被害一案，留待日后再议。”说罢一拍惊堂木，起身离开大堂。

堂下看众缓缓走出衙院，交头接耳地议论着这一意外消息。

狄公换过家常衣袍，命洪亮去叫方班头来。马荣陶干在书案前的脚凳上分别坐定。

一时方班头走入，狄公说道：“方班头，此事一出，必是令你吃惊不小。只可惜本县没有早些让你看过那画像，不过确实从未想过竟会与你家女儿有所瓜葛。无论如何，关于白兰的下落，如今总算是有了切实的消息。”

狄公一边说，一边提起朱笔写下三份公文，又道：“你这就召集二十名衙役，人人带上兵刃，立即去三宝庵，马荣陶干自会带路。他二人一向精明强干，办理此类公事十分拿手。这几张官文确保你可去那周围的所有人家入户搜查！”说罢在公文上盖了县衙大印，一并交给马荣。

马荣接过公文塞入袖中，三人急急出门而去。

狄公命衙吏送一壶热茶来，饮过一杯后，对洪亮说道：“方班头的女儿总算有了消息，令我十分快慰。如今得知吴峰画中的女子便是白兰，我这才发现与方班头的幼女玄兰确有几分相像，当初本应立即看出才是!”

“回老爷,”洪亮狡黠地说道,“唯一看出这二女相像的，只有我们的好汉马荣一人!”

狄公淡淡一笑:“马荣对那玄兰，果然看得比你我都要仔细!”然后面色一凛，重又转为凝重，缓缓说道:“天知道他们发现白兰时，将会是何等情形。吴峰才气横溢，又兼满腹柔情，于是就有了那一番如诗如画的描述，其实换句平常话说，便是白兰姑娘身穿一件家常睡袍去了三宝庵，可见她被囚禁的地方就在寺庙附近，很可能是被什么下流无赖劫了去。那人一旦发现白兰私自出去过，害怕走漏了风声，难免会起杀心。不定什么时候，就会在一口枯井中发现她的尸体……”

“如此说来，此事对丁将军一案并无助益。”洪亮说道,“恐怕非得对吴峰先用刑再审问了。”

狄公对洪亮说的后一句话似是听而不闻，又道:“适才我留意到一件事，倒颇是耐人寻味。当我说到女子时，吴峰与丁毅均是面色陡变，丁毅显然吓得不轻，后来听说是方班头的女儿，才松了一口气。由此可见，另有一个女人与丁将军一案有关，丁毅那些艳诗，定是写给她的。”

就在这时，忽听有人轻轻叩门。

洪亮起身开门，只见玄兰走入，对着狄公躬身一拜，开口说道："给老爷请安。我没能找到我爹，就擅自闯到这里来了。"

"小姑娘，你来得正好！"狄公欣然说道，"我们正在议论丁家的事。你倒是说说看，丁少爷平时可否经常出门？"

玄兰连连摇头，答道："没有，老爷。家中下人都巴望他多多出去才好哩。他整天总在宅子里逛来逛去，四处探头探脑，老想逮住下人们的错处，或是有谁在溜奸耍滑。有个侍女还曾见过他在夜里偷偷摸摸穿过走廊，想是暗中查看用人们有没有聚众赌钱！"

"我今早意外造访丁宅，不知他们有何反应？"狄公问道。

"用人进来禀报消息时，我恰好就在丁少爷的房内，他正与少奶奶凑在一处算账，开列丧礼各项费用的清单。丁少爷听见老爷又来了，很是高兴，还对少奶奶说道：'我曾跟你说过，官差们当日在父亲书斋里搜得太过潦草。果然县令老爷又来查看，足见我所言不虚，敢说他们上次看漏了不少东西！'少奶奶听罢，酸溜溜地奚落了少爷几句，说他不该自以为比县太爷还要聪明，然后少爷就匆匆出门迎接老爷去了。"

狄公默默呷了几口茶水，又道："你在丁家探听到了不少消息，真是聪明伶俐，差事办得很好，本县在此谢过！你不必再去丁宅。今天总算有了你姐姐的消息，你父亲已经带人出去找她了。如今你且回自己的住处，但愿你父亲会带了好消息回来！"

玄兰听罢，连忙告退离去。

"丁公子晚上不常出门，真是一件怪事。"洪亮说道，"本以为他应是有个秘密爱巢，与那情人暗中私会！"

狄公点头说道："还有一点，这段私情也可能是早已过去的陈年旧事。多情善感之人常有一个癖好，总爱保留些与旧情有关的信物作为纪念。不过玄兰拿来的诗信，像是最近才写下的。不知陶干抄录后，有没有从中看出什么眉目来？"

"没有，老爷。"洪亮答道，"不过陶干看去十分得趣！不但抄写时一丝不苟，还一直咯咯笑个不停。"

狄公听罢，会意地微微一笑，从案头的公文中翻出那份抄件来，录在几页印花笺纸上，字迹十分工整。

狄公背靠座椅，开始逐一细读，半晌后议论道："这些诗作全是一个模子，只不过表述方式有所不同而已。丁毅被那女人迷得七颠八倒，好像作诗除了艳情，便别无可写似的！你且听这几句：

见县令玄兰报隐情

锁重门，合鸳帐，

锦衾绣被温柔乡。

情痴岂会惧礼法？

意乱早已忘纲常。

纤足如莲瓣，

唇齿含榴香。

柳腰若凝脂，

巫峰赛雪霜。

谁谓玄疵损满月？

微瑕一点璧生光。

谁爱远来凝香露？

玉肌兰麝使人狂。

天生一尤物，

美哉此娇娘。

望之失魂魄，

探手……”

狄公厌恶地将诗稿撂在案上，冷冷说道：“只能说写得倒还合韵！”然后缓缓捋着长髯。

忽然，狄公浑身一凛，拣起方才念过的那一页来定睛细看。

洪亮明白老爷定是发现了什么，也起身从狄公身后看去。

狄公一拍桌案，命道："将丁宅管家的证词给我拿来，就是在丁宅初查之日录下的!"

洪亮取来一只皮箱，里面装着丁护国一案的卷宗，从中抽出一份上了封的文书来。

狄公从头至尾细细读过，重又放回箱内，起身在地上来回踱步，忽然大声说道："有人一旦堕入情网，便如昏了头一般，疯疯傻傻，妄念丛生！关于丁护国一案，如今我已明白了一半，不想竟是如此丑恶可鄙的一桩罪行!"

第十六回
访北里得遇俏胡女　入番店探出恶图谋

一更鼓响时，马荣陶干与方班头同在城东的里长公署内，默默围坐在一张八仙桌旁。烛光之下，人人看去疲累不堪。

今日午后，他们已带人细细查过了城东的所有地方，却是无功而返。

马荣将衙役分作三队，每队七人，由方班头、陶干和自己分别率领，为了不致打草惊蛇，命众人三三两两从各条街道分头进入城东，先是打着各种名义查问过大小店铺，然后又搜遍了各处私宅。

方班头一队打断了一伙窃贼的密会，马荣一队驱散了一帮赌徒，陶干则在秘密行院中捉住了两对正在幽会的男女，但却未能发现丝毫有关白兰的踪迹。

陶干对那行院院主仔细盘问了一番。依照常情，一个年轻女子若是被人劫持并囚禁在某处，这些老鸨们迟早会有所耳闻。陶干使出浑身解数，费了许多口舌，用去整整两刻钟，终于确信院主当真对白兰一无所知，只收获了两三桩有关当地名流的古怪轶事。

及到最后，众人只得亮出官家身份，让里长拿出户籍簿册来，挨家挨户点算人头，结果仍是一无所获。

半晌过后，陶干说道：“如今只剩一种可能，即白兰姑娘只在寺庙附近的某人家中被关了几日。当那歹人发觉她去过三宝庵后，心中不免惧怕，于是便将她转到了城中的其他秘密所在，或是勾栏瓦舍之中。”

方班头沮丧地摇头说道：“我不相信白兰已被卖到勾栏中去。我家住在此地几十年，识得许多乡邻，若是有人去了那种地方，定会认出白兰，并回来告知与我。想那歹人不敢冒此风险。

“秘密行院应是最有可能，不过想要全都核查一遍，非得用去好些日子不可！”

“我听说北里一向挂牌经营，在城内西北角处，”马荣说道，“汉人绝少光顾，可是如此？”

方班头点头答道：“不错，那是个下等地方，只有回纥人、突厥人与其他越界而来的蛮人才去，里面的姑娘也是杂七杂八。兰坊当年发达时，城里到处可见西域诸国的富裕客商与蛮人首领，北里的生意十分兴隆，如今的姑娘们，都是那时留下来的。”

马荣站起身来，束紧腰带，决然说道："我这就去走一趟。为了免得令人生疑，我独自一人前去，晚些时候回衙院再见!"

陶干捻着左颊上的三根长毫，沉思说道："这主意不坏。我们今日四处搜查了一番，这消息明天就会传遍全城，最好动作快些。我这就去南里，探探那些院主们的口风，虽说指望不大，不过总要问过才知究竟!"

方班头坚持要与马荣同去，说道："北里到处是地痞流氓，一人单枪匹马闯入，多半就是站着进去、躺着出来!"

"不必担心!"马荣说道，"我对付那些无赖自有一手!"说罢将帽子扔给陶干，拿了一根肮脏的布条扎在头上，又将衣袍下摆掖在腰间，挽起两只衣袖，不顾方班头百般劝阻，一径出门而去。

大街上仍是人多熙攘。马荣快步疾行，路人见如此一个彪形大汉迎面走近，连忙闪避两旁让出道来。

马荣走过鼓楼前的集市，钻入一片穷街陋巷之中。两旁皆是低矮破旧的房舍，巷道狭窄，偶尔可见一二货摊，点着油灯照亮，卖的全是廉价糕饼与劣质酒水。

马荣走近北里时，眼前的景象热闹起来。只见番邦打扮之人在酒肆中进进出出，服色各异，大声讲着听不懂的胡语，看见马荣也不甚在意，只因这身粗犷的打扮在此处并不鲜见。

马荣拐过一个街角，看见一排房舍，门前挂着油纸灯笼为饰，十分俗丽扎眼，只听有人在弹拨胡琴，远处还传来刺耳的笛声。

就在此时，忽然从暗处闪出一个衣衫褴褛的精瘦汉子，说着一口生硬的汉话：“客官，有回纥郡主，你可喜欢？”

马荣站住不动，上下打量着对面的汉子。只见他满脸堆笑，形容谄媚，露出一口烂牙。

“即使我把你这张脸打得稀烂，你也不会变得更难看些！”马荣刻薄地说道，“前边带路，领老子去个好地方，不过要便宜些，你可听清楚了！”说话间拽着那人原地打了一个转，又不偏不倚踹出一脚。

“好，好！”那人大声应承两句，立时引着马荣走进一条小巷。

小巷两边皆是平房，朝街的门面也曾粉刷装饰得十分富丽，只可惜经过多年风雨剥蚀，如今皆已褪色，也无人再去费神修补。

一扇扇大门前挂着打有补丁的油腻门帘，二人走近时，便会有姑娘掀帘拉客，面上浓妆艳抹，穿得花红柳绿，讲一口胡汉混杂的俚语。

那汉子引着马荣走到一座房舍前，门面看去稍稍胜过别家，悬着一对大灯笼。

“客官，到了！”那人说罢，又淫邪地加上一句，“里头全是正宗的回纥郡主！”随即伸出肮脏的手掌来。

马荣一把捏住对方喉头，将他的脑袋在破门板上撞得山响，口中骂道：“弄出这点响动来，好让里面的人知道老子来了！你招揽生意，本该从店里抽头才是。休想吃双份，你这杂种羔子！”

只见门扇一开，出来一个赤膊大汉，头皮剃得精光，用一只恶狠狠的独眼打量着马荣，另一只眼睛只剩下一块丑陋的红疤。

“这狗头居然想敲老子的竹杠！”马荣怒喝道。

独眼汉子猛一转身，冲那人大声吼道：“滚出去！过后再来拿你的份子钱！”又对马荣阴沉说道：“你这生客进来！”

屋内十分闷热，弥漫着一股烤羊肉的腥膻气味。一只大铁盆摆在夯土地面正中，里面装满了烧炭，五六个人围坐在旁边的矮凳上，正在用铜签子烤羊肉串。其中有三名男子，个个上身赤裸，穿着肥大的阔腿裤，彩灯下只见满脸油汗。一旁陪侍的几个姑娘腰系宽松的红绿细布褶裙，上身套一件无袖短褂，头发盘成圆髻，缠着大红羊毛绳，皆是敞胸露乳。

看门人怀疑地瞧了马荣一眼，说道："吃一顿饭，再加一个女人，共是五十文，钱得先付!"

马荣咕哝两句，伸手在袖中摸索半日，掏出一串钱来，费力地解开绳结，在油污的柜台上一五一十慢慢排出五十文钱来。

看门人伸手欲拿时，不料马荣一把擒住他的手腕压在柜台上，高声问道："饭里带不带酒?"说话间掌上发力。

那人龇牙咧嘴地叫道："不带!"

马荣放开手，在那人背后猛推一把，一边收钱一边说道："老子不干了！又不是只有你这一家开张!"

看门人眼看到手的钱就要飞走，不禁十分着急，连忙说道："罢罢！送你一壶酒还不行!"

"这还差不多些!"马荣说罢，转身打算入座，见人人皆是赤膊，于是也随众脱下上衣，将长袖系在腰间，在板凳上坐下。

那三人打量了马荣几眼，见他膀大腰圆，身上有几处伤疤，心中便知有些来历。

马荣一向对吃食不无讲究，此时从火上取下一串羊肉，只觉一股油腻腥膻之气钻入鼻孔，引得胃里阵阵翻搅，不过仍是张嘴咬下一块，大嚼起来。

那三个回纥人中，有一个已是喝得大醉，搂住旁边那女子的腰肢前后摇晃，轻声哼唱着一支小曲，汗水顺着头顶双肩直淌下来。其他二人都还清醒，虽然身形瘦削，肌肉却平坦劲健，马荣一看便知不可小觑。二人用胡语交谈，讲得很快。

掌柜送来一小壶酒，放在马荣身边的地上。

一个姑娘起身走过柜台，从架子上拿起一把三弦琴，倚在墙上自弹自唱起来，嗓音虽然嘶哑，不过旋律倒还轻快活泼，略有动听之处。马荣留意到这些姑娘穿的褶裙十分单薄，能够透过布料瞧见裙内风光。

这时后门一开，又有一个姑娘闪身出来，虽然装束粗鄙，倒也颇有几分姿色，打着一双赤脚，下身套了一条褪色的宽松丝裙，上身丰满匀称、一丝不挂，前胸手臂处沾有不少煤灰，显然方才在灶间帮忙烧火做饭，一眼看见马荣，便走过来从旁坐下，圆圆的脸上露出浅浅一笑。

马荣端起酒壶，凑到嘴边喝了一大口，只觉十分辛辣，冲火盆啐了一口，问道:“美人儿，你叫什么名字?”

那姑娘只是笑着摇头，原来听不懂汉话。

“我与这小妞儿办起正经事来，倒是省得说话了，好不走运！”马荣冲着对面二人说道。

身量较高的一人大笑起来，操着一口极蹩脚的汉话说道：“你这生客，叫什么名字？”

“我名叫荣保，”马荣答道，“你叫什么？”

“众人都叫我猎户。”那人答道，“你那小妞儿混名叫作吐尔贝。你来这里做甚？”

马荣意味深长地瞥了对方一眼，将一只手放在吐尔贝的大腿上。

“你总不必为了这事就特地跑来吧！”猎户冷笑道。

马荣怒目而视，霍然起身。吐尔贝想要拉他坐下，马荣却将吐尔贝一把推开，绕过火盆，揪住猎户的胳膊，将他猛地从座中拽起，迎面吼道：“你这狗头好不龌龊，问这话是何意思？”

猎户顾视左右，见另一个回纥人正一心吃着烤肉，掌柜斜倚在柜台边剔牙，都没有过来助阵的意思，于是悻悻说道：“荣保，何必动气呢！我不过是随口一问，只因很少见有汉人来这里。”

马荣放开手，重又回去坐下。吐尔贝伸手搂住马荣，马荣与她亲热几下，然后举起酒壶一饮而尽，用手背揩揩嘴角，说道：“且罢，看在你我一见如故的分上，我也不介意告诉你其中缘故。出了此城走上三天，有一个军营关

访北里得遇俏胡女

卡，一二个月之前，我在那里与一个家伙斗嘴说笑，在他头上顺手拍了一下，谁知竟弄得头破血流。虽说只是意外失手，但若被上司知道的话，难免会误以为我有意伤人，倒不如趁早远走高飞，于是就一路跑到这里来了，随身带的盘缠也是只出不进，眼看就要花得精光。你如果有什么能来钱的差事，千万招呼我一声！”

猎户听罢这番话，给旁边那个脑壳尖尖的矮胖子用胡语迅速转述了一遍。二人对着马荣上下打量。

“老兄，可惜眼下没有类似的活计！”猎户谨慎地说道。

“去绑个姑娘来如何？”马荣说道，“这可是什么时候都缺的货！”

“在这里可不缺，老兄！”猎户说道，“所有地方不但不缺人，还富富有余哩。想当年兰坊通商路时，弄来一个姑娘倒是能挣不少银子，不过如今不灵了！”

“这里可有汉人姑娘？”马荣问道。

猎户摇头答道：“一个都没有。你旁边那个小妞儿，哪一点不合你意？”

马荣掀开吐尔贝的衣裙，答道：“根本没有。说起来我这人并不挑三拣四！”

“你们这些汉人趾高气扬，总是瞧不上回纥姑娘！”猎户恶狠狠说道。

马荣心想还是不要吵嘴为上，于是说道:“我并没有!反而很中意你们回纥姑娘那副模样!”又见吐尔贝并没有撩起长裙遮掩住自己的意思，接着又道:“她们从不假装正经!”

“没错,”猎户说道,“我们回纥人一点不差，比你们汉人更有英雄气概，有朝一日，定会大兵压境，从西面和北面攻入，占了你们所有地盘!”

“只要我这辈子别来就行!”马荣嬉笑说道。

猎户又狠狠盯了马荣一眼，转而与另外那个回纥人长篇大论起来，那人先是拼命摇头，后来看似回心转意。

猎户起身走到马荣跟前，将吐尔贝粗鲁地一把推开，在马荣身边坐下，小声说道:“老兄仔细听好，我们可能会派一件好差事给你！不知你对汉人军中常用的兵器可否熟悉?”

马荣心想这问得好生奇怪，便兴冲冲答道:“我当过好几年兵哩，朋友！自然是了如指掌!”

猎户点头说道:“此地不久便会打起仗来，一条好汉自然会捞到许多好处!”

马荣摊开手掌，伸到猎户眼前。

“不是给你现钱。”猎户说道,“不过这几天里，我们一旦动手举事，到时候你想要多少，尽管自己拿去就是!”

“一言为定!”马荣兴奋地叫道，“我去哪里跟你们入伙?”

猎户又与旁边那人迅速说了几句，然后起身说道：“老兄这就随我走一趟，带你去见见我们头领!”

马荣跳起来穿上衣袍，亲热地拍拍吐尔贝，说道：“我去去就回，吐尔贝!”

二人出门而去，猎户一路走在前面，引着马荣穿过两条幽暗的小巷，走入一个看似废弃的院中，停在一座小窝棚前。

猎户敲敲房门，里面却无人应答，不由得耸耸肩膀，上前推开门扇，示意马荣跟着进来。

二人坐在铺着羊皮的矮脚凳上，室内除了一张低矮的木榻外，别无其他家什。

“头领很快就会回来。”猎户说道。

马荣点点头，心想不定会等上很久。

忽然房门大开，只见一个膀大腰圆的汉子闯入，对着猎户大声叫嚷。

“这人叽里咕噜说了些甚?”马荣问道。

猎户面露惧色，“他说官府衙役们刚刚搜查了城东那一片!”

马荣跳起来叫道："那我非走不可！他们要是搜到这里，我肯定性命不保！不如明日再来，只是如何才能找到这鬼地方？"

"只说找探子就行！"猎户答道。

"那我就先走一步，替我留着那个小妞儿！"马荣说罢，跑出门去。

马荣回到衙院，见老爷独自一人坐在二堂内，正在沉思默想。

狄公见马荣进来，皱眉说道："陶干与方班头刚才来过，道是一无所获。陶干去过南里，据说这半年里从未买进过一个姑娘。你在北里可否发现了白兰的下落？"

"没听说有什么劫来的姑娘，"马荣答道，"不过我却听到了一桩怪事。"然后便一五一十，讲了一遍遇见猎户与吐尔贝的情形。

狄公听得心不在焉，过后说道："这些歹人可能是想拉你入伙，再去偷袭其他部族。我要是你的话，不会冒险跟他们过河深入大漠之中！"

马荣疑惑地摇摇头，只听狄公又道："明日一早，我打算带着你和洪都头，一起去倪公的乡下田庄走一趟。不过明晚你可再去北里，看看能否多打听些有关那胡人首领的消息。"

第十七回

倪夫人携子入衙院　狄县令带人访故宅

次日清晨，狄公原本打算早早出门，不想喝过热茶后，洪亮禀报曰倪夫人接到官府传召，领着其子倪善前来拜会老爷。

狄公命洪亮带母子二人进来，见那倪善是个身量颇高的少年，相貌聪慧俊朗，态度沉着自信，不禁心中十分喜悦。

狄公请母子二人在书案前坐下，寒暄过后说道：“倪夫人，本县近来另有几桩紧急公务要办，虽想潜心研究你这桩案子，奈何时间不够，深为抱憾。对于倪公画中的秘密，本县一时还未能猜透，不过若是能对倪公在世时的府内情形知之更详的话，定会对勘案有所助益，故此想询问夫人几事，以求有所启示。”

倪夫人听罢，躬身一拜。

“首先，本县想问倪公对长子倪继的态度如何。”狄公说道，“从夫人的证言中，可知倪继是个冷酷无情之人。

倪公生时，可曾察觉其子品性不端?”

“小妇人不得不说，”倪夫人答道，“先夫在世时，倪继一直言行恭谨，并无任何可以指摘之处，因此做梦也想不到过后竟会如此冷酷无情。先夫从前对我提起倪继时，总是温言称许，曾说倪继做事勤勉，在管理家业上帮他很多。在我看来，倪继确是纯孝可嘉，凡是父亲有所希求之事，无不尽心尽力。”

“另有一事，”狄公说道，“倪公在兰坊时，想必结交过若干好友，还请夫人告诉本县他们的名姓。”

倪夫人迟疑片刻，方才答道：“回老爷，先夫并不喜欢呼朋引伴，每天早上出门去田间走动，午后再独自去那迷宫里待上一半个时辰。”

“夫人可曾进过那迷宫?”狄公插言问道。

倪夫人摇头答道：“从未去过。先夫总是说里面潮气太重。从迷宫出来之后，他会在田庄后面的花园凉亭内喝茶，或是看书，或是作画。小妇人认识一位李夫人，雅擅丹青，先夫时常邀请李夫人与我一起在凉亭中议论他的画作。”

“这位李夫人如今可否健在?”狄公问道。

“据我想来应是尚在。她以前的住处与倪家在城内的宅院相距不远，因此常去探望我。她为人十分和善，遭遇却很不幸，婚后不久，丈夫便过世了。我初次遇见她，还是在娘家的田庄附近，她从稻田里经过，对我一见如故。后来我嫁到倪家，她与我仍有来往，先夫也很是赞成。

“先夫待人真是体贴入微！深知我初入倪家，偌大一个庄园里全是素不相识的生人，定会觉得十分孤单。正是因此，虽然先夫自己并不喜欢迎来送往，却邀请李夫人时常前来家中。”

“倪公去世之后，李夫人是否从此不再与夫人来往?”狄公问道。

倪夫人面上泛起红晕，说道:“不不，这事全得怪小妇人，是我与她断了联系。自从我被倪继赶出家门，自觉羞惭，无颜再见故人，于是回到娘家，再没有见过李夫人一面。”

狄公见倪夫人动了感情，忙又问道:“如此说来，倪公在兰坊竟无一个友人?”

倪夫人略略自持，点头说道:“先夫喜爱独处。不过，他曾说过，就在这附近的山上，住着一位多年知交。”

狄公倾身朝前，急切问道:“请问夫人，那人姓甚名谁?”

“先夫从没提起过其人的名姓，不过据我看来，他对那人非常敬重，而且彼此情谊深厚。”

狄公面色一沉，“此事关系重大，还请夫人仔细回想一下，可否还记得有关那人的消息!”

倪夫人缓缓呷了几口茶水，然后说道:“如今我想起来，那人曾经前来拜访过先夫一次，当日情形很不寻常。先夫每月会约见一次家中佃农，凡是有人心怀不满，或是遇事问计，都可在当天前去家中与先夫面谈。

“那天来了一位老农，等候在庭院中。先夫一见，立即奔上前去躬身行礼，然后引着他径直去了书斋，关起门来直谈了一二个时辰。我想定是他说过的那位友人，或许是一位隐士，不过我从没开口问过。”

狄公轻捋长髯，过了片刻说道:“想来夫人应是藏有不少倪公的墨宝吧?”

倪夫人摇头答道:“小妇人嫁入倪家时，几乎目不识丁，得蒙先夫亲自教授，方可粗通读写，不过从未精进到能够赏鉴书法的地步。倪继手中定有不少先夫的手迹，老爷不妨去问他一问。”

狄公听罢，起身说道:“夫人不辞劳苦亲来衙院，本县十分感激。夫人只管放心，本县定会尽全力破解倪公画中的秘密。令郎少年聪慧，将来必是前途无量，可喜可贺!”

倪夫人与倪善起身拜谢。洪亮送二人出去，又转回二堂，说道:“老爷，看来要找到一幅倪节度的手迹，真是难上加难！或许我们得向京师长安请求，中书省内定会存有倪节度亲手写下的奏折。”

“那非得用去一二个月不可。”狄公答道，“或许李夫人家中会有倪公题过字的画卷。洪亮，你去打探一下她是否健在，如今住在何处。至于倪公的那位隐士朋友，并无确凿消息，我看很难寻到此人，或许已经故去也未可知。”

“今日午后，老爷是否打算审理丁家一案?”洪亮说道，之所以有此一问，皆因昨晚狄公终未透露在丁毅的诗稿中究竟有何发现，不免十分好奇。

狄公并未答言，半晌后起身说道:“洪亮，实话对你讲，我还没有拿定主意，且看我们几时能从倪家田庄回来再说。你且出去看看轿子备好了没有，再将马荣叫来!”

洪亮心知多说无益，于是出去命人将老爷的私轿准备停当，再派六名轿夫出行。

狄公坐入轿中，马荣洪亮分别登鞍上马。

众人出了东门，走上一条窄窄的小路，两旁皆是稻田。即将走近一片高耸的台地时，马荣向一农夫问路，那人答曰遇见头一个岔口时朝右转。

此路看似荒废已久，地上长满了野草灌木，只在中间残留有一线小径。

轿夫们放下轿子，狄公迈步走出。

“老爷，我们最好徒步过去!”马荣说道，“轿子怕是抬不进去。”说着将马缰系在一棵树上，洪亮也依样而行。

三人排成一列继续上路，狄公走在最前头。

小径拐了几拐，眼前忽然出现一座高大的门楼。双扇门上曾经漆有金红二色，如今全都荡然无存，只剩下开裂的门板，其中一扇摇摇欲坠。

“看此情形，任何人都可随意出入!”狄公惊异地说道。

“不过此处却是兰坊最安全不过的地方!”洪亮说道，“即使再胆大包天的贼人，也不敢跨入此门，因为人人皆知里面闹鬼!”

狄公推开嘎吱作响的门扇，走入园中，昔日定是景致幽美，如今却形同荒地一般。锥形雪松的树根往四下蔓生，致使铺地的石板开缝断裂，浓密的灌木丛遮蔽了道路。周围一片静寂，甚至不闻鸟雀之声。

马荣走在前头，分开枝叶让老爷过去。只见后面有一座荒废破败的平房，四周环绕着宽阔的高台，占地颇广，想当年必是十分壮观，如今屋顶已有数处塌陷，凄风冷雨不时灌入，肆意侵袭着雕花门扇与梁柱。

马荣登上破败的石阶，站在平台上四下观望，却不见一个人影，不禁大喝一声："有人前来造访！"结果惟有回音作答。

众人步入大厅，只见墙面上石灰斑驳，显出道道印痕，墙角处堆放着几件残破的家什。

马荣又叫了一声，仍是无人应答。狄公拣了一把旧椅小心坐下，说道："你们两个最好出去看看，或许那翁妪二人正在后面园中干活。"

马荣洪亮领命而去。狄公袖起两手，只觉四周一片沉寂，不免令人心惊胆寒。

忽听有人疾步跑来，却是马荣洪亮奔入大厅。

"老爷！"马荣气喘吁吁地说道，"那对老夫妻已经死了，方才看见了两具尸骨！"

"何必如此惊慌，死人又不会为非作歹。"狄公作色道，"带我去看一看！"

二人引着狄公穿过一道幽暗的走廊，直走到一个大花园中。园内四周植有古松，正中央一座八角凉亭。

马荣抬手一指。只见远处角落种着一棵玉兰树，正值花开时节。

狄公走下平台的石阶，踏过一片长草。玉兰树下有一张竹榻，上面并排躺着两具尸骸，定是死去已有数月之久，半腐的衣袍下露出根根白骨，几缕灰白的头发贴在光秃秃的头骨上，双臂交叠放在胸前。

狄公俯身仔细看过尸身，说道："我看这二人似是寿终正寝，想来其中一人由于年老体衰而亡故，另一人便躺在旁边，随之死去。

"我会命衙役将这两具尸首抬回县衙，再查验一番，不过想必不会有什么出奇的发现。"

马荣摇摇头，恻然说道："此处到底有何玄机，我们只能全凭自己打探了！"

狄公直朝凉亭走去。只见槅窗精美，以前定是十分古雅宜人的所在，如今却四壁萧然，徒留一张硕大的桌案。

"倪公当年正是在此处看书作画，"狄公说道，"却不知篱笆上的后门通向何处。"

三人出了凉亭，朝后面的木门走去。马荣推开门扇，眼前却是一个砖石铺地的院落，前方有一道高大的石门，背后映衬着一片浓荫，飞檐上铺有宝蓝色琉璃瓦，左右两旁各有一堵绿树织成的墙垣，密密匝匝种着许多灌木。

狄公抬头看去，只见大门上方的石板上刻有字迹，转身对洪亮马荣说道："这便是迷宫的入口处了。"那几行诗句道是：

岐路回环，

可逾千里；

直指人心，

不过毫厘。

洪亮马荣抬头细看，却是用狂草题写而成。

“我连一个字也认不出来!”洪亮出声说道。

狄公似是听而不闻，立在原地，出神地望着石刻铭文，叹道:“我还从未见过如此绝妙的书法！可惜落款被青苔遮住，看不分明。有了！原来是‘鹤衣隐士’，这名字好不古怪!”思忖片刻后又道，“以前从未听说过此人的大名，不过无论是谁，这一手草书实在妙绝！你们看这几个字，便会明白古人为何将好字比喻为‘伏如虎卧，起如龙跳，其势若惊蛇走虺，骤雨狂风’了。”说罢走过拱门，兀自摇头赞叹不已。

“好歹也写上几个让人能认识的字吧!”马荣对洪亮低声咕哝道。

前面立着一排雪松，粗壮的树干之间满是巨石与带刺灌木，树冠遮天蔽日，到处弥漫着一股腐枝朽叶的刺鼻气味。

右边有两棵枝干虬劲的松树，形成一座天然门廊，其中一棵松树下立着一块石碑，上面刻有“入口”二字。就在两树之间，一条阴暗潮湿的小道直直伸入树丛，于拐弯处消失不见。

狄公朝这绿树环合的隧道中看去，忽然感到一阵莫名的恐惧，缓缓转过身来，却见左边也有一条隧道，几块巨石堆在雪松下，其中一块上面刻有“出口”二字。

马荣洪亮站在狄公身后，皆是一言不发，显然也发觉此处气氛诡异逼人。

狄公再次望向入口，里面似乎吹出一股寒气，不由浑身一竦打个冷战，然而周围并未起风，树叶皆是纹丝不动。

狄公意欲移开视线，却好似被那幽暗的隧道摄去了魂魄一般，极想抬脚走入，仿佛看见倪守谦高大的身影显现于绿荫丛中，正立在拐角处招手示意。

为了从这狞邪的气氛中摆脱出来，狄公竭力敛心定神，刻意低头去看铺满落叶的地面，不料却猛吃一惊。只见泥路中央，就在自己两脚的前方，有一只小小的脚印正指向迷宫内，看去十分古怪，似是敦促自己入内的路标。

狄公长长吁了一口气，蓦地转身说道：“我们今日并非有备而来，最好不要冒险入宫！”说着穿过拱门，经过砖石铺地的院落，一路走回花园，重又沐浴在暖洋洋的阳光中，从未觉得如此身心舒泰。

狄公抬头一瞧，只见有一棵雪松高过其他树木，便对马荣说道："我们虽不方便进去，不过对这迷宫的大小和形状，至少也该心中有数。若是你爬上这棵树，不定能看到全貌如何。"

"这个好说！"马荣大声应道。

只见马荣松开腰带，脱下外袍，纵身一跃，刚好抓住了最低处的树戎，随即引身上去，很快便消失在浓密的枝叶间。

狄公与洪亮坐在一棵倒地的树上，默默等候。

忽听头顶上"哗啦"一声响，马荣从天而降，懊丧地看看衣袍上扯破的一个大口子，说道："老爷，我一直爬到了树顶，从那里可以俯瞰整个迷宫，看去似是圆形，占地大约有好几亩，一直延伸到山脚下，不过看不见其中形制，到处都是树木，我只能瞧见一小段路径，不时还有一团团薄雾盘旋，想来里面许是有几口死水塘。"

"你可曾看见有凉亭或是小屋的房顶？"狄公问道。

"没有，"马荣答道，"只看见一片绿油油的树梢！"

"这就怪了，"狄公沉思道，"既然倪公在迷宫里一待就是个把时辰，想必里面应是建有一座小书斋或画室。"

狄公起身掸掸衣袍，又道："我们这就去那房舍内搜寻一番。”

三人再度经过花园凉亭和玉兰树下的两具尸骸，一径走上平台，查看了室内大大小小的空房。只见门窗等木制构件皆已朽烂，墙上石灰剥落，露出下面的砖石。

狄公拐入一条幽暗的长廊，马荣走在前头，忽然叫道：“这里有一扇门是关着的，老爷！”

狄公与洪亮闻声赶去。马荣抬手一指，只见木门完好无损。

“这是我们在此处看见的头一扇能关严实的门板！”洪亮说道。

马荣上前用肩膀一扛，险些栽进房内。门扇顺利开启，涂过油的铰链很是滑润。

狄公走入房内，见墙上只有一扇窗户，外面装有铁栅，墙角处摆着一张乡间竹榻，除此之外空空如也，地面打扫得很是干净。

洪亮也跟着进来，径直走到铁窗前。

马荣忽然疾步退出，站在门外冲狄公叫道：“我们那次被扣在铜钟底下[1]，险些没能出来，从此之后，我便对密室一类的地方都格外小心！老爷与洪都头在里面查看，

---

[1] 见《铜钟案》。——原注

我就站在外头把守，免得又冒出什么人来将我们关在里面!”

狄公苦笑一下，看看装有铁栅的窗户与高耸的屋顶，说道:“你说得很对，马荣! 房门一旦锁上，我们想要逃脱出去，可是大不容易!”

狄公摸一摸竹榻，触手十分平滑，且不见一丝灰尘，又道:“有人曾住在这里，不久前刚刚离去!”

“这倒是个不错的藏身之处，”洪亮说道，“很可能被歹人用来作为巢穴!”

“歹人可以藏身，好人也可被囚禁于此!”狄公沉思说道，然后命洪亮将房门封起。

三人又查看过其他房间，再无异常之处。狄公见午时将近，于是下令返回县衙。

第十八回

狄公有意入山访隐　马荣用计鼓楼擒敌

众人回到衙院，狄公立即叫来方班头，命他带上十名衙役去倪家田庄，用担架将那对老夫妻的遗骸抬来，又命人将午饭送到二堂内。

狄公正在用饭时，唤进档房管事。此翁由丝绸商行会首领举荐而来，以前开过一爿绸庄，在兰坊土生土长，如今已年过六旬。

狄公喝罢热汤，问道："你可曾听说过此地有一位老者，人称'鹤衣隐士'?"

管事问道："老爷说的莫非是鹤衣先生?"

"想必就是此人，"狄公说道，"听说住在城外某个地方。"

"不错，众人都叫他鹤衣先生。"管事答道，"自从小人记事起，他就住在南门外的山上，没人知道他到底多大年纪。"

"本县想要去会他一会。"狄公说道。

管事面露犹疑之色，说道："回老爷，这事可不易办！那老先生从不出山，且又闭门谢客。六七日前，小人听两个樵夫道是看见他在自家园中干活，这才得知如今仍然健在。老先生才智超群，又极有学问，还有人说他已觅得长生之道，很快便要飞升仙界去了。"

狄公缓捋长髯，说道："本县也曾听过不少关于此类隐士的故事，常是些极其惫懒且又无知无识之辈。不过，我已见过此公的书法，真乃超逸绝俗，想必其人亦是与众不同。不知出了城如何走法？"

"老爷若想前去，恐怕大半路程得靠步行。山路十分陡峭狭窄，连一乘小敞轿都抬不过去。"

狄公谢过管事，这时只见乔泰走入，面上忧色甚重。

"乔泰，莫非钱宅里出了什么事不成？"狄公急忙问道。

乔泰坐下，手捻髭须说道："回老爷，我也说不清到底是何缘故，只是莫名觉得军心有变。最近这两日里，我分明觉出手下兵卒有些不对，找来凌什长一问，他也同样忧心忡忡，道是有人花钱大手大脚，似乎超出了领到的饷银。"

狄公凝神听罢，徐徐说道："此事关系重大，乔泰！你且听听马荣说过的异事！"

于是马荣将左北里的见闻重又细述了一遍。

乔泰摇头说道："老爷，恐怕真要出乱子！我们当日假托官军巡查边境，此计的后果有二，一是助我们铲除了钱茂并收服其手下，二是令那些预备进攻兰坊的胡人们以为情势紧迫，自忖若不能赶在官军长驻兰坊之前动手，以后就再无机会了。"

狄公揪一揪颏须，怒道："我们手头的麻烦已经够多，胡人欲攻打此城，更是雪上加霜！我疑心幕后策动之人，正是暗中指点钱茂的狗头军师！如今可靠的人手能有多少？"

乔泰思忖半晌，答道："回老爷，据我算来，统共不超过五十！"

众人一时默然无语。

狄公忽然拍案喝道："或许还为时不晚！乔泰方才说的后果有二，倒是令我心生一计。马荣，你务必将昨晚未见到的那名回纥头领立时抓获，但又不能惊动旁人，不知可否办得到？"

马荣面上一喜，两手一拍膝头，咧嘴笑道："回老爷，虽说光天化日之下不宜动手，不过我自有办法！"

"那你便立即与乔泰前去！"狄公命道，"不过切记要行事隐蔽，若是发觉无法掩人耳目将他捉来，就姑且放他自去，然后回来复命便是！"

马荣点点头，起身示意乔泰一同出去。

二人走到三班房内，坐在屋角低声密议了一阵，马荣随即独自离去。

马荣出了衙院，走上通往北门的大街，在一家小饭铺前驻足片刻，然后迈步入内。

马荣以前曾经光顾过此店。掌柜一见来了老主顾，便叫着名字迎上前来。

“我想在楼上的单间里吃顿午饭!”马荣说罢顺阶而上。

在二楼的角落处，马荣寻到一间空房，点过饭菜后，只见房门一开，乔泰闪身走入，却是刚刚从饭铺后门进来。

马荣急忙脱下外袍和帽子，乔泰卷起衣物打成一包。马荣又将头发弄乱，扎上一根肮脏的布条，撩起衣服下摆掖在腰间，挽起两条衣袖，匆匆道别后出门而去。

马荣蹑手蹑脚下了楼，一头钻入灶房中，对着汗流浃背的厨子喝道:“你这鸟人，莫非连一块现成的油糕都没有?”

厨子抬头一瞧，见来者是个衣着粗鄙的泼皮无赖，连忙从锅里铲出一块油糕送上。

马荣抓过油糕，嘴里咕哝几句，推开灶房后门扬长而去。

乔泰留在楼上房中。前来送菜的伙计只瞧见客人仍是一副公差打扮，并未察觉衣帽虽同，却已换作他人。

乔泰一边用饭，一边暗自盘算着等到吃客渐增，掌柜忙于招呼生意时，自己再伺机离去。

与此同时，马荣已行至鼓楼附近的集市中，在路边的货摊旁东瞧西看，然后朝鼓楼方向而去。

鼓楼的石头楼洞下一片幽暗，不见一个人影。每逢下雨天，走街串巷的小贩们常会来这里避雨，并将货物摆在楼洞下售卖，此时天气晴好，自然都跑到外头的亮堂地方去了。

马荣回头看看，见没人注意自己，便闪身进入鼓楼，顺着窄窄的楼梯直走上去。

二层看去类似阁楼，四面皆有大窗，天气炎热时，不时有人上来透风乘凉，不过此时并无一人。通向三楼的梯子被一扇木门挡住，木门并未上锁，只用一道铁闩闩住，上面还贴了一张盖有县衙大印的封条。

马荣轻轻扯下封条，打开木门，攀上三楼。

只见木头地板正中的平台上摆着一只大圆鼓，上面蒙了厚厚一层尘土，皆是从拱窗外飘入渐积而致。只有当城内突发紧急事件时，才会敲响此鼓以警示众人，观此情形，必是闲置多年未曾用过。

马荣看罢点点头，重又顺着原路下楼，从一扇拱门的角落处四下张望，见没人注意自己，于是悄悄溜出，直朝北里走去。

光天化日之下，北里的景象看去比晚间更加凄凉，也不见有人走动，显然住户们辛苦了一夜之后，此时仍在呼呼大睡。

马荣转悠了半日，却没能找到昨晚去过的地方，便随手推开一扇门，只见一个衣衫不整的姑娘正躺在一张木榻上。

马荣冲着木榻踹了一脚。那姑娘慢慢爬起，愠怒地瞪了马荣一眼，伸手抓挠自己的头发。

马荣粗声粗气说了一句胡语："探子！"

姑娘一听，立时来了精神，翻身跳到地下，掀起布帘走到后面，拽出一个浑身脏污的小男孩来，抬手一指马荣，口里叽叽咕咕对那男孩讲了半日，又对马荣说了一句。马荣虽然一个字也听不懂，仍是连连点头。

那男孩示意马荣跟他走，出门跑上大街，马荣紧随其后。

男孩钻入两座房屋之间的狭窄夹道中。马荣身形魁梧，总算勉强挤了进去，从一扇两尺见方的小窗下经过时，心想若是此对有人开窗兜头猛击一下，自己也只得生受了。

忽听"哧啦"一声，却是一颗钉子挂破了衣袍。马荣停住脚步，懊丧地瞧一瞧破口处，又耸耸肩膀。这下真是锦上添花，看去越发像是一个泼皮无赖。

这时有人在头顶柔声叫道："荣保，荣保！"

马荣抬头一看，却是吐尔贝从上面的一扇小窗中伸出头来，不禁喜滋滋地说道："我的美人儿，你一向可好？"

吐尔贝看去十分焦急不安，一双大眼直盯着马荣，低声说个不停。

马荣摇头说道："我不明白你有何难处，不过我此时非走不可，过后再来！"说罢正要迈步，吐尔贝却从窗内伸出一只裸臂，揪住马荣的衣领，指着男孩前去的方向拼命摇头，又伸出食指在喉头处一划。

"不错，我知道他们会动手杀人！"马荣笑道，"不过你不必担心，我自会留神！"

吐尔贝将马荣拽到窗前，一时间二人几乎面颊相触。虽然姑娘身上散发出微微的羊膻气味，马荣仍是觉得心荡神驰。

马荣轻轻推开吐尔贝的胳膊，继续朝前走去，刚出夹道，那男孩便过来相迎，口中兴奋地说个不停，显然是生怕与马荣走散。

二人踏过一堆垃圾秽物，又攀上一堵倒塌的破墙。

男孩伸手一指，随即转身跑开。只见一片歪歪斜斜的棚屋之中，赫然立着一座刷得雪白的小屋。

马荣认出这便是昨晚与猎户一同来过的地方，于是上前叩门。

“进来!”有人在屋内喝道。

马荣推开门扇，不禁僵立在地。

只见一个高大瘦削的汉子靠墙而立，右手握着一把寒光闪闪的匕首，作势欲抛。马荣两眼紧盯着那把匕首。

二人紧张对峙了一刻后，大汉开口说道:“荣保，原来是你！坐下吧!”说罢将匕首插回皮鞘中，自坐在一张矮凳上。马荣也从旁坐下。

“昨天晚上，”马荣开口说道，“猎户带我来到这里，还……”

“闭嘴!”大汉喝道，“我要不是对你的来历早已一清二楚，此刻你已经一命归西了。我掷飞刀还从未失手过!”

马荣心想此言必是不虚，这回纥人说得一口流利的汉话，看去应是酋长头人一类，于是赔笑说道:“听说您老会帮我找个来钱的差事!”

"你是个叛匪逆贼，自然一心想的只是银钱。"大汉轻蔑地说道，"不过你可能还有些用处。在听我发令之前，有一件事须得言明，你做事切莫两面三刀，否则定会对自己不利。哪怕有一点蛛丝马迹，背后便会吃我一刀!"

"这个我自然明白!"马荣应声说道，"您老知道我的来历，原是……"

"够了!"大汉专横地说道，"仔细听好，我只说一遍，不再重述。界河对面的大漠中，如今已集合了三个部落的人马。明日午夜，他们就会攻占此城。本来我们随时都可拿下兰坊，只不过不想伤亡太众。你们汉人朝廷一向骄傲自满，且又懒得做事，兰坊只是个边陲小镇，一旦陷落，京师也不会太过关注，亦不会急于派兵前来。有一点对我们十分有利，即通往西域的大路改道后不再经过此地，因此朝廷也无须担心西域诸国进贡的驼队会受到侵扰。等他们打算发兵收复时，我们已在此地自立为王并站稳了脚跟，足可抵御汉人官军。

"眼下要紧的是我们得出其不意攻占此城。如今已是万事俱备，只等着冲入县衙，杀掉县令及其手下。不过需要更多汉人去对付四方城门的守卫。"

"啊哈！说来真是巧得很!"马荣叫道，"我有个朋友在此，定会令您老十分中意。他原是军中一个队正，只因与新任县令闹出了一点麻烦，不得不从军中逃出并躲藏起来。那姓狄的真是心狠手辣!”

“你们汉人总是惧怕官老爷!”大汉冷笑道，“我就不怕他们！几年前，我曾亲手割断过一个县官的脖子!”

马荣敬佩地瞧了大汉一眼，说道：“您老最好去见见我那朋友。他不但剑法一流，还对军中的各种规矩暗号全都了如指掌。”

“如今他在哪里?”大汉急切问道。

“离此处不远!”马荣答道，“我替他找了一个绝好的藏身之所。他只在夜里才出来，白天就躲在鼓楼三层上睡觉。”

大汉哈哈大笑，说道：“这主意着实不坏！没人会去那里寻他！你去带他来见我!”

马荣面上犹疑，皱眉说道：“我刚刚说过，他不能在白天冒险出来。我们去那里走一趟如何？离得很近哩!”

大汉怀疑地瞥了马荣一眼，思忖半晌后站起身来，从腰间抽出匕首纳入袖中，说道：“朋友，但愿你别想要什么花样。你在前头走，稍有可疑举动，我便会给你背后一刀，没人知道是谁下的手!”

马荣耸耸肩头，说道：“您老何必如此絮叨再三，你又不是不知，我们的生死如今全攥在你的手里！只要你跟官府透露一个字，我们兄弟便没命了！”

“你切记莫忘就是，朋友！”大汉说道。

二人出门上街，大汉跟在马荣身后几步远的地方。

马荣走入集市，看见乔泰正立在那边，背靠一座石头牌坊，两手笼在袖中，悠闲地打量着街中行人，头戴尖顶小帽，身着褐袍，腰系黑绦，一看就是官府差役。

马荣停住脚步，心知自己不得不铤而走险，那回纥人的飞刀每时每刻都可能刺入自己背心，但也不能脚步太快，非得让乔泰看见自己不可，一举一动必须万分小心，想到此处，额上不禁冷汗直冒。

马荣作势犹豫片刻，当乔泰抬手轻捻髭须时，方才转身从石头牌坊后面绕过，刚刚安然走到鼓楼拱门下的阴暗处，那回纥大汉也紧跟上来。

“您老有没瞧见靠在石坊边的那厮？”马荣急忙低声说道，“他就是个衙门里的官差！”

“我当然瞧见了，”大汉冷冷说道，“快走！”

马荣顺着楼梯上到二楼，等那大汉也跟上来，抬手一指门上撕破的封条，说道：“你瞧！我那朋友就在上面！”

大汉从鞘中拔出匕首，用拇指拭过刀锋，命道：“上去！”

马荣无奈地耸一耸肩，慢慢登上狭窄的梯子，大汉跟在后面。

马荣从三层地板上露出肩膀，口中说道：“啊哈！那懒鬼还在呼呼大睡哩！”说话间紧走几步上去，手指大鼓说道，“瞧这家伙！”

大汉紧跟着快步上来，脑袋刚刚露出来时，马荣突然飞起一脚，正中他的右脸。只听一声粗喘，大汉从梯子上跌落下去。

马荣顺着梯子迅速滑下，走到最低处时，正好躲开了猛刺过来的匕首。那大汉躺倒在地，以左臂支撑着上身，显然摔折了一条腿，光头上也磕破了一处，鲜血汩汩流出，眼中却仍是凶光毕露，手中紧握匕首。

马荣心想不可为了击中要害而拖延时间，于是一个箭步跳到对方身后，趁其尚未起身时，抢先踢出一脚。大汉一头撞在梯子一侧，匕首“当啷”一声掉在地上，整个人就此躺倒，不再动弹。

马荣拣起匕首，插入自己腰间，然后将那大汉的两手捆在背后，摸摸对方的腿部，似乎断了不止一处。

马荣顺阶而下，出了鼓楼，施施然走回集市中，直朝石头牌坊那边而去。

在石坊前面，乔泰走上几步，一把揪住马荣的胳膊，喝道："站住！"

马荣挣脱出来，怒瞪了乔泰一眼，叫道："把你的脏手拿开，你这狗头！"

"我乃是官府差人！"乔泰说道，"狄老爷有事要叫你问话！"

"问我？"马荣愤愤叫道，"我可是个正派良民哩，差爷！"

这时周围已聚起了一帮闲汉，乐滋滋地看着热闹。

"你是乖乖跟我走呢，还是非让我先把你放倒在地不可？"乔泰威胁道。

"我们平民百姓，莫非就得被这衙门走狗欺负不成？"马荣冲看众嚷道，见并无一人动作，不禁心中暗喜，于是耸肩说道，"且罢！官府也不能把我怎样！"

乔泰将马荣两手捆在身后，马荣转身又道："你且听着，我还有个朋友正在生病，如今没法动弹，让我去路边买几块油糕给他！"

"那人在何处？"乔泰问道。

马荣犹豫片刻，不情愿地说道："实话对你讲，昨晚他钻到鼓楼上去，想要凉快凉快，谁知从楼梯上跌下来摔折了腿，如今正躺在二楼哩。"

看众一听这话，一齐哄笑起来。

"想必老爷也有话要问你那朋友!"乔泰转身对看众说道,"你们哪个跑去唤里长一声，叫他带四个人过来，再拿一副担架和几张旧毯子!"

不一时，果然见里长一路奔来，还有四名手持竹竿的大汉。

"里长，你先看住这个无赖!"乔泰命道，又示意其中二人跟他前去鼓楼。

乔泰将毛毯挟在腋下，走上楼梯，见那回纥汉子仍是不省人事，便用一条油膏布迅速封住他的嘴，拿一条毯子将其全身一裹，又拿另一条包住头和肩膀，朝下吆喝一声。里长的两名手下闻声上来，将人抬了下去，放在临时扎起的担架上。乔泰押着马荣在前面带路，一行人直朝县衙而去。

众人走进衙院角门，刚一入内，乔泰便对里长说道："将担架放下，你们可以走了!"

等那几人出去，乔泰立即锁上角门。马荣从松弛的绳套中脱出两手，与乔泰一起将人犯抬入大牢，又挪至一间小牢房内的长榻上。

马荣将大汉头上的伤口包扎起来，乔泰划开了他的裤子，在断腿处缚上一根木条。

马荣疾步出去禀告老爷。乔泰锁上牢门，又背靠门扇立在当地，待那狱吏过来，便吩咐曰刚刚捉住了一名凶犯，等人一醒过来，就问清他的名姓。

二堂内，唯有陶干一人独坐在屋角打瞌睡。马荣上前将他摇醒，急急问道："老爷在哪里?"

陶干抬眼一看，不耐烦地说道："你和乔泰刚一离开，老爷便带了洪都头也出门去了。这么着急作甚？莫非你已捉住了那个回纥佬?"

"还不止于此哩，"马荣得意说道，"我们捉住的正是杀害潘县令的凶手!"

"今晚可得好好请我们喝上一盅，老兄!"陶干欣然说道，"老爷还命我前去倪宅，请倪继今日午后来县衙一趟，想必是要询问有关死在田庄里的老夫妻的事。我这就出门传话去!"

第十九回

隐士道尽人生大义　狄公始知先贤逸闻

再说马荣乔泰出门后，狄公从案上的一摞公文中取下一份，白白审阅了半日，脑中却只字未入。

洪亮看在眼里，心知老爷此时正焦虑不安。

狄公不耐烦地撂下公文，说道："洪亮，我不妨对你明言，如果马荣乔泰不能捉住那回纥人，我等的处境将会极其危险！"

"老爷且放宽心，比这更艰难的差事，他二人以前也办过哩！"洪亮宽慰道。

狄公听罢未置一词，埋头读起公文来，又过了两刻钟，终于搁笔说道："如此坐等实在无益。马荣乔泰定是正在等待时机，方可掩人耳目捉住那番贼。今日天气甚好，你我不如出去走一趟，看看能否寻到那位鹤衣先生！"

洪亮跟随狄公多年，深知他一旦心烦意乱，惟有行走做事才是安神之良方，于是赶紧出去命人备马。

二人出了县衙正门，一路朝南而去，穿过汉白玉石桥，从南门出了城，沿着大道直驰一阵，经一农夫指点，得知从一条小路可以上山。行至此路尽头，果然看见一道陡峭的山梁。

狄公与洪亮甩镫下马。洪亮抓了一把铜钱给一名樵夫，嘱他帮忙照管马匹，大约半个时辰便回。

二人徒步上山，花费不少气力，终于攀上了松林密布的山梁顶端。狄公驻足半晌，喘息稍定，俯瞰着脚下青翠的山谷，不禁伸展双臂，山风习习，吹入广袖，好不清凉爽惬。

待洪亮歇息过后，二人顺着蜿蜒的山路缓缓下行。谷底却是风息气静，格外幽寂，只闻得溪水潺潺流过之声。经过一道狭窄石桥，地上一线草径，遥见前方立着一座低矮的茅舍，屋顶半掩于绿树丛中。此径穿过灌木密林，曲折延伸至一扇简陋的竹门前。

门内有一片小园，左右两旁种着一人多高的花木，群芳吐艳，明丽无俦，狄公只觉平生仅见，不禁叹为观止。

茅舍的泥墙外爬满青藤，屋顶处苔藓密布，织成一片浓绿，颇有厚重之感。几级台阶上去，便是半开半掩的房门，一色由原木拼成，看去粗陋朴拙。

狄公正欲高声道曰有客来访，却又不忍打破此处的宁静气氛，于是自行走入，抬手分开种在茅舍一侧的花木。

只见一座竹制阳台上摆着成排的盆花，一位老者正在提壶浇水，身着旧袍，头戴一顶硕大的斗笠。四周弥漫着一股清甜的兰花香气。

狄公拨开枝叶，出声说道："请问鹤衣先生可在家中?"

老者转过身来，一副雪白长髯遮去下半个脸面，眉眼又被宽阔的帽檐挡住，并未开口作答，只随手朝屋内一指，放下洒壶，转至房后消失了踪影。

狄公见主人待客如此简慢，心中好生不快，回身吩咐洪亮在外面等候。

洪亮在门旁的一张长凳上坐下，狄公独自顺阶而上，步入房中。

室内十分阔大，却是白墙木地，空空的没甚家什，只有一张硬木桌案与两只脚凳摆在窗前，后墙处一张竹几，看去似是农舍一般，不过处处洁净，一尘不染。

狄公见主人仍不露面，不觉有些着恼，甚而懊悔自己远行至此，喟然长叹一声，在一张脚凳上坐下，转头朝窗外望去。

只见阳台的竹架上摆着数排盆栽花卉，瓷碗陶罐中居然植有难得一见的兰草，花色素雅，幽香盈室。如此美景当前，狄公不由心头一震，身在此处，只觉周遭异常静谧，慢慢消弭了原本躁乱的心绪，耳中闻得一阵嗡嗡嘤嘤之声，却看不见蜜蜂在何处盘旋，飞逝的流光恍若凝固一般。

狄公消去胸中忧烦，心下渐定，两肘据案，朝四周闲闲打量。只见竹几后方的壁上悬着一对条幅，笔法苍劲有力，却是：

> 长生门前两条路，
> 地蚓掘土天龙飞。

狄公看罢，心想这字句好生出奇，可作不止一种解说。

条幅下方有落款印章，不过字迹太小，坐在此处看不分明。

正在此时，屋后的蓝布门帘一动，老者款步走入，身上换了一袭宽大的褐袍，满头银发，未戴冠帽，手提一只冒着热气的水壶。

狄公连忙立起深深一揖。老者漫不经意地点点头，在另一张脚凳上背朝窗口坐下。狄公犹豫片刻，方又落座。

老者满面皱纹，如同干瘪的果皮一般，双唇却红似朱砂，低头将沸水冲入茶壶时，两道长长的白眉好似帘栊垂下，正好遮住了眼睛。

狄公端坐一旁，敬候主人先行开口。

老者盖好茶壶，将双手笼在袖中，直直盯着狄公，浓眉下一对眸子如同鹰隼般锐利，语声低沉洪亮："老朽从不曲意逢迎来客，礼数不周之处，还请见谅！"说话间口中露出两排齐整洁白的牙齿。

狄公答道："晚生贸然前来造访先生，请恕唐突，你……"

"啊哈，倪！"老者插言道，"这么说来，你也是著名的倪氏子弟了！"

"不不，"狄公连忙更正道，"晚生姓狄，本是……"

"不错，不错，"老者沉吟道，"老朽见到那倪姓老友，已是很久以前的事了。依我想来，他离世应有八年之久，抑或九年？"

狄公心知老者定是年迈昏聩，方才有此误会，不过既然今日造访正为此事，何妨将错就错下去，无须再费神解释了。

老者斟满两杯茶水，又沉思说道："倪兄确是抱负不凡。我们曾在京师中同窗就学，算来已是七十年前的旧事了。他胸有大志，心怀长策，意欲涤除世上所有奸佞邪恶，有澄清天下之志……”说到此处声音渐低，连连点头，举杯自顾饮茶。

狄公胆怯地开口说道：“晚生对倪公在兰坊的行止交游，一向深有兴趣。”

老者似是听而不闻，又缓缓呷了几口茶水。

狄公也举起茶盅，只品了一口，便立时惊觉真乃人间至味，一股醇香似是充溢全身。

忽听老者又道：“这水取自山石中流出的溪水。老朽昨晚将茶叶置于菊花的蓓蕾中，今早花开后方才拿出，茶中已浸透了朝露之精华。”说罢后，话锋陡然回转，“倪兄初入仕途之际，老朽却自去云游四方。后来他做到刺史，又升为节度，名震朝堂，惩恶扬善，在澄清天下的路上力行甚远，眼看即将实现平生志向时，却发现无力匡救自己的亲生骨肉，于是辞官归隐，一心照管自家的田地园林。我二人分别五十年后，重又在此地聚首，不意彼此竟殊途同归。”

老者说到此处，如孩童一般咯咯轻笑几声，又道：“唯一不同之处，便是一条路长而曲，另一条则短而直！”

隐士道尽人生大义

狄公只觉最末一句颇为费解，正在寻思是否应详问一二，未及开口，只听老者又道："就在他去世前不久，还曾与我议论过此事，随后亲手写下了一副对子，就挂在那边墙上。你不妨去欣赏一下他的书法！"

狄公依命起身，趋至近前仔细端详，却见落款是"静庐倪守谦题"。一看之下，方才确认从倪公卷轴中发现的遗嘱实属假造，其署名虽是模仿本人笔迹，但显然出自他人之手。狄公轻捋长髯，恍觉许多疑问至此豁然开朗。

狄公复又坐下，开口说道："倪公笔力遒劲，令晚生钦敬不已，不过先生的书法却是超逸脱俗，在倪宅迷宫门口的题字，真乃……"

老者似是充耳不闻，自顾说道："倪兄抱负多多，只可惜生而有涯，未能尽毕其功，即使隐居兰坊后，仍不能忘怀稍歇。某些汞清旧弊之计，怕是要等到数年后方可收效，而其人已作古矣！他想要离群避世，于是修建了那座迷宫，然而种种筹划仍像黄蜂一般围着他嗡嗡不休，纵使独处，依旧不得清静！"说罢摇一摇头，重又斟满茶水。

狄公问道："倪公在此地可有其他友人？"

老者轻捻长眉，咯咯一笑说道："倪兄仕宦一生，阅尽人间百态后，仍不忘研习儒家典籍，还送给老朽满满一车圣贤书，堆在灶下引火倒是再好不过，果然大有用处！"

狄公听到这等毁谤圣人之语，正想婉言劝诫一番，不料老者并不理会，接着又道："在你看来，孔夫子自然是个有志之人了！终其一生周游列国，总在运筹帷幄，但凡有谁肯洗耳恭听，他便会一力进言献策，直如牛蝇一般聒噪不已！却从未停下来反躬自省，终不悟所做愈多，则所获愈少，所求愈奢，则所持愈损。不错，孔子确是抱负多多，倪兄亦是如此……"

老者略停片刻，又愠怒道："还有你这后生，也是一样！"

狄公忽听说到了自己头上，不禁猛吃一惊，惶惑地起身施礼，谦恭说道："晚生斗胆想问一事……"

老者亦从座中立起，劈头说道："问一事，接着便要问二事三事。试想那些丢下网罟缘木求鱼之徒，你与他们有何两样！又好似先在船底凿一大洞，却指望此船能涉江渡河一般！心中如有疑问，若是找对了方向，或许有朝一日，你自会寻到最终的答案。后会有期！"

狄公正要躬身揖别，见老者已抬脚朝屋后走去，于是恭候人去帘垂，方才迈步出门。

只见洪亮背靠花园竹门，正在熟睡，狄公上前将他唤醒。

洪亮抬手揉揉两眼，咧嘴笑道："我好像从未睡得如此安稳过！居然梦见了四五岁时的陈年往事，本以为早就统统忘记了！”

“言之有理，”狄公沉思说道，“这地方确是人间奇境……”

二人默默登上山梁，再度站在松林下。洪亮问道：“老爷从那隐士的口中，可曾听到什么消息？”

狄公漫不经心地点点头，半晌后说道：“此行收获不小。如今确知在倪公画中发现的遗嘱实属伪造，还有倪公为何突然辞官归隐的原因。至于丁护国一案，我也明白了另一半内情。”

洪亮正欲详加追问，一看老爷的神情，便知趣地住口不提。

二人稍稍休息一阵，再度沿坡而下，又骑马驰回衙院。

马荣正在二堂内等候，一见老爷回来，立即上前禀报如何与乔泰联手捉住番酋的经过。狄公暂且放下玄想，专心倾听。

马荣力称行事机密，绝无走漏风声，并细细讲述了他与那回纥人的言语行动，唯独略去与吐尔贝不期而遇一节不提，心知老爷对这些旖旎缠绵的小枝节从无兴趣。

狄公听罢，大声赞道：“干得漂亮！如今我们已将王牌抓在了手中!”

马荣又道:“陶干正在花厅内与倪继周旋，二人一同喝茶闲话。我刚刚去瞧过，那倪继一开口便滔滔不绝，陶干插不上嘴，正十分着恼哩!”

狄公面露喜色，对洪亮说道:“你去花厅内对倪继传话，就说我有要紧公事，不得不耽搁一阵，实在抱歉得很，一旦有空便去会他!”

洪亮正要出门，狄公又问道:“还有一事，你可曾打听到李夫人的下落?就是倪夫人的那位闺中好友。”

“回老爷，我派了方班头去办此事。”洪亮答道，“他既是本地人，想必更易打听到此类消息。”

狄公点点头，转而对马荣问道:“我们在倪家田庄中发现的老夫妻，尸检后结果如何?”

“仵作确认他二人皆是寿终正寝，老爷。”马荣答道。

狄公又点点头，起身换过官服，端起乌纱帽正往头上套时，忽然说道:“马荣，若是我没有记错，早在十年之前，你的拳术便已修到顶级，成为九等拳师了?”

马荣一挺胸脯，得意地答道:“正是，老爷!”

“你不妨回想一下，”狄公说道，“当你尚在初学，只有二三等的水准时，对你的师父有何想法?”

马荣不惯剖析自家心情，攒眉苦思了一阵，方才徐徐答道："回老爷，我曾一心一意跟随师父，他是当年身手最好的拳师之一，令我十分敬佩。不过每逢对打时，即使我使出最巧妙的招数，师父毫不费力便可躲开，一旦他要进击时，无论我如何拼命防范，他总是想打哪里，便可轻轻松松打中哪里。我对他仍是满怀敬重，但也不无恼恨之意，只因实在比我高明太多！"

狄公苦笑一下，说道："多谢你这一席话！今日午后，我去城南的山上见到一人，一番高论听得我方寸大乱。你适才所言，正是我心中所想却又不能明白道出的！"

马荣听得一头雾水，完全不知所以，不过听到老爷称赞自己，仍是颇觉惊喜，不禁眉开眼笑，抬手掀起通向大堂的帷幕。狄公迈步走出，登上高台。

第二十回

胡酋受笞坦承罪状　怪客现形真相大白

三声铜锣敲响，昭示午衙即将开堂。

兰坊百姓听说今日只办些例行公务，因此只有二三十人来到大堂观审。

狄公在案桌后坐下，宣布升堂，朝方班头示意一下，只见四名衙役行至大堂门口站定。

“今日将审之案，关系十分重大，”狄公宣道，“因此在退堂之前，任何人不得擅离！”

众人闻听此言，发出一阵惊讶的低语声。

狄公提起朱笔，写下令签，命狱吏提人。

一时那回纥大汉被带上堂来。由于犯人行走艰难，两名衙役不得不从旁一路掖扶。

大汉行至高台前，单膝跪下，将另一条上了夹板的腿朝前伸直，痛得呻吟一声。

“报上你的姓名、生业！”狄公命道。

大汉抬起头来，两眼喷火，闪出刻骨的恨意，咬牙说道："我乃是回纥蓝部的乌尔金王子！"

"你们这些蛮人，一旦手里有二十匹马，就会自称王子！"狄公冷冷说道，"此事姑且放下不提。大唐天子接纳尔等归化，并对回纥可汗拜官赐爵，真可谓皇恩浩荡，回纥可汗也已郑重起誓，愿向大唐皇室效忠，如违此约，天地不容，而你乌尔金却胆大包天，阴谋策划攻占兰坊，如此恶行，既对本国可汗不忠，亦对唐室犯下谋反之罪。

"谋反者罪大恶极，依律将被处以极刑。你若想求得减等发落，惟有原原本本从实招来，供出那些曾许诺助你成事的汉人反贼。"

"你管他们叫汉人反贼，我却叫仁人志士！"乌尔金叫道，"他们晓得理应物归原主。你们汉人有没有侵占我们的牧场，将水草丰美之地变作农田？我们是否被一再驱赶，直到退入大漠之中？而我们的牛马和骆驼在那里只有死路一条！

"有些汉人心知如此做法对回纥人很不公平，我绝不会说出他们的名字来！"

班头正欲上前掌嘴，狄公却抬手制止，倾身朝前，徐徐说道："本县要务缠身，无暇对你从轻到重渐次用刑。你的右腿已断，反正也无法行走，若是再断一条左腿的话，想也不会太过不便。"说罢对班头示意。

两名衙役将乌尔金仰面朝天掀翻在地，抬脚踩住他的左右手，另有一人拿来一根两尺长的木桩。

班头提起乌尔金的左腿，将其左脚捆缚在木桩上，抬头望向狄公。

狄公点一点头。只见一名身强力壮的衙役手举大杖，直朝乌尔金的左膝击去，乌尔金放声大叫起来。

“你不必着急，”狄公对那衙役说道，“只管慢慢敲打！”

衙役冲乌尔金的小腿打了一杖，随后大腿两杖。

乌尔金用胡语嘶喊叫骂，小腿上又挨过一杖后，高声嚷道：“你们这些该死的汉人！总有一天，我们的马队会踏平你们所有地界，所到之处统统夷为平地，烧掉你们的城池，还要杀尽所有男丁，把女人孩子抢来给我们作奴隶……”

衙役又狠打一下，乌尔金狂呼不已。衙役再度举杖，这一杖要是落下去，乌尔金的左腿必断无疑。

狄公抬手示意停下，闲闲说道：“乌尔金，你过后自会明白，今日的审问，不过是例行公事罢了。你那汉人同党已对本县和盘托出整个阴谋，并告发了你和你的族人，本县只想从你口中确证一下而已！”

乌尔金凭着一股神力，从衙役脚下挣出一只手来，以肘撑地，抬起上身，口中叫道：“你这狗官，休想扯谎来蒙骗我！”

“比起你们这些蠢笨的蛮夷，汉人自然要聪明得多。”狄公冷冷说道，“那人表面上站在你们一边，只等着时候一到，便对官府告发此事，不日便会被授予官职作为奖赏，受作弄的正是你自己，还有那懵懂无知的回纥可汗，莫非如今还不明白？”说话间对马荣示意一下，只见倪继被带上堂来。

倪继一见乌尔金躺在地上，立时面如土色，转身欲逃，却被马荣牢牢钳住手臂。

乌尔金看见倪继，立时破口大骂道：“你这狗娘养的东西！厚颜无耻的叛徒！一个诚实的回纥人竟会答应为你这两面三刀的汉狗卖命，真是悔不当初！”

“老爷明鉴，这人明明已是疯了！”倪继叫道。

狄公并不理会，对乌尔金徐徐说道：“在此人家中，谁是你的同党？”

乌尔金报出两个回纥人的名字，即倪继号称雇来的武师，又叫道：“除他之外，另有几个汉人奸细！倪继这狗头可能是哄骗了我，不过敢说其他那些人只是见钱眼开的恶棍而已！”接着供出了三名店铺掌柜与四名兵士。陶干一一仔细录下。

狄公示意乔泰过来，低声说道："你立即去钱宅，先将那四名兵士制住，然后与凌什长带上二十名手下，去倪宅捉拿那两个回纥人，再分头捉住三名汉人店主，最后跑一趟北里，将猎户及其同伙统统拿下！"

乔泰领命匆匆离去。狄公又对乌尔金说道："本县并非不公之人。有汉人教唆怂恿你行此大逆不道之事，过后又出卖你邀功请赏，本县不会偏向于他。你若不想让倪继逃脱法网，最好供出潘县令是如何被害的！"

乌尔金眼中闪出邪恶的快意，高声说道："我这就给他一个报复！你这县官听好！四年前，倪继给了我十两银子，叫我去县衙见那新任县令，就说当天晚上，倪继与回纥可汗的密使将在河边密会，届时可当场抓获。潘县令听说后，便带了一名随从跟我前去。刚一出城门，我便将那随从放倒在地，又给了潘县令脖子上一刀，并将其尸身拖到河岸上。"说罢朝倪继那边啐了一口，"你这汉狗，看你还如何领赏！"

狄公点头示意一下，主簿大声念出方才录下的口供，乌尔金承认句句属实，并在供录上按过指印。

狄公宣道："乌尔金，你身为回纥王子，越界前来阴谋叛乱，此案已牵涉我大唐与回纥的关系。至于回纥可汗与其他部族首领是否也卷入其中，以及程度深浅如何，本县一概无从查证，也无权对你判罪。你将被立即解往京师长安，送交鸿胪寺裁断定夺。”说罢对班头示意。

几名衙役上来，将乌尔金放在担架上，重又抬回狱中。

“将犯人倪继带上来！”狄公命道。

倪继在高台前跪下，狄公厉声说道：“倪继，你已犯下谋反大罪，依照国法，将会受到严惩，看在令尊生前威名素著的分上，本县亦会为你求情，或许朝廷将从轻发落一二，在此规劝你原原本本从实招来！”

倪继垂头不语，呼吸粗重。狄公示意班头略等片时。

倪继终于抬起头来，说话时毫无生气，迥异平时的圆滑健谈之态：“敝宅内除了那两名回纥武师，其他人一概不知情。我原本打算事到临头再告知家中仆从，道是我们将会占据此城。那四名兵士收了一笔银钱，明日午夜时分，将会依令在钱宅最高的一座塔楼上点火。当日对他们只说这信号是为了让一伙泼皮制造混乱，再趁乱抢劫城内最大的两家金店，实际上并非如此，回纥人从对岸看见火光，便会渡河前来攻城，乌尔金与他的汉人同伙届时将会打开水门，并且……”

“够了！”狄公断喝道，“明日你再全盘招供不迟。如今本县只想再问一事，当日你从令尊留下的卷轴中发现了遗嘱，之后是如何处置的？”

怪客现形真相大白

倪继憔悴的面上掠过惊异之色，答道："我见那遗嘱上写着将家产平分为二，由我和异母兄弟倪善分别继承，便将遗嘱毁弃，自己另写了一份夹入其中，心想从此万无一失，我便是名正言顺的唯一继承人了。"

"你在背地里做的那些勾当，本县全都心知肚明！"狄公轻蔑地说道，"将人犯带回狱中！"

狄公退堂后，不一时乔泰便回来复命，禀报曰所有人犯皆被一网打尽，在北里捉人时稍稍费了些周折，猎户动手拒捕，到底还是被凌什长打倒在地。

狄公背靠座椅，饮过一杯热茶后说道："乌尔金与其他六名回纥人必须被解送京城。让凌什长挑选十名兵卒，明日一早便骑马动身，若是在距离最近的军营关卡处换过马匹，六七日便可抵达长安。至于收受贿赂的三名店铺掌柜与四名兵士，我将在此地依律判罪。"又环视一下围坐在书案前的四名亲随，微微笑道："既然这场阴谋的一众头目皆已落网，想来总算是被我们及时遏止了！"

乔泰连连点头，说道："若是两军在开阔的地方交战，回纥人不容小视。他们擅长骑马，射箭也十分精准，不过要说攻打一座四面建有高墙的城池，却是既无经验，又无必要的军械。明晚他们看不到塔楼上点火为信，必定不敢贸然进犯！"

狄公点头说道:“乔泰，此事就交托给你，务必严加防范，免得发生任何不测之事。”说罢苦笑一下，又道:“各位，你们总不会抱怨在此地闲得无事了吧!”

“在前来兰坊的路上，”洪亮笑道，“老爷曾说过我们会在这里遇到不同寻常的疑难情形，还会有些趣事发生，果然一语中的!”

狄公抬手疲倦地拭拭两眼，说道:“我们抵达兰坊才不过七天，实在难以置信!”将两手笼在阔袖中，又道，“回想过去这几日里，钱茂的神秘军师最是令我放心不下，此人才是钱茂称霸一方的幕后主使。只要他逍遥法外，则任何变故都可能发生!”

“老爷如何发觉这人便是倪继?”陶干问道，“我却看不出关于此人的身份有任何线索!”

狄公点头说道:“我们确实知之甚少，不过却有两条隐藏的线索，一是此人必对朝廷的内外政务十分精通，二是很可能就住在钱宅附近。

“起初我确实怀疑过吴峰。他生性鲁莽，敢于冒险，正是会参与如此绝大阴谋之人，且观其家世出身，亦可能熟知朝政，足以指点钱茂行事。”

“并且吴峰还对胡人绘画有着古怪的偏好!”洪亮插言说道。

“正是如此!”狄公说道,“不过吴峰的住处离钱宅甚远,若是穿上那一身古怪打扮出门而去,多嘴多舌的掌柜看在眼里,必会到处宣扬。还有,马荣与猎户的一番交谈,足证叛匪们并未由于吴峰被捉而改变计划。”

狄公从袖中抽出两手,以肘据案,两眼盯着乔泰,又道:“后来听到乔泰的几句话,令我大受启发!”

乔泰忽闻此言,不禁十分惊异。

“正是你议论当日假托官军巡边时,提到一项计策会产生两种后果!”狄公说道,“此话令我突然想到,倪继加强武备防范胡人进攻,同时也可解释为预备与胡人串通,攻占此城!

“一旦我生此疑心,便发觉倪继与钱茂的神秘军师几乎事事相符。首先,他出身于当朝重臣之家,自然精通内外政务。其次,倪宅离钱宅很近,步行可抵。钱宅一旦升起黑旗召唤军师,倪继轻易便可看到。

“然后我又自问,倪宅位于兰坊城西南角靠近水门处,既然倪继惧怕胡人进犯,为何偏要将家宅安置在这一最危险的地方?况且他在东门附近本有一所宅院,一旦情势有变,就可立即出城逃往山中,为何不去那里居住?倪继挖去了钱家身手最好的武师,为何钱茂不曾对他还以颜色?

“想来想去,答案只有一个:倪继便是钱茂的军师,正是他策划了全部阴谋，希图在兰坊这个边陲小城中自立为王。

“最后，钱茂本人其实已经告诉过我们了！”

“他几时告诉过我们？”洪亮马荣同时惊问道，陶干乔泰则目瞪口呆地盯着狄公。

狄公顾视四名亲随，不禁苦笑道：“钱茂临死时，我曾问他杀害潘县令的凶手是谁，你我都以为他想要说‘你……’。其实我早该料到才是！一个垂死之人，很难说出复杂的话来，只想道出那凶手的名姓而已，这人便是倪继！”

陶干一拳捶在案上，对其他三人意味深长地瞥了一眼。

“须得说多亏鹤衣先生提醒了我。”狄公接着叙道，“我二人开口寒暄时，他将‘你’错听成了‘倪’，想来应是无意中听岔了……回想一下他那些古怪的言语，我甚至怀疑每字每句都隐然有所指，都有特殊的含义……”

狄公说到此处，声音渐低，手捋长髯默然沉思半晌，对众人又道：“明日我将会了结倪继一案，谋反已是罪大恶极，谋害潘县令一案便无须再议，同时还会了结丁护国一案。”

四名亲随听见这最末一句，再次惊动起来，一齐开口议论纷纷。

狄公抬手示意："这案子十分古怪离奇，不过我到底还是查明了真相，杀死丁护国的凶手，早已留下自己的大名！"

"如此说来，必是吴峰那厮无疑了！"洪亮出声说道。

"明日一早，"狄公徐徐说道，"你们便会知晓丁护国究竟是如何丧命的。"

狄公喝了几口热茶，接着又道："今日我们斩获不小，不过仍有两大疑难，一是白兰仍无下落，此事最为紧迫。二是倪公画中的秘密尚未破解，此事亦很紧迫，且需我等全力以赴。

"倪继犯下谋反大罪，全部家产定会被官府籍没。我们若不能证明倪夫人与倪善有权继承倪家一半财产，这母子二人便会清贫一世，再无转机。

"可惜倪继已经毁去了倪公藏在画卷中的遗嘱，证据荡然无存。倪继的供词并未改变倪公临终时的口头遗嘱，即将卷轴遗赠给倪夫人母子，将'其余家产'留给倪继。此案上报朝廷后，户部定会以此口头遗嘱为凭据，籍没倪继的全部家产。除非我能解开此画中的秘密，否则倪夫人母子将得不到一文钱！"

陶干闻言点头，轻捻着左颊上的三根长毫，发问道：

“起初我们并不知晓倪继与攻城一事有涉，只知他是一桩遗产纠纷的被告而已，为何老爷自始便对倪氏争产一案如此有兴?”

狄公微微一笑，答道:“在我解释为何对此案如此有兴之前，不妨先说一点昔年旧事。

“首先须得言明，我对倪公一向深怀敬意。多年以前，我尚在预备院试时，就曾尽力搜集过他担任地方县令时断案的案卷，并且全部抄录下来细细研读，一心想要揣摩领会其高明的勘案手法。后来我又用心看过他亲手写下的奏章，真是笔墨酣畅、气势饱满，匡扶正义之心，鞠躬尽瘁之意，无不令人感佩万分，并油然生出见贤思齐之情。他就是我心目中光辉的楷模，一位完美无缺的忠臣良相。

“那时我极想能与他谋上一面！但他已位居节度，而我只是个苦苦求学的青衿士子，自然根本不可能如愿。

“后来倪公突然辞官归隐，此举着实令人费解，我亦为之倍感伤神，到底是何缘故，至今悬想不绝。

“我来到兰坊后，不意竟在档房中发现了倪氏兄弟争产的案卷。于我而言，就好似终于得以接近这位崇敬已久的伟人，终于得以与之神交。他遗嘱中隐藏的秘密，就如同是从阴间对我发出的挑战……”

狄公住口不语，凝视着对面墙上的山水卷轴，抬手一指，又道："我决意定要寻出其中的秘密不可！自从倪继认罪后，倪公留下的消息已不止是一种挑战。我对他缅怀至今，深感自己有责让他的孀妻幼子获得应有的一份财产，不仅如此，我还会亲自将其长子送上法场。"

狄公起身立在画前，四名亲随亦纷纷离座，一同注视着这幅神秘的画作。

狄公将两手笼在袖中，缓缓说道："'虚空楼阁'！倪公当年发现长子倪继有才无德、无可救药时，定是五内震动、灰心已极了！

"我已将这画上的一笔一画都记在心里，原本指望那座田庄能提供些许线索，但却没能……"

狄公忽然住口不语，躬身朝前，上下打量着整幅画卷，又站直身子缓捋长髯，眼中熠熠闪光，转身说道："诸位，我明白了！此谜明日亦可解开！"

第二十一回

狄公勘破丁宅奇案　乔泰道出惨痛旧情

次日早衙开堂，数百人涌入大堂内观审。倪继被拘的消息已然传遍全城，还有乌尔金被捉一事，更是谣言四起、众说纷纭。

狄公环视堂下，心中思忖该如何开场。那倪继擅长伪装，惯于藏在幕后指使，此类人物一旦被置于众目睽睽之下，多半便会立时土崩瓦解。想到此处，狄公拿起令签，写下倪继的大名，交与方班头。

倪继被带上堂来，狄公一看即知自己所料不差。一夜之间，倪继变得形容迥异，以往悠闲愉悦的外表剥落下来，徒留一具丧魂落魄的行尸走肉。

狄公徐徐说道："昨日开堂时，你我业已叙过前言，如今你可立即招来！"

"回老爷话，"倪继开口时毫无生气，"一个人若是今生来世都已全无指望，何必还要有所隐瞒呢。"

倪继略停片刻，忽而恨恨说道："我知道家父一向对我深为厌憎，我对他同样怀有恨意，虽说仍不免心中畏惧！家父在世时，我便立志要成为比他更有作为之人。他官至节度，而我则要做到一国之君！

“我花费了数年时间，仔细研究过边疆状况，发现若是将蛮夷部落联合起来再加以指点的话，轻易便能攻占整个边陲地区。以兰坊为都城，我便可建立起一个横贯疆界的王国，一面对朝廷允诺投诚，一面讨价还价、拖延时日，并逐渐朝西扩大地盘，联合愈来愈多的蛮族首领。我在西边的势力愈广，对京师的态度也会日渐强硬，直至无人敢于发兵进攻。”

倪继长叹一声，又道：“关于朝廷内政，我自忖已知之甚详，并且亦有足够的手段去行此大计，但却从未经办过武事，因此发觉钱茂倒是颇可利用。此人生性果决无情，不过自知应付不了政事。我鼓动他在本地称霸，又教他如何自固其位并与官府抗衡，他也情愿受我指使。有朝一日大功告成，我会任命钱茂为大将军。与此同时，我利用钱茂的举动去试探朝廷有何反应，结果一切顺遂，朝廷看似已默许了此地的非常情势，于是我决意更进一步，与回纥部落建立联络。

“就在此时，潘县令前来兰坊任职。此人蠢而多事、碍手碍脚，不巧又出了些差错，致使我写给回纥酋长的一封亲笔书信落入他的手中，非得赶紧下手了断不可，于是我命乌尔金引潘县令出来，在河边杀人灭口。乌尔金既是回纥可汗的表兄弟，又是我的心腹密探。钱茂得知后大为恼火，生怕朝廷会发兵讨伐，我教他如何将此事遮掩过去，果然一切顺遂，没有出一点纰漏。”

狄公正欲插言，转念一想，不如先让倪继把话通通道出。只听倪继无精打采地接着叙道：“那回纥可汗得知唐军在北方大胜蛮夷后，便开始摇摆不定，终于决定打退堂鼓。若非如此，我早已大功告成，公开亮出身份了。于是我只得与小股番酋们分别商议，总算拉拢到三个人马较多的部族，只要我保证届时打开水门，并派手下占据城内的几处要地，他们便会发兵前来攻城。

“举事的日子定下后，不想老爷大驾光临，还带了巡边的官军前来，捉住钱茂并瓦解了他的势力。我生怕此计泄露，又担心过不多久官军便会长驻兰坊，于是决定立即动手。

“就在今晚，回纥三部将在大漠中集结。到了午夜，他们看见塔楼上点火，便会渡过界河，从水门攻入城中。供述已毕，再无其他！”

堂下看众听罢，方知险些就会遭到胡人铁蹄的无情践踏，不禁交头接耳热议起来。

"肃静!"狄公断喝一声，又对倪继问道，"回纥三部共有多少人前来攻城?"

倪继思忖片刻，答道:"大约有两千善射的骑兵，还有几百名步兵。"

"那三名汉人店主，又在其中扮演何种角色?"狄公问道。

"我一向尽量躲在幕后行事，因此从未与他们谋过面。"倪继答道，"我命乌尔金去物色十来个汉人帮手，到时候分别去县衙和四方城门，给回纥人带路，由他将这些汉人分派到各处，并保证按时动手。"

狄公示意一下，主簿大声读出录下的口供，过后倪继又在文书上按过指印。

狄公肃然宣道:"倪继听着，本县判你犯下谋反大罪。念你主动招供，且又看在令尊生前为国为民竭诚尽忠的分上，朝廷或许会从轻发落。不过本县仍得提醒你一句，依照律法，谋反罪将会被处以凌迟的极刑。将人犯带下去!"

狄公又对堂下众人说道:"这场密谋的大小头目如今皆已落网。今晚胡人看不到点火为信，必不敢贸然攻城。本县已下令采取必要手段，防范一切可能出现的意外。你们今日回去，将由各自里长指派应如何行事。胡人绝难攻下一座四面建有围墙的城池，父老乡亲们无须担忧!"

堂下众人听罢，齐声欢呼雀跃。

狄公一拍惊堂木，又道："本县再来审这丁吴一案。"说罢提起朱笔写下令签，不一时吴峰便被两名衙役带上堂来。

待吴峰双膝跪下，狄公从袖中取出一只纸盒，推出案桌边沿，正好落在吴峰面前。

吴峰好奇地低头一瞧。这正是从死者丁护国袖中发现的纸盒，被老鼠啃去的一角已经仔细修补过了。

狄公问道："你对此物可否熟悉？"

吴峰抬头答道："这是卖甜梅时用的纸盒，小生曾在鼓楼前的集市中见过不下百次，偶尔也曾买过一二盒。须得说小生虽对此类盒子看得惯熟，却从未见过眼前的这一只，从上面的贺词看去，显然是送给某人的礼物。"

"你说得不错，这确是一份寿礼。"狄公说道，"你可愿意尝尝里面的梅子？"

吴峰疑惑地望了狄公一眼，耸耸肩头答道："回老爷，当然愿意！"说罢揭开盒盖。

只见盒内整整齐齐排着九粒甜梅，下面衬有一张白纸。吴峰伸出食指，将梅子挨个儿按了一遍，拣了较为松软的一粒送入口中，嚼完后又将果核吐在地上，恭敬问道："老爷可否想让小生再吃一颗？"

"不必了!"狄公冷冷说道,"你且站到后面去!"

吴峰从地上立起,顾视周围衙役,见并无将他押回大牢的意思,便退后几步站在一旁,不解地望着狄公。

"传丁贡生上堂!"狄公命道。

丁毅在高台前跪下,狄公说道:"丁贡生,本县已经查明了杀死令尊的凶手。此案真是复杂得出奇,本县至今尚未弄清所有枝节。令尊所受的威胁并非来自一方,欲取他性命的也不止一人,不过如今证实,只有其中一方终于得手。被告吴峰与此案并无干系,因此撤销对吴峰的控告!"

堂下众人发出一阵惊讶的议论声。丁毅默然不语,并未提出异议。

吴峰出声叫道:"老爷,可否找到了白兰姑娘?"

狄公摇一摇头,吴峰不再言语,转身率然排众而出,直朝大堂门口走去。

狄公从案桌上拈起一支朱漆毛笔,命道:"丁贡生,你站起来,以前可曾见过此物?"说话时将其递下,笔管开头的一端直直对着丁毅的脸面。

丁毅面露惊异之色,从狄公手中接过毛笔,拿在手中转了几转,读过上面的题字后,点头说道:"回老爷,小生想起来了!几年之前,家父给我看几件古玩玉器时,曾将这支笔一同取出，对我道是此乃一件寿礼，由一位官阶很高的名士所赠。家父并未透露其名姓，只说那人担心自己年命不久，因此提前送上，作为家父六十大寿的贺礼，故此先收藏起来，等到过寿时方才启用。

“家父对这支笔十分看重，给小生瞧过后，便又放回箱内锁好，与其他珍藏的玉器收在一处。”

“此物便是杀死令尊的凶器！”狄公肃然说道。

丁毅一脸迷惑看着手中的笔，仔细打量一番，又朝中空的笔管内窥视几眼，连连摇头。

狄公注视着丁毅的一举一动，随后说道：“将笔拿来，本县自会证明机关何在！”

丁毅送上毛笔，狄公伸出左手接过，右手从袖中摸出小小一截木棍，又高高举起，使得众人皆能看见：“当日在丁将军喉头处发现刺有一把小匕首，此物正是依照那匕首制成，长短大小都一模一样。本县这就将它插入中空的笔管内。”

木棍的粗细正与笔管相仿，塞入半寸之后，便推进不得。

狄公将笔交给马荣，命道：“你将这木棍摁下去！”

马荣用拇指按住木棍突起的一端，显然颇费了些力气，才将其完全塞入笔管中，抬头望着老爷待命。

"伸直胳膊，然后将手指尽快移开!"狄公命道。

只见木棍飞出大约五尺来高，又"当啷"一声掉在地上。

狄公靠回椅背，手捋长髯，徐徐说道:"这支笔便是精心设计的杀人凶器。中空的笔管中有一段细细的弹簧，据本县猜想，应是南方出产的藤丝。制作此笔之人将藤丝塞入笔管中，并尽力压到最底处，再用一根中空的管子将熔化的漆树树脂倒入，一直等到树脂完全干凝，方才拿掉管子，并换上此物。"

狄公打开一只小盒，小心翼翼地取出当日在尸体上发现的匕首，又道:"诸位看好，这圆圆的把手，正好可以放入这笔管之中，弧形的刀刃紧贴在笔管内壁，即使朝里面细看，也瞧不见藏有匕首。

"几年前，有人将此笔赠给丁将军，便等于对他判了死刑。这人知道丁将军一旦启用此笔，依照常情，总得用烛火烧去笔尖上多余的杂毛。烛火的热度将会烤化树脂，藤条一旦松开，喂过剧毒的匕首便会从笔管中弹出，十有八九会刺中被害人的面门或是喉头，然后藤丝盘旋环绕在笔管内壁，并不会被人瞧见。"

狄公说话时，丁毅先是一脸迷惑，慢慢转为难以置信的恐惧，此时出声叫道:"请问老爷，这邪恶至极的凶器，究竟是谁人所制？”

“那人留下了自己的大名，”狄公徐徐说道，“若非如此，本县恐怕永远也查不出来。笔管上刻的字是：‘恭贺自省斋主人六十华诞，静庐拜祝。’”

“这人到底是谁？小生从未听说过这一名号！”丁毅叫道。

狄公点头说道：“知情者惟有此人的寥寥几个密友。本县昨天方才得知，这便是已故节度使倪守谦的别号！”

堂下响起一片欢呼喝彩之声。

待喝彩声平息下去，狄公又道：“就在一日之内，倪家父子二人都出现在公堂之上，只不过其子尚生，而其父已亡。丁贡生，令尊究竟做过何事使得倪节度要判他死罪，且以如此离奇的方式亲手施行，想来你比本县更加清楚。无论情形如何，本县不能对已死之人定罪判罚，故而宣布本案就此了结！”说罢一拍惊堂木，起身离去。

堂下看众纷纷走出大堂，兀自兴奋议论着丁护国一案这意想不到的结果，交口称赞县太爷竟能发现如此巧妙的机关。然而有几位精通衙门事务的老者却心存疑虑，不明白那一盒梅子究竟是何用意，彼此认定显然另有隐情。

方班头走入三班房，见吴峰正在里面等候。

吴峰上前躬身一揖，急急说道：“寻找令嫒下落一事，还请许我同助一臂之力!”

方班头若有所思地看了吴峰一眼，答道：“吴先生为了小女，当日不惜预备身受酷刑，令我感激不尽，只是如今有务在身，还请在此处稍等片刻，待我回来后，再对先生细述头一回搜查是如何无功而返的。”

方班头不顾吴峰一力追问，出了三班房，直走到衙院门口，在人流中四处张望，看见丁毅刚刚行至街中，便追上前去说道：“丁公子，老爷想在二堂内见你一面。”

此时狄公正坐在书案后方，四名亲随齐集左右。狄公已命陶干将笔管锯成两段，只见底部果然凝有一团树脂，还有一段细细的藤丝缠绕在笔管内壁上。

方班头引着丁毅走入，狄公对四名亲随说道：“你们几个退下!”

众人起身出门，惟有乔泰依旧立在书案前一动不动，执意说道：“恳请老爷许我留下!”

狄公扬起浓眉，不解地瞥了一眼乔泰，见他面色凝重，便点一点头，冲着旁边的脚凳示意一下。

乔泰过去坐定。丁毅也想依样而行，却又不见狄公开口叫他坐下，犹豫片刻后，仍然立在原地。

狄公说道：“丁贡生，本县不想当众揭出令尊的旧恶。若不是因为别有原因，并且非得立时阐明的话，亦不会在你这独生子面前责备尔父。

“令尊当年为何被迫辞官回乡，本县深知底里，只因当年尚在京师秘阁中供职时，关于此事的机密公文正巧传至彼处，故此得以亲见。鉴于令尊所犯的罪行中，并无一个亲临目击者得以生还，因此文中只录有大略而并无细节。那吴参将收集了许多二手证据，足证令尊理当为整整一营官军被屠戮的惨案负有罪责。

“朝廷出于大局考虑，不便对令尊公开定罪，倪节度便决意亲手将他处决，以示天理昭彰、罪有应得。倪节度英勇无畏，若不是为自己家人考虑，不想他们受到牵连的话，大可公然取了令尊性命，于是决心等到自己不受律法约束时再行此事。

“本县并不敢放言评议倪节度的所作所为，如他那般人物，向来不可以常理度之，只想对你说明本县已知全部内情。”

丁毅一言不发，显然同样了解其父的罪行，只是垂头而立，默默注视地面。

乔泰端坐不动，两眼失神地定定望着前方。

狄公缓捋长髯，半晌后说道：“丁贡生，说完了令尊一案，现在再来说你！”

乔泰起身说道：“请老爷容我告退！”

狄公点头应允，乔泰出门而去。

狄公半晌默然不语。

丁毅到底胆怯地抬起头来，却见狄公两眼喷火直瞪着自己，不禁吓得朝后退去。

狄公握住座椅扶手，倾身向前，轻蔑地说道："你这卑鄙无耻之徒，抬头看着本县!"

丁毅遵命抬头，眼中惊恐欲绝。

"好个下作的蠢材!"狄公声如洪钟般地怒斥道，"你以为自己设下的奸计，真能骗过本县不成!"

狄公强抑怒火，再度开口时，声音变得平稳，不过仍带有一种冰冷无情的金石之音，令丁毅不寒而栗。

"想要投毒杀死尔父的，并不是吴峰，却是你这个独生的逆子!

"吴峰来到兰坊，正巧给了你一个掩盖罪行的大好机会。你先是四处散播有关吴峰的谣言，又暗中监视他，趁其外出或是下楼饮酒之际，自己偷偷溜入他的画室，拿走了一张盖有其印章的白纸!"

丁毅张口欲言，狄公拍案喝道："你且闭嘴听着！就在尔父六十大寿的当晚，你将一盒毒梅揣在袖中，当尔父起身离席时，你便陪同他前去书斋，管家就跟在你二人身后。

"尔父打开书斋大门，你跪下恭请晚安。管家走进屋内，点燃书案上的两支蜡烛。就在那时，你从袖中取出纸盒，默默递给尔父，可能还躬身一揖。既然盒盖上印有字迹，便无须再做解释。尔父谢过你后，将纸盒纳入左袖中。

"就在管家从屋内出来时，他以为自己看见尔父正将钥匙纳入袖中，以为尔父道谢是由于你跪请晚安。但是此处有个难以解释的间隔，即管家进去点亮两支蜡烛所花费的工夫。为何尔父一直站在原地，并将钥匙一直握在手中？按理说一打开门后，便应将钥匙立即纳入袖中才是。管家看见尔父纳入袖中的，其实正是那一盒有毒的梅子，正是你这不孝之子用来弑父的凶器！"

狄公两眼如利剑一般射向丁毅。丁毅浑身颤抖，却无力从狄公逼人的注视下移开视线。

"不过尔父并未死在你的手中，"狄公声音转低，"就在他打开盒子之前，倪节度生前设下的机关便已发生效力。"

丁毅喉头吞咽数下，开口时声音大变，"为何我想要杀死自己的生父？"

狄公起身拿出关于此案的笔录，立在丁毅对面，厉声说道："你这孽障，居然还敢有此一问！在这些下流诗文里，不但点明了那荡妇便是你痛恨生父的原因，而且暴露出你烝淫庶母、有悖人伦的奸情，还敢开口来问本县?”

狄公将文卷掷在丁毅脸上，又道:“你不妨自己再读一遍，什么‘巫峰赛雪霜’，什么‘玄疵损满月’。府内有个婢女已禀告过本县，尔父的第四房夫人左胸处生有一颗丑陋的黑痣。你竟与庶母犯下通奸之罪!”

二堂内一片沉寂。

狄公再度开口时，声音转为疲惫:“本县大可将你与那淫妇捉来，在县衙大堂上当众审理。不过律法究其主旨，为的是补偿与修复罪行造成的损害。在此案中，虽已无可补偿，不过仍有不可不行之事，便是阻止这一罪恶继续蔓延下去。

“假若一棵树上，有一根枝条直朝树心里烂去，园丁便会砍断病枝，免得整棵树跟着死掉。如今尔父已亡，你是他的独子，并且无有子嗣，丁家的这一支也必须被除去，你该是心里明白。本县的话说完了，你出去吧!”

丁毅转身出门而去，行走时摇摇晃晃，步态如在梦中。

忽听有人叩门，却是乔泰进来。狄公不禁面上一喜，疲倦地笑道:“乔泰，你且坐下!”

狄公勘破丁宅奇案

乔泰坐在一张脚凳上，面色苍白憔悴，未叙一句套话便开口讲述起来，声调平板，如同大声诵读公文一般。

“十年前的秋天，丁护国率领七千官军，在北方边陲遇到一支胡人军队，人数稍稍胜过我军。如果他下令开战的话，将有五成把握可以取胜。

“但是他贪生怕死，不想冒此风险，竟与敌方将领秘密商议，贿赂对方退兵。敌方坚持非得带几百颗人头回去炫耀战功不可，否则便不肯回营。

“于是丁护国命令左翼军第六营单独出击，占领山谷中的一片高地。梁参将是军中最为英勇善战的一员猛将，由他与八名百长率领八百名兵士领命出发。

“全营将士刚一进入谷地，两千胡兵便从山顶上直扑下来。我军虽然奋力厮杀，奈何寡不敌众，最后全军覆没。胡兵砍下几乎所有人头，挑在矛尖上扬长而去。

“七名百长皆被乱刀砍成几段，第八个头上中了一枪，正打在头盔上，立时昏死过去，被压在自己的坐骑下面。等他醒来一看，胡兵已经悉数离去，只有他是唯一幸存之人。”

乔泰音声变调，憔悴的面上冷汗直流，接着又道：“那百长好不容易赶回京师，去兵部告发丁护国，却被告知此事已经了结，最好彻底忘在脑后。从此他抛下军服，发誓走遍天涯地角，定要找到丁护国，并亲手斩下他的人头。他改名换姓，加入一伙绿林兄弟，走遍大江南北，四处寻找丁护国的踪迹。直到有一天，他遇上一位赶路赴任的县令，教给他何为人间正义，并且……”说到此处语声颤抖，哽咽难抑。

狄公深情地看着乔泰，肃然说道："乔泰，是老天不让你手中利剑沾染上那老贼的血污，另有一人判了丁护国的死罪，并且亲手将他处死。

"方才这一番话，只有你我二人知晓即可。不过我也不能违你心愿，强留你在此处。我知道你一向心系军中，不如找个借口送你去京师如何？我可给兵部大员写一封密信，你带去呈上，然后定会被授予千总之职！”

乔泰惨然一笑，徐徐说道："我更愿意留在此地，为老爷继续效命，直到有朝一日老爷升为京官，再也用不着我的时候方罢。”

"那就一言为定！”狄公欣喜地说道，"乔泰，多谢你做此决定，不然我一定会十分惦念你的！”

第二十二回

释疑案揭穿不肖子　析画图道出指路松

就在此时，方班头正与吴峰长谈。

吴峰对白兰失踪一事最为关切，至于这几日里所受的牢狱之灾，以及背上吃过的鞭子，似已全然忘却，耳中听着方班头讲述丁护国如何遇刺，竟至心不在焉起来，焦躁地插话说道："我对那混账的丁家从不在意，只想知道如何才能找到白兰姑娘！一旦寻到她的下落，我便会找人做媒，前去贵府求亲！"

方班头躬身一揖，并未答言。如此一个家世显赫的青年公子有意娶自家女儿，私心里自然深感得意，不过听吴峰竟然信口说到终身大事，亦是吃惊不小。中等人家出身的平民百姓，通常极为看重规矩礼数，方班头也不例外。依照风俗习惯，男方如有此意，不得对未来的岳父直接提及婚嫁之事，而应由媒人前去提亲说合。方班头向来恪守礼法、老成谨慎，当日洪亮派他查明李夫人的住处，他便心想若是亲自出去四处打听的话，恐会有损李夫人的清誉，于是命女儿玄兰去办此事。

方班头连忙掉转话头，说道："但愿老爷明日会提出另一个寻人的法子来。吴先生或可绘出四五张小女的画像，以便交给各位里长传看。"

"好个主意！"吴峰欣然赞道，"我这就回去立即动笔！"说罢跳起身来。

方班头拽住吴峰的胳膊，胆怯说道："吴先生在离开县衙前，要不要去见老爷一面？你还没跟老爷正经道别，况且他为你洗清了嫌疑，多少也该致谢一二。"

"以后再谢不迟！"吴峰随口敷衍一句，人已奔出门去。

狄公在二堂内吃了一顿简单的午饭。洪亮从旁服侍，见老爷面有倦意，只是默默用饭。

一时饭毕，狄公慢条斯理饮过热茶，终于说道："洪亮，叫他们三个进来。我且说说这丁护国一案的始末。"

四名亲随齐集后，狄公在扶手椅中坐定，先讲述了一番与丁毅私谈的大致情形。

陶干不解地摇摇头，长叹一声说道："老爷，在我看来，以前还从未遇到过如此复杂的一堆疑案！"

"表面看去确是如此，"狄公答道，"实则只是由于本地发生的事件，把情势弄得格外复杂了。如今一团乱麻渐渐解开，真相便逐一显露出来。

“我们其实只遇到三桩案子。其一，丁护国被杀，其二，倪家兄弟争产，其三，方班头的女儿失踪。

“至于铲除钱茂，发觉倪继的不轨图谋，以及抓获杀害潘县令的凶手，都应被视作本地事件，全是些不相干的棘手之务，与前面所说的三案并无瓜葛。”

洪亮点点头，半晌后说道：“我一直奇怪老爷当日为何不立即捉拿吴峰。起初发现的所有证据，分明显示出他便是罪魁祸首。”

“我初见丁毅时，其言行便颇为可疑。”狄公答道，“我与马荣在街市上遇到他，当我亮出县令身份时，他立时面露惊恐之色。想是由于众人谬奖我长于断案，丁毅也曾有所耳闻，显见得心中寻思了一下，是否应放弃毒杀其父并嫁祸吴峰的预谋，过后又认定此计万无一失，故仍旧决意冒险一试，于是请我二人喝茶叙话，并道出了那一大篇吴峰企图谋害他父亲的故事。”

“那姓丁的好生奸诈，居然连我都骗过去了！”马荣怒道。

狄公微微一笑，接着又道：“之后丁护国果然遇害身亡。对于书斋内到底发生过何事，丁毅却毫不知晓。今早我再次验证过此事。你们都看见我忽然取出作为凶器的毛笔来，并将笔管开口的一端对准丁毅的面门。如果此笔先是由倪公赠给丁护国，后来又被丁毅动过手脚的话，他当时定会露出马脚来。

“看来丁毅必定与我们一样迷惑不解，先是焦虑了一二刻，试图寻出其中缘故。莫非是自己的情妇下手杀人？或是另有他人觉察出自己企图弑父，因此先行下手并打算敲一大笔竹杠？然后丁毅打定主意，仍是依照原先的计划咬住吴峰不放，一旦吴峰被认定有罪，即使真凶前来讹诈或是要挟，自己也不必惧怕，于是直奔衙院控告吴峰，但却万万没有料到，他精心设下的那些指向吴峰的线索，却是极其单薄无力。”

“老爷，这话我就不明白了！”陶干插言道，“那盒有毒的梅子，分明直接指向吴峰！”

“丁毅做得痕迹太重，并且这些举动与吴峰的性情全不相符。”狄公答道，“吴峰聪明过人，性情又易于激烈，虽说我对此人并无太多好感，不过他的确画艺高超。此类人物平日里或许粗疏大意，然而一旦发了兴头，认真用起心思来，则会全神贯注、精细逾常。如果吴峰想要投毒杀人，绝不会选择藤黄，也绝不会马马虎虎在盒底衬一张盖有自己印章的白纸。”

陶干点头说道：“最终证明吴峰无罪的证据，正是他自愿吃下了我后来放入盒中的梅子。”

“一点不错!”狄公说道,“接着再往后说。丁毅报官之后，我便立即去寻访吴峰，想要对比一下原告与被告的性情有何异同，见过之后，就断定吴峰非是能预谋杀人的凶犯，至于丁毅口中所说的起因，更是牵强附会、不值一提。

“我假设谋杀实际是由第三人实施，那人之所以要行此毒计，是由于丁护国树敌甚多，丁毅也正是利用这一点来诋毁吴峰。至于丁毅陷害吴峰的理由，我猜想二人或许互为情敌。吴峰画中的观音与丁毅诗中的情人，似是表明二人恋慕着同一女子。

“从死者袖中发现的毒梅，愈发证明了丁毅故意陷害吴峰。我猜测丁毅必是采取了防范手段，使得其父在食用前便会发现其中有毒，心想一个人总不至于为了除掉情敌，而不惜搭上自己生父的性命。”

“原来如此。”洪亮说道,“如今我才明白了老爷为何推断出吴峰无罪。”

“事实上，我认为丁毅才是心思歹毒的卑鄙之徒。”狄公答道,“生出此念后，我又发现吴丁二人所爱的并非同一女子，从而使得丁毅诬告吴峰变得愈发不可解。二人既非情敌，那么丁毅为何非要构陷吴峰呢？只剩下一种可能，即丁毅本人杀死了亲生父亲，并企图嫁祸于吴峰。

“我推想或许丁毅预备了两样凶器，一个发生了效力，但我尚未找到，另外一个便是那盒毒梅，作为以防万一的备用之物。如此一来，寻出丁毅如此丧心病狂谋害生父的原因就十分重要了。莫非与他所爱的女子有涉？我派玄兰去丁宅，就是为了打探出更多消息来。”

狄公略停片刻，饮过一杯茶水，接着叙道：“与此同时，还有一个抵牾不合之处，令我放心不下。既然丁毅处心积虑设下了陷害吴峰的备用凶器，那么作为首选的凶器，显然应该同样指向吴峰才算合情合理，但我绞尽脑汁也想不出，这杀人的匕首与吴峰到底有何关联。

“于是我又回到了原先的假设上，即真正下手作案的，是个不知名姓的第三人，碰巧与丁毅的毒杀阴谋同时出现。虽说我从不喜欢巧合，但也不得不承认，巧合之事确实在此案中发生了。”

“老爷刚才说过丁护国有许多仇家，正是因此才发生了巧合。”乔泰说道，“皆因他曾经出卖过自己的手下将士，倪节度才决意要取他性命！”

狄公点点头，接着说道：“这一想法虽不能使勘案有所进展，不过却助我将丁毅吴峰都排除在嫌犯之外。当我发现丁毅存心弑父时，此案有一部分便已查明。”

洪亮插言道："原来这就是老爷所说的弄清了一半案情！玄兰禀报曰丁家四夫人胸前有颗黑痣，那时老爷便将此事与丁毅的诗稿联系起来了！"

"正是如此！"狄公说道，"至于此案的另一半，即真正杀死丁护国的凶手，若是倪公不曾留下大名，我很可能永远也查不出来。

"我能得出的唯一结论是丁护国死于某种设好的机关，因为凶手绝无可能出入一间密室。但是我可能永远发现不了笔管中的秘密，只因与倪公的超人才智实在相去太远！你们已经看见那匕首飞出笔管后，弹簧便盘绕在笔管内壁上，即使朝里细看，也根本不会瞧见。

"我去拜访鹤衣先生时，得知静庐原来是倪公的别号，并记起丁护国死前用过的笔上刻有此名。我又想起陶干说过的吹管，方才明白这中空的笔管也可作同样的用途。书桌上有一支蜡烛放的地方不对，提醒我此笔一旦遇热，里面的机关便会启动。至于其余之事，轻易便可解开了。"

"如果丁毅不肯自裁，我们又该如何？"乔泰问道。

"那我就会将他与那淫妇捉到县衙大堂，"狄公徐徐说道，"控告他们犯下通奸之罪，用刑讯问，直到二人招供为止！"

狄公缓捋长髯，看看几名亲随，见无人再有疑问，又道："如今再来说这倪公遗嘱一案。"

几名亲随不约而同转过头去，注视着墙上的卷轴。

"藏在此画中的一纸遗嘱，乃是倪公为了转移倪继的注意而设下的障眼法。"狄公说道，"倪继发现遗嘱后，并未毁去画卷，而是将其交还给倪夫人，可见倪公的妙计十分成功。画卷本身藏有真正的线索，只是更加隐蔽而已！"

狄公起身走到画前，几名亲随也连忙离座，站在狄公身旁。

"我曾隐约怀疑过此画与倪公的田庄有所关联，"狄公说道，"正是因此，才亲自去走了一趟。"

"为何二者之间有所关联？"陶干急急问道。

"原因很简单，"狄公答道，"惟有这两样东西，是倪公不惜一切代价也要保留下来的。他先是巧作安排，免得自己过世后此画被毁，后来又对倪继留下遗命，严令曰不许改变田庄中的一木一石。

"起初我以为此画实为一张田庄地图，标明了暗藏真正遗嘱的地点，但是去那里看过之后，却发觉二者毫无相似之处。直到昨晚，我才发现了其中的联系！"

狄公微微一笑，环视众人，只见个个都闭口不言。

"你们要是仔细看过此画，就会注意到构图中有些怪异之处。"狄公说道，"画中有数座房舍，散落在整个山中，每座房前都有山路可达，唯独右上方最大最显眼的这一座却没有！此房坐落在河边，根本无路可通！我想其中定是有着特殊的含义。

“再看这些树木！你们有没有瞧出什么古怪来？”

陶干洪亮凑到近前细细端详，马荣乔泰则干脆退下，两眼直望着狄公，露出钦佩之情。

狄公见洪亮陶干连连摇头后，方才说道：“所有房舍都有树木围绕，树丛画得很是潦草，唯独几棵松树画得十分仔细，每一棵都在前景处，十分醒目。

“如今你们可以看出，这些松树在数目上也是依次增加。山顶上小路起始处有两棵，朝下走一段后是三棵，小路与河流相交处是四棵，右上方最大的房舍周围有五棵。据我想来，这些松树就是路标，指出了一条道路。画上这两棵松树，正是代表着我们在迷宫入口处见到的那两棵松树！”

“如此说来，此画便是那迷宫的示意图，倪节度在里面建有一座小房或是亭阁，暗示着如何才能走到那里去！”陶干叫道。

狄公摇头说道：“并非如此。我同意你的说法，此画暗示着一条通往迷宫内亭阁的道路，既然倪公几乎每日进迷宫，里面必有一座亭阁可供他读书写字，图上的大屋正是代表，但我却不以为顺着迷宫内的路线就能找到亭阁。

“倪公将迷宫中的亭阁视为真正隐秘之处。如果任何人有胆量走入迷宫，并沿着现成宫道便能找到亭阁的话，倪公绝不会将重要的文书藏于其中。

“在第一段路与第二段路之间，倪公为何要画出如此明显的不同？为何要将第二段画成山中河流？”

“为了看起来更加费解！”陶干立即答道。

“非也。”狄公说道，“倪公苦心经营，用四棵松树标明此处乃是一个转折点，从此便不再走原有的山路，而是用河流表示路径。这座小桥更是表明此处有重要转变。

“我确信走到此处，应该离开现成的宫道，走上一条通向隐蔽亭阁的秘密捷径。亭阁不是坐落在宫道旁，而是隐藏在路背后的密林深处。”

陶干点头同意，出声赞道：“好个万无一失的秘密所在！比任何要塞都更为保险！若是不知道秘密捷径，就算在迷宫里来回走上几个月，也绝难发现那座亭阁。但是倪公与其他知道捷径之人却可以迅速到达！”

“不错，你说的最后一句十分要紧。”狄公说道，“若是每次都要顺着弯弯曲曲的宫道走上大半日，倪公想必不喜如此麻烦。这一想法提醒了我，定是有一条捷径存在。

“我们再来顺着画卷一路看看！”

狄公指着画上那座门前有两棵松树的房舍，说道："这是迷宫的入口处，走下这几级石阶，沿路一直下行，头一个岔路口并无意义，左转或右转都可。到了第二个岔路口，三棵松树立在道旁，暗示应该朝左转。

"然后一路走到河边，从此处离开宫道，通往秘密捷径的入口处有四棵松树。据我想来，进入迷宫后，会在第二棵与第三棵松树之间找到入口，即图上标出的河流。

"顺着秘密捷径，就会找到五棵松树。倪公的秘密亭阁一定就在那里！"

狄公说着，用手一指右上方的那座大房舍，转身回到书案后重又坐下，说道："若是我没有弄错的话，我们会在亭阁中发现一只银柜或铁匣，倪公的重要文书就收在其中，包括那份真正的遗嘱！"

"听起来稍稍有些难办，但我仍愿尽力一试！"马荣说道，"不过，还有这第三桩案子，白兰姑娘仍是没有下落！"

狄公面色一沉，饮着茶水缓缓说道："此案最为棘手！我们至今也没有进展。我对方班头很是器重，因此更觉难过。他性情忠厚、为人正派，能有如此良善的百姓，实是我大唐之福……"

狄公疲倦地抬手拭一拭前额，接着又道："今日用过晚饭后，我们再齐集此处，商议如何找到白兰姑娘。既然其他案子都已了结，自可全力勘察此务，此刻便出发去倪家田庄，证实一下我的推想是否正确。如果找到了倪公的遗嘱，我自会将其夹在倪继谋反案的呈文中，一并送交上宪。户部在籍没倪继家产时，总得留下属于倪善的那一份。

“乔泰，今日午后，由你负责组织城内的御敌要务，以防今夜胡人攻城。洪都头，你与马荣陶干随我同来！”

第二十三回

率众勇探迷宫腹地　转头忽见亭阁藏尸

半个时辰过后，倪家田庄内人来人往，一片嘈杂。

衙役们里外奔忙，或是清理院内小径，或是清点房中的旧家什，或是在后花园里四处查看。

狄公站在迷宫石门前的砖地上，对洪亮马荣陶干又加意嘱咐了一番，旁边另有二十名衙役相随。

“我们进去之后，不知究竟要走多长，”狄公说道，“想来应是路途较短，但也难以说定。每走出两丈远，便留下一名衙役立守，以便前后互有照应。我可不想在里面走迷了路！”

狄公转头对马荣说道：“你手持长矛，在前头开路。众口相传迷宫里设有陷阱，此话虽不可信，但是确已荒废多年，保不定会有猛兽栖居其中，人人都务必小心谨慎！”

众人从石门下走过，进入迷宫。

幽暗的宫道中，迎面飘来一股枝叶腐烂的阴湿之气。道路虽然狭窄，但是二人并肩仍可轻易通过。左右两旁树丛茂密，大石成排，形成一堵难以逾越的墙垣。树木虽种类各异，却不见一棵松树。高处枝叶相连，与厚密的藤蔓缠绕在一处，纷披垂落下来，狄公与马荣不得不弯腰低头而行。树干上生有硕大的菌蘑等物，马荣手持长矛戳去，只见一团白雾喷出，并散发出一股异味。

“马荣，多加小心！”狄公警告道，“那些东西可能会有毒！”

在头一个左转处，狄公停住脚步，抬手一指右边三棵枝干虬劲的松树，满意地笑道：“这便是头一个路标！”

“老爷当心！”马荣忽然叫道。

狄公闻声跳到一旁。

只听一声闷响，一只巴掌大的蜘蛛落在地上，通体长毛，带有黄斑，眼中闪出狞邪的绿光。

马荣手持矛柄一拍，将蜘蛛压扁在地。

狄公系紧项巾，口中念道：“我可不想有什么毒虫落在脖子上！”随后继续前行。

道路貌似折回，走出大约两丈远后，又朝右急转。

“停下！”狄公对马荣叫道，“这是下一个路标！”

只见道旁果然有四棵松树植成一排。

“从此处开始，”狄公说道，“我们必须离开现成的宫道，进入秘密捷径。在第二棵与第三棵松树之间左右搜搜!”

马荣手举长矛，在茂密的灌木丛中到处刺戳，突然一跃而起，朝后猛推了狄公一把。

只见一条火红的蝰蛇正在腐叶上爬行，约有二尺来长，迅速钻入树下的一个洞口中，就此消失不见。

“真是好个所在!”马荣叫道,“可惜这条长虫没画进图里去!”

“我叫你穿上厚实的紧腿猎裤，正是为了有所防备!”狄公说道,“仔细留神周围!”

马荣蹲在地上，戳戳枝叶下方，又站直说道:“这里果然有一条小径，不过十分狭窄，即使一人也很难过去。我走在最前面，先将头顶的枝叶拨开!”说罢消失在绿树丛中。

狄公将身上的衣袍裹紧，洪亮陶干也依样而行。衙役们面带犹疑看看方班头，方班头抽出短刀，喝令道:“别担心！若是真有猛兽跳出来，我们也对付得了!”

众人一路披荆斩棘，总算穿林而过，不过只走出十来步远，便又回到宫道上。

左右两旁各有一个急转弯处。狄公先朝左看，只见前方是一段笔直的长路，不禁摇一摇头，说道:“想必在对面方向，既是一条捷径，不会走得恁长。”

狄公转身折回，示意众人右转，果然看到一条短径，不禁欣喜地叫道："定是此处！"又伸手一指左右，只见一边有三棵松树，另一边有两棵松树。

"根据倪公的画中所示，那秘密亭阁必在附近。"狄公对众人说道，"我想这两棵松树之间定有前路，那三棵只是用来凑数而已！"

马荣一头钻入两棵松树之间的树丛内，骂了一声娘便旋即转回，两腿沾满泥巴，嫌恶地说道："那边只有一个死水塘！"

狄公蹙眉怒道："塘边必是有路可通。走到现在，样样都与画中相符！"

方班头示意一下，众衙役挥起刀剑劈开灌木丛，眼前出现一口乌黑的水塘，马荣方才踏入的地方仍在咕咕冒泡，四周弥漫着一股腐臭之气。

狄公弯腰从枝叶下左右窥视，忽然朝后退去。

只见一颗怪模怪样的头颅从水中缓缓冒出，一对黄眼定定凝视着众人。

马荣深吸一口气，刚刚举起长矛，却被狄公拽住手臂。

一只巨大的蝾螈慢慢爬出池塘，全身黏滑，足有五尺多长，上岸后迅速钻入一片水草之中。

众人看在眼里，皆是心惊肉跳。

“我宁可一人对付六个回纥佬，也不愿与这怪兽相斗！”马荣惊叫道。

狄公却是喜形于色，欣然说道：“以前不时读到有关蝾螈的记述，但却从未亲眼目睹过，这还是头一次得见活物哩！”

狄公仔细审视塘边，惟见一大片泥泞的水草浮萍，看不出路径何在，又转头看那一潭黑水，忽对马荣说道：“你瞧那边的石头！定是排成一列，踩着便可走到对岸。我们先踏上这头一块，再朝前去！”

马荣撩起衣袍下摆掖入腰间，其他人纷纷依样而行。

马荣踩上平平的大石，用长矛在周围刺戳搜寻，叫道：“第二块也有了！就在左前方！”说罢拨开低垂的枝叶，正要朝前迈步，却又猛地停住。狄公紧跟在后，猝不及防与马荣撞在一起，差点落入水中，幸好被马荣及时扶住。

马荣指着一根折断的树枝，对狄公伏耳说道：“这树枝是被人折断的，而且时间不长。老爷请看，上面的树叶还未曾干枯，定是有人昨天经过此地，在这石头上不慎一滑，为了站稳脚跟才一把抓住树枝的！”

狄公定睛一看，不禁连连点头，低声说道：“那人可能就在左近，我们最好小心些，不定会有一场恶斗！”然后传话给站在身后的洪亮，洪亮又转身告知陶干与方班头。

“与人动手我倒不怕，总比对付那又黏又湿的怪兽好多了！”马荣咕哝一句，端稳长矛继续前行。

水塘虽说不大，但是众人却为了逐一寻觅垫脚石而花费不少工夫。有的石头就在水面下方，若是有人熟知方位，不消片时便可行至对岸。

马荣与狄公重又踩上地面后，立即伏下身去。狄公抬手轻轻拨开树枝。

前方只见一大片开阔的空地，周围有绿树与大石围绕。正中央一座圆形石制亭阁，建在一棵高大的雪松底下，几扇窗户紧闭，大门却半开半掩。

待众衙役全都上了岸，狄公方才命道：“将那亭子团团围住！”说话时一跃而起，直朝亭阁奔去，抬脚踢开门扇，两只硕大的蝙蝠从里面振翼飞出。

狄公转身看去，见众衙役四面散开，正在树丛中搜寻，不禁摇头说道：“里面并无一人。叫方班头他们彻底搜查整片地方！”

狄公再度走入亭内，三名亲随也跟着进来。马荣将窗户一一推开。

一片幽暗的绿光中，只见正中一张石桌，靠后墙处有一张石头长椅，除此之外别无他物，到处蒙着厚厚的尘土与霉苔。

石桌上摆着一只匣子，大约一尺见方。狄公弯下腰去，用袍袖拂去积尘，这才看清原是用翡翠制成，上面刻有精美的云龙纹样。

狄公轻轻打开玉匣，取出一小卷物事，外面包裹的锦缎已然褪色，托在手中给三名亲随看过，肃然说道："这便是倪公留下的遗嘱！"

狄公缓缓解开小包，又展开里面的文卷，朗声读道：

> 翰林学士，前江南东道节度使倪守谦，特立遗嘱如下：
>
> 展观此书者，必为来日贤宰，既解画中隐秘，又穿林涉水，得入迷宫腹地，倪某在此先行拜谢！
>
> 春种秋收，人生亦然。值此垂暮之年，理当回首往昔，一生功过得失，虽未盖棺，亦可自行定论矣。
>
> 余尝自思仕宦卌载，总算略有所成，不意倾尽全副心力，志在澄清天下，却无力匡正家中独子，恍悟半世功业，转头成空，其失意怅惘，何可胜道

也哉。

倪继品性不端，久怀异志，待余身后，终不免自蹈覆灭，或命丧法场，或瘐毙而亡，故此余续娶少妻梅氏，但求延此一线血脉，令倪门不至绝嗣。

幸得天佑，少妻产下次子。余对善儿寄予厚望，务必妥为筹划，保全幼孤，使其长大成人，扬我倪氏家声。

余若将家产平分，各授一子，则善儿必有性命之虞，是故早有计议，于临终时口授遗命，似将家产悉数付与倪继，唯在此处亲立此嘱，并署名盖印，以证其实：日后倪继若知悔改，则与倪善各得一半家产；若是身犯国法，则家产全归倪善所有。

余又别书一嘱，藏入画中，专为引得倪继发见。他若能依嘱照办，则为倪门之幸；若是出于私欲将其毁去，自以为识破机关，从此安然独占家产，过后则必将画卷交还少妻。梅氏秉性坚贞，必能守节抚孤，直至他日兰坊得一睿智县尹，终能悟出画中暗藏之玄机，并在亭内寻得此书。

但求上天开恩，愿贤宰抵达此间时，倪继尚未手染血污。若是他已然犯下大罪，则请将所附之手书一并呈交上宪府台。

惟愿老天护佑贤宰，并垂怜倪门！

倪守谦署名及印章

“果然与我们查明的案情事事相符！”洪亮叫道。

狄公微微颔首，见旁边另有一纸文书，定睛细看后开口读道：

倪某一生为公，从未希求私利，如今已为泉下人，伏惟乞请能对长子倪继法内施恩，从轻发落。皆因教子无方，致生今日之祸。小儿纵有万般邪行，然则舐犊之情，难以理夺，眷眷此心，终不能改。

亭阁内一片静寂，只闻得众衙役在外面的呼号应答之声。

狄公缓缓卷起文书，心中感慨万千，语声变得愈发深沉：“倪公真是令人敬重！”

陶干用指甲划过桌面，说道：“这里刻有一幅图画！”

陶干抽出匕首，刮起桌面上的尘垢来，洪亮马荣也从旁相助，案上渐渐露出一幅圆形图案。

狄公倾身向前，说道：“此乃迷宫全图。你们看，这曲曲折折的宫道，组成了‘虚空楼阁’四个篆字，正与画卷上的题名一模一样！这便是倪公辞官归隐后的心境，深有虚空幻灭之感！”

“此处还标有入宫捷径！”陶干兴奋地说道，“这些圆点便代表松树！”

狄公再次审视全图，伸出食指顺着路径徐徐划过，赞道：“这迷宫设计得实在巧妙！如果有人进门后沿着宫道行走，每遇路口便朝右拐，则会穿过整个迷宫走到出口。如果从出口进入，每遇岔路便朝左行，结果也是一样。除非知晓秘密捷径，否则永远也找不到这座隐藏其中的亭阁！”

“我们理应征得倪夫人的同意，将这迷宫好好清理一番，”洪亮说道，“大可成为本地名胜之一，正如莲池中的佛塔一般！”

这时方班头进来禀道：“启禀老爷，不知何人来过这里，且又赶在我们前头离开了。我等已在灌木丛中四处搜过，并未发现任何东西。”

“命众衙役在树上也搜寻一番，”狄公命道，“说不定那不知名姓的来者正藏身其中偷偷窥看！”

方班头领命离去后，狄公见陶干蹲在石椅边，仔细打量上面厚厚的尘土，不禁略感诧异。

陶干摇头说道：“老爷，依我看来，这些褐斑似是血迹！”

迷宫全图

狄公只觉心中一紧、惊悸莫名，疾步上前，用手揩一揩陶干所说的斑点，走到窗前细看，只见指尖处有一小片暗红色的污迹。

狄公转身对马荣命道："去看看石椅下面！"

马荣用长矛在石椅下的暗处一戳，只见一只硕大的癞蛤蟆跳了出来，又跪在地上朝内看觑，回道："只有尘土和蜘蛛网而已！"

这时陶干朝石椅背后的空处看去，面色陡变，转身颤声说道："椅子背后有一具死尸！"

马荣闻听此言，纵身跳上石椅，与陶干合力抬出一具无头女尸来，浑身一丝不挂，满是伤痕，沾着干凝的血迹与泥巴，脖颈处只留下一段参差不齐的残桩。

二人将这可怖的女尸置于椅上，马荣解下项巾掩住尸体下身，起身退后几步，双目圆睁，惊骇不已。

狄公俯身细看。死者身形丰满圆润，生前定是个年轻女子，左胸处的刀口触目惊心，手臂上有几道伤疤，愈合得参差不齐。狄公又轻轻将尸身翻转过去，只见双肩与后腰处印有道道鞭痕。

狄公站直起来，眼中闪出怒火，咬牙说道："这女子昨天刚刚在此处被害，虽已僵硬，但还未见腐烂。"

"她如何能进到这里？"马荣惊恐地问道，"居然还赤身裸体走过迷宫！看她大腿上那些伤痕，定是被荆棘划破，小腿上还沾有水塘中的烂泥。一定就是她在石头上脚下一滑，想要站稳，于是折断了那根树枝！”

“要紧的是究竟谁会带她进到此处！”狄公断然说道，“叫方班头过来！”

方班头走入亭阁后，狄公命道：“用你的衣袍将这尸体裹起，再命衙役们砍下几根大树枝，扎成一副担架！”

方班头脱下外袍，在石椅边俯身下去，忽然惨叫一声，瞪大两眼，死死盯住遍体鳞伤的女尸，嘶声叫道：“这是白兰！”

众人闻听此言，一齐惊叫出声。

狄公抬手示意，沉着地问道：“方班头，你怎知就是白兰？”

“她七岁那年摔过一跤，正跌在一只热水壶上，烫伤了左胳膊。”方班头哽咽说道，“我又怎会认不出那块伤疤呢？”随即伸手一指，只见死者圆润的手臂上果然印着一块白色疤痕，看去颇为触目。

方班头扑上去抚尸痛哭，闻之令人心酸。

狄公袖起两手，浓眉紧皱沉思半晌，忽然对洪亮问道：“洪都头，你可曾打听到了李夫人的住处？”

洪亮默不作声，伸手一指方班头。

狄公抬手按住方班头的肩膀，急急问道："李夫人住在哪里？"

方班头并未抬头，口中答道："今日一早，我叫玄兰出去打听了。"

狄公立时转身，拽过马荣耳语几句，马荣听罢未发一语，急急奔出亭阁。

第二十四回

借书画玄兰访李氏　闯浴室马荣擒凶徒

再说当天清早，玄兰离开县衙，依照父亲的吩咐出去寻访李夫人。

玄兰顺着大街，朝东门方向快步走去，为了姐姐悬心多日，惟愿此行能探得一些消息。

玄兰在大街交口的货摊前张望了一阵，又行至东门附近的集市中，想起父亲说过李夫人是个画师，看见道旁的头一家纸笔坊，便径直走入打听。

那掌柜果然认得李夫人，道是本店一位多年的老主顾，至今健在，年纪大约五十左右，又称李夫人从上月起便不再收女弟子，劝说玄兰不必枉费力气白跑一趟。

玄兰自称为了一个远方亲戚的缘故，想去登门拜访，于是掌柜道出李夫人住处，离此店只隔着两三条街。

玄兰心想既已探出实情，大可转回衙院去禀报父亲，又见时辰尚早，不舍得即刻便归，于是决意去看看李家到底是何光景。

此宅坐落在一片幽静的里巷内，周围住户皆是中等人家，一色黑漆大门，房舍亦是修葺良好。玄兰看在眼里，心想退职还家的富裕店主掌柜们必爱居于此处。

走过半条街，果然瞧见一所宅院，门上写着一个“李”字，还钉有若干黄铜门钉。

玄兰立在门前，到底按捺不住，抬手叩了几下，见里面无人应答，心中愈发好奇，非想看看宅内究竟若何，于是又重叩数下，并将耳朵贴在门板上，只听隐隐传来拖曳而行的脚步声。

玄兰抬手再叩时，只见大门开启，出来一个衣着素净的中年妇人，拄着一支银头手杖，上下打量玄兰几眼，冷冷说道：“这位姑娘，你叩我家门，不知有何贵干？”

玄兰一看此妇的衣着仪态，心知定是李夫人无疑，连忙上前一拜，恭敬说道：“小女子名叫玄兰，乃是方铁匠的女儿，意欲拜师学画，从一家纸坊中打听得此处。虽然那店主道是夫人不肯再收新徒，仍然冒昧前来拜望，还请勿怪。”

那妇人盯着玄兰思忖半晌，忽然笑道：“老身不再收徒确是实情，不过你既然不辞辛苦特意跑来，就请进屋吃一杯茶吧！”

玄兰拜谢过后，跟随李夫人入内，穿过一个小巧而齐整的花园，直朝正房走去。

李夫人出去倒水时，玄兰四下打量，见室内十分雅洁，不禁心中暗赞。

正房虽不甚阔大，却是纤尘不染，布置得品格非凡。玄兰此时坐的乃是一张紫檀木长榻，榻上设有织锦软垫，另有两把雕花座椅与一张小巧精美的茶几，亦是紫檀木制成。靠墙的高桌上摆着一只古董青铜香炉，升出袅袅一线香烟，墙面上悬有一长幅花鸟卷轴，槅窗内糊着洁净雪白的窗纸。

这时李夫人手提一只黄铜水壶返回，将滚水沏入彩绘细瓷茶盅内，然后在长榻另一头坐下。

宾主二人一边啜饮香茶，一边客套寒暄了几句。

玄兰见李夫人虽然略微跛足，但年轻时想必也曾容颜清秀，如今相貌依然周正，只是五官粗重了些，双眉过于浓黑，此时谈笑风生，兴致甚高，令玄兰受宠若惊。

宅内似是全无一个用人，玄兰看在眼里，不觉有些奇怪，便开口相询。李夫人立即答道："老身有一怪癖，不喜家中仆从过多。宅内人少地狭，平常只用一名粗使的老仆妇，几日前生了病，我便打发她回家去了。其夫就住在街角，长年在道旁摆摊卖货，得有空闲时，便来我这园中修剪花木。"

玄兰闻听此言，心想既然家中女仆不在，自己贸然造访，必会给主人增添不少麻烦，于是连忙致歉，又起身告辞。

李夫人一力挽留，道是很喜欢有这姑娘做伴，旋即又将茶盅满上，并引着玄兰走入一间外屋。只见地中央摆着一张硕大的朱漆桌案，几乎占去全屋，靠墙的架上竖着五六只笔筒，里面插有大大小小的画笔，几只小罐内盛有各色颜料，地上的敞口瓷画缸内堆满了一卷卷纸张绢帛，窗户敞开，正对着一个花木葱茏的小园。

李夫人让玄兰在桌旁的一张绣凳上坐下，取出自家画作来，展开一幅又一幅给玄兰赏看。玄兰虽不懂书画之道，但也看得出李夫人确是技艺精湛，虽然只画花鸟果物，却无一不是设色精美、栩栩如生。

主人这一番盛意，令玄兰颇觉难堪，心中思忖该不该道出皆因官府之命方才有此一行，转念一想，尚且不知县太爷是否要自己守口如瓶，于是决意仍旧佯装到底，一有机会便立即告辞离去。

待李夫人将画卷一一收起，玄兰起身朝窗外打量，见有几株花木被人踩踏过，便随口问起是何缘故。

“只因前天忽然来了几个官差，在附近挨家挨户地搜查，人物粗鄙，行事又鲁莽草率，结果就弄成了这副模样!”李夫人怒道，语调中颇显怨毒，听得玄兰一惊，不由回头看去，只见李夫人面上却是平静如常。

玄兰躬身一拜，谢过主人。

李夫人探出窗外看看日头，出声叫道:“啊呀！谁承想竟已过了午时！老身得去准备饭食，这活计实在累人得很哩！姑娘看去聪明能干，不知可否帮我一把?”

玄兰听罢，只觉万难推托，况且这位老夫人如此殷勤好客，自己施展手艺为她好好做上一顿饭，也可稍稍减轻假托拜师扯谎半日的歉疚之情，于是爽快应道:“小女子一向笨手笨脚，下厨帮夫人烧烧火倒还勉强使得!”

李夫人闻言大喜，引着玄兰穿过后院，一路走入灶房中。

玄兰脱去外袍，挽起衣袖，借着尚未熄灭的余烬重又点燃炉火。李夫人坐在矮凳上，开始讲述其夫如何在婚后不久便猝然亡故的不幸遭遇。

玄兰见一只竹盒中盛有面条，便切了几根青葱并几瓣大蒜，又从窗外取了十来只悬在线绳上的风干蘑菇。

李夫人正絮絮述说时，玄兰将猪油放进锅里，加上切好的菜蔬与豆子，手持长柄铁勺翻炒几下，又适时下入面条，一股饭香立时弥漫在小小的灶间。

李夫人取来两副碗筷和一碟腌菜，二人坐在矮凳上一同用饭。

玄兰只觉胃口大好，吃得十分畅快，李夫人却饭量甚小，只吃了一半便将碗放下，手抚玄兰的膝头，满口称赞她有一手好厨艺。玄兰从碗边抬眼望去，见李夫人眼中流露出一股令人不安的怪异神气，不觉心中一惊，旋即又自解曰彼此同为女子，自不必腼腆羞涩，否则没的叫人笑话，但是多少有些不大自在，便稍稍移身闪避一旁。

李夫人起身离座，取出一只白镴酒壶与两只酒杯来，微微笑道："你我不妨再喝上一杯，可助消食！"

玄兰一听这话，便将适才的尴尬情状忘在脑后，从小到大还从未尝过酒水的滋味，听去既有十足的闺阁风致，又令人格外起兴。

玄兰举杯一抿，只觉醇香满口。此酒名叫"玫瑰露"，常常作为冷酒食用，比起温过再喝的黄酒来，更易吃醉过去。

李夫人为玄兰又斟了几回，玄兰喝得十分快意。李夫人助她穿上外袍，二人一路返回花厅内，在长榻上双双并坐。李夫人接着讲述自己的短命姻缘，又伸出手臂搂在玄兰腰间，大谈女人婚后的诸多不便不利之处，男子常是粗鲁凶暴，不能体贴人意，男女之间终有隔阂，绝难像两个同性一般亲密地无话不谈。玄兰心想这一番言语真是大有深意，一位老夫人竟能对自己道出这许多私房话来，不免深感得意。

过了半晌，李夫人起身叫道："老身实在失礼，竟让姑娘在灶间辛苦了这半日！你现在定已十分疲累，何不就在卧房中歇息片刻，我正好要去作画。"

玄兰心知理应告辞回家，但此时倦意袭来，渐觉头重脚轻，就想不妨去看看这老夫人的梳妆台是何模样，倒也有趣。

就在玄兰半推半就之际，李夫人已领着她走入后院的一间房中。

卧房之精致华美，远远超出了玄兰的预想。从屋顶垂下一只球形景泰蓝香炉，散发出一股细细的甜香，乌木妆台上摆着一只雕花镜台，上面镶有一面圆形银镜，前面排着十来只小巧精致的妆盒，皆用细瓷或朱漆制成。一张乌木床榻十分宽大，雕花精美，嵌有螺钿，床上悬着上好的绣金白纱罗帐。

李夫人随手掀开一道布帘，两级云石台阶下去，便是小小一间浴室。只见她回头说道："姑娘只管随意受用！等你歇息过后，你我再同去画室中饮茶！"说罢转身掩门而去。

玄兰脱下外袍，坐在梳妆台前的绣凳上，仔细看觑奁盒内的物事，忍不住嗅一嗅脂粉香膏，总算是心满意足，转头望见床榻一侧摞着四只朱皮衣箱，上面用金漆分别写有“春”“夏”“秋”“冬”字样，里面定是装着李夫人的四时衣物，到底未敢打开偷看。

玄兰拉开布帘，走下浴室。木制浴盆旁边另有一只小桶，墙角处还有两只大木桶，分别盛有热水和冷水。槅窗内贴着不透光的油纸，园中摇曳的竹影映在窗上，看去极似一幅精美的墨竹图。

玄兰掀开热水桶上的盖子，只觉触手甚烫，水面上还漂着几茎香草。她迅速脱去衣袍，舀了几小桶热水到澡盆里，正要加冷水时，忽听身后有响动，急忙转头回望。

只见李夫人拄着手杖，正站在门廊处，微微一笑说道：“姑娘不必害怕，只有老身在此！我也想小睡一刻，你打算先行沐浴倒很是聪明，洗过后会睡得更加香甜!”口中说话时，直勾勾盯着玄兰，眼神十分古怪。

玄兰忽然心生恐惧，连忙弯腰去拣自己的衣袍。

李夫人抢上一步，从玄兰手中一把夺过贴身衣物，开口时变了声调：“莫非你又不打算洗了？”

玄兰心中一阵慌乱，连忙支吾道歉。李夫人突然将玄兰一把拽到身边，柔声说道：“何必这么拘谨，我的美人儿！你倒真是颇有几分姿色哩!”

玄兰只觉心口一阵作恶，抬手用力一推，李夫人踉跄倒退几步，站稳后面色陡变，脸孔扭曲，眼中射出两道凶光。

玄兰立在地上，正兀自颤抖不知所措时，李夫人忽然挥起手杖，猛打在她的腿上。

疼痛使得玄兰忘了害怕，急忙弯下腰身，想要拣起小桶朝李夫人头上扔去，却没料到李夫人用起手杖来十分自如，自己的手还没碰到小桶，背后便又重重挨了一下，不禁痛得大叫出声，跳到一旁。

李夫人冷冷一笑，又柔声细气地说道："你这小妮子休想耍花样！切记我用这柄手杖既能戳又能打！虽说你比白兰更难对付些，但过不了多久，自然也会乖乖听话！"

玄兰骤然听见姐姐的名字，一时竟忘了疼痛，冲口叫道："我姐姐在哪里？"

"莫非你想见她不成？"李夫人口中说着，眼神狞邪地瞥了玄兰一眼，未答一语，转身快步退回卧房中去。

玄兰站在原地又惊又怕，几乎不能动弹，这时听见帘外传来咯咯的笑声。

李夫人左手拉开布帘，右手擎着一把尖利细长的匕首，得意地说道："你看那边！"并抬手一指梳妆台。

玄兰顺势看去，立时吓得心胆俱裂，不禁失声惨叫起来。

只见梳妆台的银镜前，赫然摆放着白兰的人头。

李夫人快步走下浴室，用拇指掠过刀锋，咬牙说道："你这蠢蹄子既然对我无意，那就休怪我手下无情，与你姐姐同做这刀下鬼去吧！"

玄兰转身大喊救命，想要撞开槅窗逃到外面花园中去，却见窗上显出一个硕大的黑影，不由朝后倒退几步。

忽见窗棂碎裂，一个彪形大汉跃入室内，四下迅速一瞥，直朝李夫人扑去，先闪身避过刀锋，旋即擒住李夫人的手腕使力一拧，匕首"当啷"一声掉在地上，转眼间便将李夫人的两手反剪到背后，又扯下她的腰带，三下两下捆缚起来。

玄兰叫道："我姐姐就是被她害死的！"

"你这冒失的小妮子，还不赶紧穿上衣服！"马荣粗声粗气地叫道，"此事我已经知道了！"

玄兰只觉面上一阵发烧，趁着马荣将李夫人拖到卧房内时，急忙穿好衣袍。

玄兰走进卧房，见李夫人已被扔在榻上，手脚捆得结结实实。马荣将白兰的头颅装入篮中，说道："你快去开门！我一人骑马先赶过来，众衙役即刻便到。"

"你专会欺负人，我才不听你的使唤哩！"玄兰怒道。

入浴室玄兰乍惊魂

马荣听罢放声大笑。玄兰快步出门而去。

夜幕降临时，狄公与四名亲随齐集在县衙二堂内。

吴峰进来向狄公施礼，哑声说道："白兰姑娘的尸身如今停放在三班房中，身首已合在一处。小生还购置了一口硬木棺材。"

"方班头如今怎样?"狄公问道。

"回老爷，他得知白兰遭遇不幸后，一颗心反而落定下来。"吴峰答道，"如今玄兰正陪在身边。"说罢躬身一揖，出门而去。

"吴峰这后生倒是变得冷静了许多!"狄公议论道。

"他在这里逡巡不去，莫非还有所图?"马荣怒道。

"白兰惨遭不幸，吴峰心觉自己多少也有责任。"狄公沉思道，"那可怜的姑娘落在李氏手中，定是惨遭折磨，看她身上那些伤痕便可知晓。"

"我仍有一事未明，"洪亮说道，"老爷在迷宫内，是如何悟到白兰与李氏有所关联的?"

狄公靠坐在椅背上，缓捋长髯说道："关于迷宫的内情，并没几个人能够知晓。倪公对于迷宫中的捷径向来守口如瓶，从未对任何人透露过，即使其子倪继与其妻梅氏也从未进去过。只有一个人可能有机会发现此中秘密。

“我们得知李氏时常在花园中与倪公夫妇一同饮茶论画。据我想来，倪公正在作此画时，曾被李氏意外撞见过。她本就擅长丹青，自然轻易便可看出这并非是一张平常的山水画。加之她对迷宫入口十分熟悉，定是猜到了其中含义，而倪公本人却并不知晓。”

“可能李氏看到的画卷是尚未完成之作，只画了几棵松树在上面。”陶干沉思道，“倪节度定是后来才添画其他景物的。”

狄公点头说道：“李氏对于年轻女子怀有邪念，便将此事暗暗记在心里，以备将来应急之用！

“不知她使出什么手段，将方班头的长女白兰骗到了自己家中。白兰性情温顺，李氏不费多少力气便迫使她就范，并囚禁家中一月有余。白兰去过废庙后，李氏必是放心不下，过后将白兰带去倪家田庄，关在那间窗上装有铁栅的屋内，因此衙役们搜查城东时，在李家未能找到白兰。但是此举一定吓得李氏不轻，于是决意杀人灭口，以倪公的秘密亭阁作为行凶地点，最是万无一失。”

“昨天我们头一次去倪家田庄，”陶干叫道，“若是早走半个多时辰，不定就能救下白兰姑娘了！我们赶到那里时，李氏定是刚刚离去不久！”

"偏偏就在那天早上，倪夫人母子前来衙院，天意如此，莫可奈何。"狄公肃然说道，"后来查看迷宫入口时，我瞧见了李氏或是白兰的脚印。犹记当时站在地上，望向宫内，忽觉一阵莫名恐惧，不禁毛骨悚然，只是口中并未道出。就在二三刻以前，那可怜的姑娘不幸遭人毒手，定是她的魂灵在我身边飘荡，同时又仿佛倪公显灵，正立在树荫下召唤我走入……"说到此处声音渐低，回思当日情形，不禁浑身一竦。

众人默然半晌，狄公心神略定，开口又道："今日总算走运，马荣及时赶到李家，救了玄兰一命。如今我们且去用晚饭，然后人人回去歇息一阵，今夜还有大事要办，那些胡人将会有何举动，实在难以预料！"

当日午后，乔泰悄悄布置好了城中各处防卫，派出身手最好的兵士驻守在水门附近，又将其他人分派至城墙各处。在他的命令下，各处里长已提醒过众百姓今晚可能有胡人进犯。所有健壮男丁纷纷忙碌起来，在城墙上堆起大石与干柴，又赶制出竹矛与铁头箭。到了亥初时刻，众人便登上城墙，每五十人交由一名兵士统领。

鼓楼上有两名兵士驻守，一旦胡人靠近河边，他们便用大木锤击鼓为号。鼓声一响，城墙上就会点亮火把。

胡人若是企图攀墙，自有滚石与火把迎头伺候。

狄公在内宅中用过晚饭，又在二堂内的长榻上小睡了一个多时辰。

子初时分，马荣全身披挂，前来唤醒老爷。狄公先穿了一身轻便的锁子甲，再套起外袍，从墙上取下家传的宝剑，戴好乌纱帽，跟随马荣出去。

二人骑马直奔水门方向。乔泰正在那里等候，禀报曰洪亮陶干与四名兵士已守在钱宅的塔楼上，以确保那边不会出现一星火光。

狄公点点头，顺着陡峭的石阶登上水门。只见一名身材魁梧的士兵正立在城垛处，几乎与马荣一般高大，手持长长一杆旗杆，顶端飘着一面唐军大旗。狄公走上前去，同立于垛口处，马荣手举县令旗幡，站在一旁。

狄公心想这还是生平头一遭在大唐边陲率众御敌，眼看着皇旗在夜风中猎猎飘动，胸中油然生出一股豪情，两手抱定长剑，极目眺望远方黑沉沉的大漠。

午夜即将来临时，狄公朝地平线方向一指，只见远处亮起火光，回纥人正朝前推进。

火光渐行渐近，随后止住不动。回纥骑兵收缰勒马，等待钱宅塔楼上点火为信。

狄公与左右二人在水门上默默伫立。

狄县令御敌登城楼

半个时辰过后，界河对岸的火光忽然闪动起来，人影也愈来愈小，直至消失不见。回纥人不见烽火信号，终于掉头驰回大漠中去。

第二十五回
受极刑二犯终得报　悟真谛县令心始宁

次日一早，县衙开堂，狄公当众审案，李夫人倒是不打自招，将所有罪行一五一十通通道出。

就在倪公离世前不久，李夫人曾前去拜访，并与倪夫人一道在花园凉亭中饮茶等候，在翻看倪公的画作时，偶然发现了一张画稿草图，旁边还附有几则小注，表明此乃迷宫捷径的示意图。

李夫人对倪夫人颇为爱慕，不过倪公在世时未敢流露出来。等倪公下葬后，李夫人再去田庄，发现庄内只剩下看门的老夫妻，至于倪夫人被倪继逐出家门后究竟去往何处，二人并不知晓。李夫人又在周围四处打问，由于倪夫人曾叮嘱乡民切莫对任何人透露他们母子的去向，因此终究无果。

大约两月之前，李夫人路过城东时，又去了倪家田庄，见老夫妻俩已双双陈尸园中，便大胆进入迷宫，一直走到水塘边方才止步，始知当日着意记在心中的注文果然事事合榫。

后来李夫人在集市中偶遇白兰，劝诱她陪自己回家。一到宅中，李夫人便出言恐吓那懦弱温顺的姑娘，一时恶念横生，将她囚禁起来，又命她操持所有家务，稍有违抗，便挥杖毒打一顿。

白兰悄悄跑去废庙并遇见一个陌生男子，李夫人得知后狂怒不已，将惊魂未定的白兰拖到一间空屋内，只因壁厚隔音，便肆意凌虐起来。

李夫人脱去白兰的衣物，将她两手捆在柱子上，一遍遍地盘问到底有没有对那陌生男子透露自己的下落。白兰每次否认时，李夫人便用藤条狠命抽打，口中咒骂不休。白兰受不了如此折磨，连声求饶，李夫人却愈发恼怒，打骂得也愈发起劲，直到自己手臂酸麻方止。白兰又痛又怕，几乎昏死过去，但仍然坚称自己并未透露消息。

李夫人生恐此事泄露出去，次日一早，将白兰装扮成尼姑模样，带去倪家田庄，锁在老夫妻以前住过的房内，为了防止白兰逃走，还卷走了她的所有衣物，每隔一日，送去一壶清水与一篮油糕干豆，打算等风声平息后再带她回家。

后来县衙派人在东城内四处搜查，李夫人心生警觉，次日一大早急急出城，赶到田庄，用手杖驱赶白兰走入迷

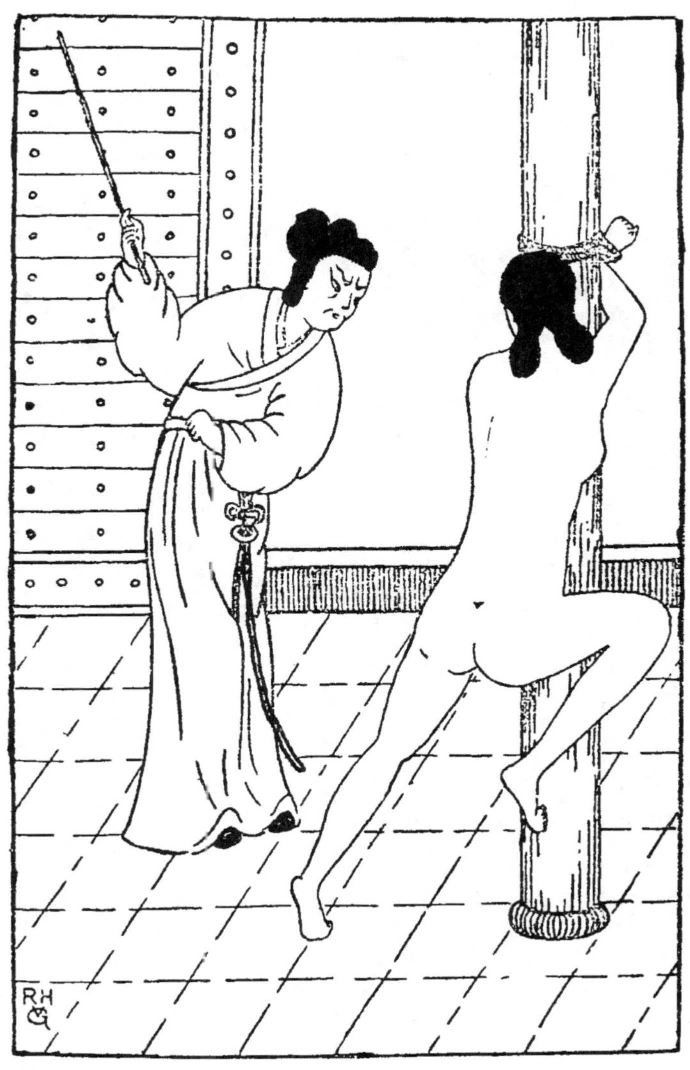

密室中白兰遭凌虐

宫，顺着松树一路寻到了秘密亭阁，进去之后，命白兰躺在石椅上，一刀刺入她的胸口，一时邪性大发，又割下她的头颅，将尸身推到石椅背后，并将人头装入竹篮内携回家中，匆忙之间竟未注意到桌上的玉匣。

李夫人细述始末，对于自己做下的诸般恶事，居然津津乐道、自鸣得意，甚至还一气道出了三十年前曾在酒中下药、谋害亲夫的旧罪。

面对这毒如蛇蝎的妇人，狄公只觉心中阵阵作恶，待李夫人在供录上按过指印并被押回大牢后，方才松了一口气。

狄公又听取了曾与胡人串通的三名店主的口供。那三人声称对于攻城一事毫不知情，只当是制造乱局，然后趁火打劫捞上一笔横财而已。狄公判每人受杖五十，并带重枷一月。

当日午后，丁宅管家奔到衙院，禀报曰自家少爷投缳自缢，老爷的四夫人也服毒自尽，均未留下遗书。消息传出后，众乡民皆以为二人是由于丁将军遇害而悲痛过度，以致各自轻生。几个老派士绅对这位四夫人大加褒奖，赞她殉夫守节，堪为妇德懿范，还发起募捐筹款，打算修建一座旌表的牌坊。

其后的十天内，狄公一心致力于清算钱茂倪继一党留下的余务，从轻惩处了钱家两名师爷与几个曾经欺压百姓的家丁打手，并派人将倪公遗嘱告知倪夫人，一旦朝廷对此案的裁决发下，便会立即召她前来衙院。

洪亮原本指望破获了三桩疑案，又粉碎了胡人阴谋后，狄公总会轻松一二，不料却是大失所望。老爷看去仍是整日忧心忡忡，时常脾气暴躁，偶尔还朝令夕改，实属极其罕见之举，令人禁不住猜想到底是何缘故，然而狄公始终只字不提。

一天清晨，只听街中马蹄杂沓，铜锣鸣响，兼以旗幡飘动，二百名官军进入兰坊城，正是应狄公的请求而派来的驻军。

驻军首领是个年轻有为的将官，曾在北方与胡人作战，聪敏干练，令狄公十分赞赏。首领还带来一封兵部发下的官文，授命狄公全权负责兰坊县的所有军务。

军营安置在钱宅中，乔泰就此卸任并搬回衙院。

官军到来后，狄公一度颇为振奋，但是不久便故态复萌，重又郁郁不乐起来，整日埋头处理例行公事，几乎足不出户，唯独白兰下葬时才出门一遭。

吴峰不但为白兰操办了隆重的丧仪，还执意负担所有开销，并且变得判若两人，从此矢志戒酒。房东看他这副模样，以为是对自家店中的酒水不甚满意，竟因此起了一场争执。城东的老少酒客们眼见这二人因酒结缘，又因酒决裂，无不深感惋惜。

吴峰卖掉了自己所有的画作，在孔庙中租赁一间小屋住下，潜心攻读起圣贤书来，出门也只去附近的衙院里拜访方班头。二人结为挚友，在三班房内常常一谈就是大半日。

一日午后，狄公坐在二堂内，正无精打采地翻阅公文，洪亮进来送上一只大信封，说道："老爷，这是邮差刚刚从京城快马送来的信件！"

狄公面露喜色，拆开封印，急急浏览里面的文书，看罢后欣然点头，将文书重又折起，用食指轻叩纸面，对洪亮说道："果然是对倪继谋反案、丁护国被杀案和李氏杀人案的裁决。有件事你也许会乐意听到，关于回纥部落谋反一节，朝廷也已了断，由鸿胪寺与回纥可汗达成协议，兰坊从此平安无事，再不会有类似事变发生！明日我将了结这三案，从此便一身轻松了！"

洪亮不解老爷的最末一句话是何意思，但是狄公不容他发问，立即下令预备明早开堂。

次日一早，离天亮尚有一个时辰，一众衙员们便开始忙碌起来。大门前点起了火把，一群衙役正在准备运送犯人的囚车。

虽然天色尚早，衙院前却已聚集了许多百姓，兴致勃勃地围观衙役们做公行事，又见从军营中走来一队骑兵，个个手持长戟，护在囚车四围，专为警戒防范。

天亮前半个时辰左右，一名高大勇武的衙役走到衙院门口，连敲三下铜锣，守卫随即推开大门，众百姓鱼贯涌入，大堂内已点起烛火照亮。

狄公走上高台，在案桌后缓缓坐定，众人默然肃立，恭敬凝望。只见狄公身着全副官服，墨绿锦袍辉煌耀眼，肩上披着一条猩红绶带，表明今日将会宣判死刑。

倪继首先被带上堂来，在案桌前跪下。主簿呈上一份公文，狄公将蜡烛挪至近前，肃然读道："人犯倪继，谋反叛国，依律本应凌迟处死，姑念其父倪守谦一生为国，功勋卓著，并曾在遗嘱中为子求情，故此减等发落，改判为斩后分尸，并看在其父的面上，免于枭首示众，家产亦免于籍没。"

狄公略停片刻，将一张字纸交给方班头，又道："特许人犯亲阅其父留下的求情文书。"

方班头将此书转递给倪继。倪继适才听了半日，始终面色木然，读过倪守谦感人至深的文辞后，终于情动于衷，难以自抑，竟至失声痛哭起来。

两名衙役将倪继两手捆缚在身后，方班头取出事先备好的一长条犯由牌，插在倪继背后。牌面上用大字写着“继”字，并列有罪名与刑罚，省去“倪”姓，亦是出于对倪守谦的敬意。

倪继被带走后，狄公说道：“朝廷降下诏书，道是回纥可汗派了一支特别使团前去京师长安，由其长子带领，对于乌尔金王子参与阴谋叛乱深表歉意，并恳切重申对我大唐的忠心不变。朝廷宽大为怀，慨然接受此请，并将乌尔金与其四名同谋交给使团，由可汗自行酌情处置。”

马荣对乔泰低声说道：“所谓‘酌情处置’，说白了就是可汗会将那乌尔金活剥人皮，再下油锅，然后大卸八块！对于坏了大事的臣民，可汗从不会手下留情！”

“朝廷还邀请可汗之子在长安多留几日，”狄公接着宣道，“作为贵客上宾，予以盛情款待。”

堂下众人齐声欢呼起来，心知其长子作为人质留在京城的话，回纥可汗自会信守诺言，不再图谋进犯。

“肃静！”狄公喝道，对方班头示意一下，倪夫人与倪善被带上堂来。

“倪夫人，你已看过了倪节度生前留下的亲笔遗嘱。”狄公温颜说道，“此嘱乃是从迷宫内的秘密亭阁中寻出。你们母子二人将继承倪家全部家产。倪善有夫人教诲照拂，将来定会如其父一般大有作为，足以光耀倪门！”

倪夫人母子跪地叩头数下，以表谢意，随即下堂而去。

主簿将另一份公文呈上，狄公说道："本县再来宣读丁将军一案的判决！"然后缓捋长髯，徐徐读道，"大理寺详查过有关丁护国猝死一案的详情后，认为藏有致命暗器的笔管上虽然刻有人名，但不足以确证必是此人将笔管制成凶器，亦不能确认此物专为谋害丁护国，故此决定将丁护国一案定为意外身亡。"

"此案判得真是干净利落！"洪亮对狄公伏耳说道。

狄公收起公文，微微颔首，低声答道："朝廷显然刻意隐去了倪公的名字！"

狄公提起朱笔，写下令签，又命狱吏提人。

两名衙役带着李夫人进来。

在狱中等待多日后，李夫人已被死到临头的恐惧逐渐压倒，当初自供罪行时的洋洋自得已是荡然无存，如今形容枯槁憔悴，瞪大两眼直盯着狄公肩上披的猩红绶带，还有站在高台一侧的一名彪形大汉。那大汉面无表情，肩上扛着一把出鞘的大刀，身后站着两名副手，手持匕首、锯子与绳索等物。想到这便是行刑的刽子手时，李夫人脚下打起晃来，两名衙役不得不扶着她在地上跪定。

狄公宣道："人犯李黄氏，劫持少女，居心不良，过后又蓄意杀人，判受鞭刑后再斩首，人头将在城门上悬挂三日，以儆效尤。全部家产判归苦主所有。”

李夫人听罢尖叫不止，衙役用一条油纸封住她的嘴，另有二人将她双手捆在身后，最后插上犯由牌，牌上书有姓名、罪状与将受的刑罚。

李夫人被带下去后，堂下看众正预备离开大堂，狄公一拍惊堂木，说道:“本县还要宣读兰坊县衙一班临时吏员的名单。”随即念出一串名姓，正是当日在山中袭击狄公车马的方班头等人，后来被招募为衙役或守卫，此时全都面对高台，齐齐站定。

狄公背靠座椅，轻捋长髯环视众人，回想这惊心动魄的半月中，他们确是忠心耿耿、出力良多，于是开口说道:“方班头，你等受命于危难之际，恪尽职守，忠勇可嘉。如今县衙公务转为正常，本县也与你们就此解除约定。若是有人情愿留下继续做公，本县亦是衷心欢喜。”

“老爷对我等恩同再造，”方班头恭敬回道，“纵使肝脑涂地，也万难报答，小人就更是如此。若不是小女想要离开此地，免得总记起家破人亡的伤心事来，小人定愿为老爷继续尽忠效力。

“吴贡生道是在京师中有一位父执，有意举荐小人去他家做宅内总管，并委托中人传话，表示一旦秋闱高中，便会迎娶小女玄兰过门。小人思量过后，颇愿接受这一片盛意。”

“那小妮子真是忘恩负义!”马荣对乔泰愤愤地咕哝道，“明明是我救了她一命！况且她浑身上下都已被我看在眼里，俗话说‘穿衣见父，脱衣见夫’……”

“闭嘴!”乔泰低声道，“你已经看了个满饱，有这眼福也足够受用了!”

“小人另有一事，”方班头接着说道，“恳请将家中独子留在兰坊，仍旧跟随老爷。即使走遍天下，怕也找不到如老爷这般仁厚的好主公了。小儿虽说才具平庸，还望老爷能开恩将他收下。”

狄公庄容听罢，开口说道：“方班头，本县就依你所愿，留下令郎在县衙充任差役之职。

“一场惨案过后，两家终得圆满结局，全赖天赐洪福，本县亦深感欣慰。到了令嫒成婚之日，红烛高烧，美酒盈樽，预示着今后无限幸福，恰如一剂良药，定能抚平你心中创痛。

“本县虽说心中不无憾意，但仍接受你的请辞，明天你便可卸职离去!”

方班头父子双双跪地，叩头数下以示谢恩。

有三名衙役道是想要重操旧业，余者则皆愿长留县衙任职。

所有公事了结后，狄公宣布退堂。

兰坊百姓正等候在衙院外。倪李二犯已被送入囚车，车上还贴有文告，写着二人的姓名与罪状。

衙院正门一时齐开，官轿出来行至街中，众衙役分作两班，十人在前，十人在后。四名亲信骑马随行，马荣洪亮居左，乔泰陶干居右。另有四名走卒在前方开道，手举写有“兰坊县衙”的执事牌，守卫敲着手中的铜锣，一行人朝南而去。

官兵护卫的囚车走在最末，众百姓跟在车后。

人马浩浩荡荡经过汉白玉石桥时，只见莲池中佛塔高耸，天边泛起红光，照得佛塔顶端闪闪发亮。

法场设于南门外。官轿经过栅栏门后，狄公从轿内走出，军营统领上前相迎，又一路引至临时公堂前。昨夜已布置起一张临时案桌，一队兵士在前面围成四方阵。

刽子手将鬼头刀竖在地上，脱下外褂，露出筋肉结实的上身。两名副手登上囚车，将二犯带到法场中央，先解开倪继身上的绳索，再拽到一根木柱前。木柱立在地上，上面钉有两根互相交叉的杆子。一人将倪继的脖颈捆在柱上，另一人将其四肢捆在杆上。

二人完事后，刽子手拣了一把细长的匕首，走到倪继面前，转头看着狄公。

狄公抬手一挥，示意行刑。

刽子手举起匕首，猛刺入倪继的胸口，正中心脏，倪继未出一声便立时丧命，尸体随后被卸成数段。

李夫人见此情景，惊骇得昏厥过去，若干观者也以袖掩面、不忍直视。

刽子手将砍下的人头呈至案桌上。狄公提起朱笔，在死者前额画了一个记号。刽子手将人头抛入一只竹篮中，与其他残肢放在一处。

李夫人经过线香熏鼻，已然苏醒过来。两名副手将她拽到高台前，令其双膝跪下。

李夫人看见刽子手提着皮鞭走近，不禁狂叫起来，吓得魂不附体，口中连声求饶。那三人早已见惯了这等场面，丝毫不为所动。一名副手散开李夫人的发髻，握住一把青丝，将她的头朝前一拽，另一人扯下她的外袍，又将其两手捆在背后。

刽子手扬起鞭子晃了两晃。这刑具由一束皮带扎成，带上还镶有铁钩，望之令人胆寒。凡是挨过此鞭者，无一可以幸存，因此只在法场上才使用。

狄公举手示意。刽子手扬起皮鞭猛抽下去，只听一声闷响，李夫人的背后立时血肉横飞，若不是被一名副手

受极刑恶妇终得报

牢牢揪住头发，定会一头栽倒在地。

李夫人缓过气来，放声嘶叫，但是刽子手毫不留情，仍然一鞭又一鞭甩下去。打到第六鞭时，已是皮开肉绽、鲜血横流，李夫人再度昏死过去。

狄公抬手示意一下。

过了半日，李夫人醒转过来，两名副手拖着她跪在地上。刽子手举起鬼头刀，见狄公点头，挥刀猛劈下去，一颗人头应声落地。

狄公提起朱笔，在死者前额同样画过记号。刽子手将李夫人的人头扔进另一只竹篮中，过后将会钉在城门上悬挂三日。

狄公走下高台，坐回轿中，轿夫们上前抬起轿杠。此时朝日初升，射出第一线曙光，正照在众兵士的头盔上。

官轿一路行至城隍庙，军营统领另坐一乘敞轿跟在后面。

狄公走入庙内，向城隍禀告曰城内出了几起凶案，现已将罪魁祸首处以极刑，又与军营统领一同焚香祝祷。

在城隍庙前的空地上，二人互相揖别辞去。

狄公返回衙院，径去二堂，喝过一杯浓茶，对洪亮道是想要出门吃早饭，过后再回来一道起草即将送交上宪的呈文。

洪亮出了二堂，见马荣乔泰陶干正立在中庭一角闲话，便也走上前去。却是马荣仍在愤愤不平，非说玄兰负心无情。

“那姑娘做我老婆，岂不是理所当然之事！”马荣怒道，“当日在山中遇袭，她还差点儿刺了我一刀。我心里一直惦记着她哩！”

“想想你自己何等运气！”乔泰安慰道，“玄兰天生一张利嘴，管保叫你一辈子耳根不得清静！”

马荣一拍前额，叫道：“这话倒是提醒了我！我知道该怎么办了！回头就去将吐尔贝那小妞儿买来。她生得年轻壮实，且又不会说一句汉话！如此一来，家里岂不是可保安宁？”

陶干摇摇头，一副长脸愈发阴沉起来，闷声说道：“老弟想得倒是挺美！我敢说过不了十天半月，那胡女便会学得一口好汉话，照样聒噪得你整天头疼！”

马荣仍是兴致不减，又道：“今晚我再走一趟北里，你们谁想随我同去，只管招呼一声。那里有不少讨人喜欢的姑娘，并且从来不会遮遮掩掩的！”

乔泰紧一紧腰带，不耐烦地说道：“除了女人，你们就不能说点别的正经事？不如我们出去好好吃上一顿！空肚子喝几杯温酒下去，最是舒服不过的！”

众人听罢纷纷赞同，一齐朝衙院门口走去。

就在此时，狄公已换过一身猎装，命衙吏将自己最心爱的坐骑从马厩中牵出，然后登鞍上马，拉起项巾掩住口鼻，一径出门而去。

街市中熙熙攘攘，路人们三五成群站在道旁，兀自议论着身首异处的两名案犯，并未留意穿街而过的骑马独行者。

狄公出了南门，纵马疾驰一阵。法场上仍有衙役在忙于清理案桌等物，并用干净的细砂铺地，掩住了行刑后留下的血污。

狄公行至乡间，方才缓辔徐行，深吸几口清新的晨气，环顾四周，满眼宁静恬然，然而即使身处其中，却仍然心绪难平。

法场上的行刑一幕，依旧深深印在脑中，使人心悸弥久。如果发生罪案，自己必会马不停蹄一力追查，然而一旦凶犯伏法，却又希望能够立时忘却。身为县令，结案之后还必须亲临法场监斩，眼睁睁看尽所有的血腥场面，实在令人不堪。

自从见过鹤衣先生后，狄公便生出了辞官归隐之心，这念头如今变得愈发强烈。自己刚过不惑之年，回到家乡购置一座小田庄，重新开始恬淡生活，倒也为时不晚。

致仕隐居，安然度日，读几卷书，作几篇文，全心教导儿女，岂非乐莫大焉？人生本有诸般乐事，尽可怡情悦性，而自己却要整日应对恶徒凶犯、奸计邪行，又有何益处？

即使辞去官职，自有无数精明强干之人可以接替此位。况且心中久有一愿，欲将儒家教义用平易通俗的文字道出，使得人人皆能明白，以此弘扬仁义礼智，岂不是也可报效国家？

不过狄公仍是心存疑虑。若是为官者皆有此息隐之念，那么天下又将如何？身为人父，还须为家中小儿的前程计议，为了他们日后步入仕途，自己难道不应尽力提供上佳的机会？隐居乡下的优游生活，能否保障他们将来一切顺遂呢？

狄公思前想后，禁不住连连摇头，一路驱马朝前。今后到底何去何从，实在难以定夺，答案就藏在鹤衣先生家中那副难解的对子里：

长生门前两条路，

地蚓掘土天龙飞。

自从当日一番奇谈过后，这两行字便一直萦绕心中。

狄公想到此处，不禁叹息一声，还是让老先生替自己拿个主意好了，他自会指出应选哪一条路。

狄公行至山脚下，甩镫下马，唤来一名正在田间劳作的农夫，嘱他照管马匹，转头正欲上山时，只见一对打柴的老夫妻正沿着小路下来，皆是年事已高，面上皱纹密布，手背青筋毕现，如同身后所负的枯枝一般。

老樵夫停住脚步，放下柴担，揩揩额上的汗水，上下打量狄公两眼，恭敬问道："不知您老想去哪里？"

"我正打算去拜访鹤衣先生。"狄公答道。

老樵夫缓缓摇头，"您老怕是见不到他了。四天前，他的茅舍内已是空无一人，风吹得门窗开阖，花草也被雨水打坏。如今我和老伴用那屋子来存放木柴。"

狄公闻听此言，忽觉心中惘然若失，不胜孤单寂寞之感。

"如此说来，您老就不必麻烦再上山去了！"农夫说着，将缰绳还给狄公。

狄公心神恍惚地接过缰绳，又问道："鹤衣先生出了何事？你可曾找到了他的遗骨？"

老樵夫听罢，枯皱的面上掠过一丝狡黠的笑容："如他那般之人，根本不会像你我这样寻常死去！他们自始便不是世间人，临到头来，也会如天龙一般飞升而去，身后不留一丝痕迹，只有一个空字而已!”说罢重又挑起柴担上路了。

狄公只觉脑中一闪，豁然开悟，所谓的答案正在这里！于是对那农夫微微笑道:“不错，不错，我既身为世间人，还是仍旧埋头掘土去也!”说罢翻身上马，一路疾驰归去。

后　记

中国古代探案小说有一大共同特色，即总是由案件发生地的县令充当侦探的角色。

县令负责主管辖区内的行政事务，通常包括城墙围绕的县城和方圆约二百里的乡下，同时还负有多种职责，不但全权管理收税、出生死亡婚姻的登记、田地即时注册，还要维持治安、主持断案、缉拿并惩罚罪犯、听取所有民事及刑事案件。由于县令实际掌管着百姓日常生活的方方面面，因此通常被称为“父母官”。

县令向来公务繁重、过于劳碌。他与家人同住在衙院内一处分割开来的独立院落中，依例每天须将所有时间都用于办理公务。

在中国古代官僚政治系统中，地方县令处于这一庞大金字塔的最底层。他必须向主管十来个县的刺史汇报，刺史又向主管数个州的本道观察使或节度使汇报，观察使或节度使再向位于京城的中央部门汇报，皇帝则居于最高地位。

任何平民，无论出身是贫是富、家世背景如何，都可参加官府举办的科举考试，一旦通过便可步入仕途，成为一名地方县令。就这一方面而言，当欧洲尚在封建制度下时，中国的政治系统已经具有了相当民主的一面。

县令的任期一般为三年，之后将改任其他地方，直至被擢升为刺史。这一升迁是有选择性的，完全依据各人的实际政绩而定。

县令在履行日常职责时，有县衙内的一班永久人员辅助，比如书办、狱吏、仵作、衙役、守卫及走卒。但是这些人只处理例行公务，并不涉及办案。

办案由县令亲自主持，并有三四名亲信辅助。这些亲信常是县令初入仕途时便挑选出来并一路追随的，其地位高于县衙其他人员。他们在当地无亲无故，因此办理公务时更少为私人考虑所影响和左右。出于同样原因，本乡本土之人不能被任命为当地县令便成了一条定例。

本书提供了中国古代法庭断案的基本程序。每逢开堂时，判官在案桌后就座，亲信与书办分立左右。案桌摆放在高台之上，桌面上铺有一幅垂至地面的红布。

案桌上通常陈设有以下物品：一方朱墨二色砚台，两支毛笔，一只盛有多枚细竹片的圆形签筒，这些竹片常在犯人受刑挨打时用来计数。比如衙役要打十棍，县令便会掣出十枚竹签来掷在地上，每打一下，衙役班头便会取过一枚竹签，放在一旁。

案桌上还摆着四方形县衙大印与惊堂木。惊堂木的形状与西方法庭内常用的木槌不同，是一块长方形硬木，长度大约一尺左右，用于震慑公堂。

衙役们在高台前排成左右两列，彼此相向而立。在整个讼告过程中，原告与被告都必须双膝跪在光秃秃的石板地上，夹在两列衙役中间，并无律师从旁协助，也可能没有证人，其处境很难令人歆羡。整个程序事实上是为了对平民百姓形成威慑作用，造成一旦牵涉进法律便会后果严重这一印象。

县令办公的二堂通常在大堂后方，与高台之间用一幅帷幕隔开。

中国法律有一条基本原则，即任何人在自行招供罪行之前，不得被判有罪。有些顽固死硬的罪犯即使在面对铁证时仍会拒绝认罪，并藉此逃避惩罚。为了避免发生此种情形，法律允许用刑，比如用鞭子或竹板抽打，枷手或枷踝。除了这些法定许可的刑罚外，县令常会使用更加严酷的手段。但是，如果被告受到永久的身体伤害或是死于酷刑之下，县令及其所有衙内人员都将受到极其严厉的惩处。因此，绝大多数县令更依赖其精明的心理洞察力和下属的知识来办案，而并非一味使用酷刑。

总而言之，中国古代的政治体系运行相当良好。上层的严格管束避免了越轨不法行为，公众评议则是另一种约束邪恶或渎职县令的方式。死刑须得皇帝批准，任何被告都可向更高一级的法律系统提出申诉，最高可诉至皇帝面前。县令不可私下审问被告或证人，包括初查在内的所有听审都必须在县衙大堂上公开进行，一切过程都将被详细记录下来，并呈报给上一级官员以供检查。

至于书办如何能不用速记法而准确记下审案过程，《狄公案》的读者可能会对此有所疑问，答案在于中国的文言文本身便是一种速记法，比如口语中需要二三十字的语句，用文言书面语可能会缩减至四字便足以表达。同时还有多种快速书写方式，笔画多达十几画的汉字，可以简化到一笔完成。笔者在中国任职时，中方雇员常会为一些内容复杂的协商谈话做中文笔录，而他们记录的精确程度着实令人惊叹。

在所有中国公案小说中，县令总是同时办理三桩或者更多完全不同的案件，笔者在此书中也沿用了这种饶有趣味的特色。依我看来，在这一点上，中国公案小说比西方侦探小说要更加符合实际。在一个人口众多的地区内，主管者同时办理多个案件才是唯一合情合理的方式。

笔者遵循中国小说传统，在结尾处详细描写了行刑过程。中国人的正义观念要求对于罪犯受刑应做出详尽描述。笔者借用了中国明代小说中所描写的风土人情，而本书背景实则是在几百年之前。书中插图同样借用了明代的服饰和习俗，而并非是唐代所有。

狄公是中国古代著名判官之一，历史上实有其人，是唐代的一位著名政治家，其全名为狄仁杰，生于公元630年，卒于700年，后来官至宰相，对于国家政事有过许多良好建议，起到了有益的影响。正是由于享有断案如神的名声，在后来的许多中国公案小说里，他被塑造成一位英雄人物，当然这些小说的大多数内容并无史实基础，纯属虚构而成。

中文素材来源

笔者从十六世纪的中国公案小说中借用了三个故事，且与狄公或《狄公案》毫无关联。通过笔者翻译的《狄公案》[1]，读者已经熟悉了狄公及其四名亲随。这三个故事

[1] 指清代公案小说《武则天四大奇案》，作者不详，全书共六十四回，高罗佩先生截取前三十回译成英文，并于1949年在东京出版，译名为《狄公案》。

被重新改写，成为一个以狄公为中心人物的连续故事。由于中国公案小说中皆是由县令负责办案，因此狄公被引入这一故事中便显得十分自然。这种小说的类型比书名更为重要，无论办案的是包公、彭公、施公还是狄公，事实上并无多少差别。

密室杀人案取材于严世蕃的一则轶事。此人是明代一位臭名昭著的奸臣，死于1565年。据说他发明了一种特殊的毛笔，靠近烛火后会射出致命的暗器（见亚瑟·韦利［A. Waley］关于《金瓶梅》英译本的简介）。据前人记载，严世蕃用这种“藏有暗器的笔”作为防身之物，他在书斋中读书写字时，一旦遇到政敌惊扰，手头又没有其他兵器可用的话，便可用到此笔。在本书中，笔者将这种暗藏机关的笔写成一种杀人暗器，旨在多年后报仇雪恨，这一主题在中国小说中并不少见。还须说明的是，新笔初用时，首先需要烧去笔尖上多余的杂毛，操作时须将笔管端成与眼睛平齐，然后凑近烛火，这便给暗器从笔管中射出并刺中受害者面部提供了好机会。即使当时笔管内粘住弹簧的蜡并未烧化，有人一旦使用此笔，仍是难逃厄运，因为总要低头伏在纸上，并且与用来照亮的烛火直接相对，而这正是本书中丁护国的遭遇。

秘密遗嘱案取材于中国古代的著名故事。一个简略版本来自《棠阴比事》中的《司空省书》[1]，另有一个来自十六世纪的著名公案小说《龙图公案》中的《扯画轴》，此书是关于宋代著名判官包公的断案故事集。还有更为详细的一个版本，来自十七世纪的故事集《今古奇观》[2] 中的《滕大尹鬼断家私》。在原来的故事中，真遗嘱藏在画中，后来被人发现。在本书中，笔者则改为画中藏有线索，而夹入的遗嘱只是掩人耳目。本书中还加入了神秘的迷宫故事。据笔者本人所知，虽然迷宫在中国宫殿介绍中偶有提及，但是中国公案小说中还从未出现过迷宫这一因素。本书中的迷宫形制，实则借用了中国式的香炉盖子。中国人习惯将一片刻出纹样的镂空薄铜板盖在装满香粉的容器上，当香粉从一端燃着之后，会像导火线一般沿着图样缓缓烧下去。在以往的几百年中，中国出版过为数不少的此类书籍，专为收集香篆造型，常是些吉祥用语，设计得十分精巧。本书借用了 1878 年出版的《香印图考》一

---

[1] 四部丛刊续编本《棠阴比事》，商务印书馆，上海，1934 年 8 月。此则后注明出自《风俗通》。原文如下：汉时沛郡有民，家赀二十余万，一男才数岁失其母，有一女不贤。其父病，因呼族人为遗书，令悉以财属女，但遗一剑，云儿年十五以此付之。其后又不与儿，既而讼之太守。司空何武省其手书，顾谓掾吏曰：女性强梁，婿复贪鄙，畏害其儿，且俾与女内，实寄之耳。夫剑者，所以断决限，年十五者，度其子智力足以自居，或闻州县，得以申理，其用虑宏远如是。乃悉夺财以还子。

[2] 此书是一部明代白话短篇小说选集，抱瓮老人编，全书共四十篇，选自冯梦龙的“三言”和凌濛初的“二拍”。《滕大尹鬼断家私》原是冯梦龙《喻世明言》一书中的第十卷。

书中的一幅图片。[1]

无头女尸案在中国古代公案小说中较为常见，比如《棠阴比事》中的《从事函首》[2]。笔者将此案改写成一个围绕着同性之爱的故事。在中国小说与戏剧中，同性之爱被视为一种离经叛道的行为。关于女子之间的同性爱情，最著名的一例便是十七世纪著名剧作家李渔所著的《怜香伴》，剧中描写了少女曹语花与范云笺[3]互相爱慕的故事。至于妇人对侍女的残酷虐待，在中国世情小说中有过许多描写，《金瓶梅》第八章便是一例。中国古代女子之间频繁出现的同性之爱与偶尔出现的性虐待现象，无疑应归因于一夫多妻的家庭制度，众多女子被迫长期居住在同一屋檐下，且生活环境十分促狭。研究社会学的学生们会在拙作《秘戏图考》[4] 中找到关于这一问题的论述。笔者在此

---

[1] 根据宋希於《高罗佩的迷宫图·丁月湖的印香炉》一文，考证出此书实则名为《印香图稿》，清人丁月湖编，高罗佩先生藏有一册。此文见于《掌故》第一集，中华书局，2016年出版。

[2] 四部丛刊续编本《棠阴比事》，商务印书馆，上海，1934 年 8 月。此则后注明出自《玉堂闲话》。原文如下：近代有因行商回，见其妻为人所杀而失其首。妻族执其婿，诬以杀女。吏严讯之，乃自诬伏。案具，郡守委诸从事。从事疑之，请缓其狱，乃令封内仵作、行人遍供近与人家安厝墓冢多少去处，一一面诘之。有一人曰：某近于豪家举事，只言死却奶子，五更时于墙头舁过凶器，轻似无物，见瘞某处。及发之，但获一女人首，即将对尸，令其夫验认，云非妻也。继收豪家鞫之，乃是杀一奶子，函首葬之，以尸易此良家妇，私畜之。豪民弃市。

[3] 剧中人物名为崔笺云，其夫名为范介夫。

[4] 此书出版于 1951 年，是高罗佩先生关于中国古代性文化、性习俗研究的一部力作，收录有多种古代文献与明朝套色春宫版画。

书中之所以选择这一原因来解释案情，部分是由于能够设计出意想不到的情节发展，部分则是为了表现中国古代故事具有何等惊人的现代性。

本书第七回中三个和尚谎报金佛被劫一节，取材于《棠阴比事》中的《德裕模金》。[1]

本书中边远小城的恶霸篡权一节，也是中国小说中常见的情节。有时是县令智胜恶霸并将其制服，有时是篡权者被写成英雄人物，从贪官手中夺得权力，后来由朝廷开恩，予以正式承认。

最后再说说书中鹤衣先生这一人物。这是一个在中国公案小说中常见的高度提炼的“机械降神”[2]，作为一种超越自然的存在而出现（有时是阎罗王现成人形后出现在阳间），用一种不可思议的力量帮助县令破解疑案。此类情节当然无法被现代读者所接受，因此，笔者在此书中

---

❶ 四部丛刊续编本《棠阴比事》，商务印书馆，上海，1934 年 8 月。原文如下：唐李德裕镇浙右日，甘露寺主僧诉交得堂住实物，被前主隐没金若干两，引证前数辈，皆还相交割文籍在焉，且其初交领分两既明，及交承之日，乃不见金，鞫成服罪。公疑未穷破用之数，前主即曰：居寺者前后空交分两文书，其实无金。群众以某孤立，不狎流辈，欲乘此挤之。因流涕，公乃以兜子召诸关连僧，咸使面壁，不得相向，以泥各令模金之状。僧既不知形状，各模不同。公怒，即劾前数辈诬证之罪。

❷ 原文为拉丁语 deus ex machina，字面意为“出自机械装置的神”。在古典戏剧中，神通常在剧终时出现，解决剧情中的复杂难题，否则便无法解决。在古希腊悲剧中，神经常由吊车从高处降下。后来，运用这一装置常会被批评为剧作家缺乏自然解决矛盾的技巧。从广义上讲，这一词组意为解决剧情的任何人为方式。（试译自《牛津戏剧词典》）

将鹤衣先生描述成一位超凡脱俗的道家隐士。至于狄公从二人谈话中悟出的线索，究竟是幸运的巧合，还是由于鹤衣先生深知倪家内情，抑或是此翁具有异乎寻常的精神力量，书中未下断语，而是留给读者自去猜想。笔者将这场对话的背景设为儒家与道家之争。众所周知，自从公元前四世纪开始，儒家与道家便是中国古代哲学与宗教思想的两大基本源头。儒家思想现实而入世，道家思想则是浪漫且完全出世的。

狄公作为正统的儒家学者与官员，对于儒家教义尊崇备至，极其重视公平、正义、仁慈、责任等公认的道德价值。鹤衣先生却恰恰相反，坚持道家准则，认为所有现实价值都具有相对性，提倡超越善恶之上的无为人生，并追求天人合一的境界。这两种彼此对立的观点，浓缩在倪守谦所写的关于地蚓与天龙的对子中。笔者引用的这副对子，出自一本禅宗的佛经。禅宗是佛家的一个教派，常常与道家十分接近。

高罗佩

译后记

1950 年，高罗佩先生的第一部小说《铜钟案》被出版商拒绝，理由是对佛教徒有消极描述，之后他又创作了第二部小说《迷宫案》。高罗佩先生在自传稿中写道："这个文稿被接受了，但出版商坚持要给它做有裸女图像的彩色封面，否则书就卖不动，因为在日本裸体崇拜正在兴起，甚至有一种特别的'肉体文学'正在形成。我的回答是，中国人没有色情艺术，我也希望书里的插图是完全正宗的。但是出版商说话是有依据的，他说只要我去找一找，事实会证明，古代中国肯定有色情艺术。于是我给几十个书店和古董商写了明信片，后来确实收到了两封积极的回信，一封来自上海的中国书商，他说自己认识一个拥有几本明朝春宫图画集子的中国收藏家，另一封来自京都一个古董商，他说拥有那种集子的原始印刷版。就这样我发现了在十五和十六世纪的中国确实存在过一种裸体崇拜，由此设计成了一个画着明朝风格裸体女人的封面。”[1] 正是这一发现，促使高罗佩先生开始研究中国色情艺术和中国人的性生活，并写出了两本著作《秘戏图考》、《中国古代房内考》。

高罗佩先生完成《迷宫案》英文本后，“我的一个朋友即日本汉学家、古代中国小说领域专家鱼返善雄教授把《迷宫案》从英文原稿翻译成日文，我自己开始写一个中文版本，后来在印度完成”[2]。日译本于1951年由东京讲谈社出版，书名为《迷路之杀人》，日本著名侦探小说家江户川乱步为此书作了一篇序文；1981年再版时，书名改为《中国迷宫杀人事件》，另一位著名侦探小说家松本清张亦为此书作序。

1952年，在台湾学者张立斋教授的帮助下，高罗佩先生在印度新德里完成了此书的中文自译本，[3] 1953年由新加坡南洋出版社出版，名为《狄仁杰奇案》。

1956年，此书的荷文本和英文本由荷兰范胡维出版社（W. van Hoeve Ltd.）出版，荷文本书名为 *Labyrinth in Lan-fang*，英文本书名为 *The Chinese Maze Murders*。此书引起了英国伦敦的迈克尔·约瑟夫出版社（Michael

---

[1] ［荷兰］C. D. 巴克曼，［荷兰］H. 德弗里斯著，施辉业译：《大汉学家高罗佩传》，海南出版社，2011年，第156、157页。

[2] 《大汉学家高罗佩传》，第157页。

[3] 《大汉学家高罗佩传》，第186页。

Joseph Ltd.）的注意，该社后来陆续出版了英文版《铜钟案》、《湖滨案》、《黄金案》、《铁钉案》。“随着《狄公案》英文译本和《迷宫案》的出版发行，我达到了目的，我已经让现代的中国和日本小说家注意到了这类书。”英国著名侦探小说作家阿加莎·克里斯蒂（Agatha Christie）看过后，写道：“我非常喜欢这本书，整个书充满少见的魅力和新鲜感，我祝它取得更大的成功。”[1]

关于本书中的图片，有必要略作说明。首先，与各种英文本相比，鱼返善雄的日译本中多出了一幅插图，即第二十五回的“密室中白兰遭凌虐”。其次，1956 年范胡维英文初版中的兰坊全图，还附有一个蝙蝠状图案，在后出的芝加哥大学等各种英文版本中均不见，有兴趣的读者可对比参看。另外，在 1965 年荷文本中，缺少第十三回和第二十回的两幅插图，即“倪继盛意恭迎贵客”和“怪客现形真相大白”，并附有作者于 1965 年春天在日本东京另作的一篇简短前言，其中除了关于小说内容的简介之外，还提到“在这第三版中，重画了八幅插图”。经过仔细对比，方才发现某些插图的细部

---

[1] 《大汉学家高罗佩传》，第 157 页。

漆黑夜半众匪袭院

狄公独思疑团未解

见县令玄兰报隐情

受极刑恶妇终得报

果然略有区别，诸如衣料上的纹样和桌上摆设的器物有所不同，有的男子面部添加了虬髯，桌椅的边缘涂成了黑色等等（见前页图）。

在 1977 年 Dover 版英文本中，插图与 1965 年荷文本相同，书前注明版本来自 1957 年范胡维英文本，但是这一说法显然不确，其一，范胡维英文初版是 1956 年而非 1957 年；其二，1956 年范胡维英文初版插图明显是未删减和改动过的，而芝加哥大学版与这一范胡维英文初版相同。后来又找到 1967 年美国 Panther 版英文本，所用的插图同 Dover 版，书前注明版本来自 1962 年迈克尔・约瑟夫出版社的英国初版；最终找到了 1962 年英国初版，插图果然与 Dover 版和 Panther 版相同，并附有高罗佩先生另作的前言，但只是简述书中情节，并未提及其他。由此可以判定，正是在 1962 年英国初版中，首次出现了删减和改动插图的状况，从而形成了两套不同的插图系统。在此非常感谢提供所有英文初版与荷文本的于鹏先生。

关于本书中的地名兰坊，高罗佩先生在英文本地图中标作“欄坊”，在中文自译本中也写作“栏坊”，但是在 1951 年鱼返善雄的日译本地图中标作“蘭坊”。译者本人也更加中意“兰坊”一名，故此沿用。

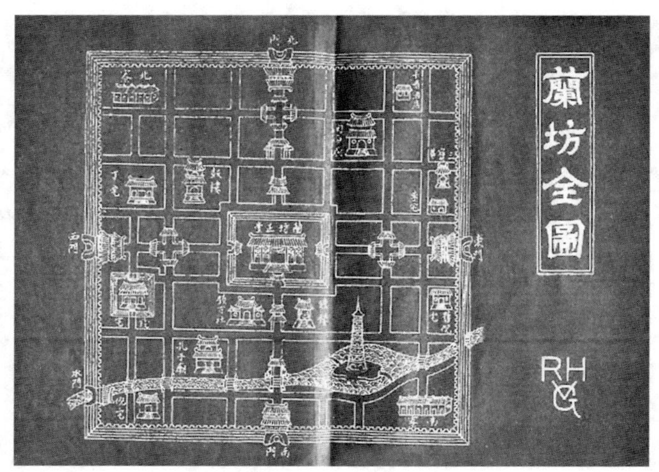

《迷宫案》日译本地图

至于书中提到的于阗，原文是 Khotan，高罗佩先生在中文自译本中写作“高檀”，通译为“和阗”。由于在清代之前皆称于阗，故用“于阗”。

本书中的南里和北里，在中文自译本中写作“南里”、“北里”，在 1951 年日译本的地图中却标为“南寮”、“北寮”。在唐代的长安城内，靠近皇宫东南角有一处平康里，又称北里，正是行院妓馆集中的地方，高罗佩先生在另一部著作《中国古代房内考》第七章中亦提及此节，[1] 因此译者采用“南里”与“北里”。

[1] ［荷兰］高罗佩著，李零、郭晓惠、李晓晨、张进京译：《中国古代房内考》，商务印书馆，2007 年，第 168 页。

本书中的一些人名与称谓，译者亦是沿用高罗佩先生的中文自译本《狄仁杰奇案》，比如“洪都头”与“玄兰”。但是有些人名，在英文本与自译本中有所不同，比如英文本中的方铁匠、老凌、吐尔贝与鹤衣先生，在自译本中则为“冯大”、“梁彪”、“狂蜂”与“鹤逸先生”。英文本中的Chien Mow，在自译本中为“钱谟”（这一较为生僻的“谟”字，猜测来自历史人物狄仁杰的族曾孙狄兼谟，高罗佩先生在《铁钉案》前言中曾提及此人，写作Dee Djien-mo），但依照读音规则，Chien Mow似更接近“钱茂”，并且鱼返善雄的日译本中亦写作“钱茂”，因此译者也用“钱茂”。在此说明一点，书中的人名地名，大多是高罗佩先生虚构而成或借用而来，并非历史上真实的存在，在英文本中以类似威妥玛拼音标出。由于汉语中存在着大量的同音字，因此不同的译者大可根据个人喜好而选择不同的用字，或有细微的优劣之别，但并无对错之分。

秘密遗嘱案取材于明代公案小说《龙图公案》中的第七十七则《扯画轴》，原作中的人物名为倪守谦、倪梅氏、倪善继、倪善述，《喻世明言》中的《滕大尹鬼断家私》悉数沿用。由此可见，本书中的倪继与倪善，当是由原作中倪守谦长子倪善继之名而来。

1946年，高罗佩先生在重庆的荷兰使馆工作时，同事中有一位施赫尔特马（H. Scheltema）法学硕士，中文名为苏护国[1]，猜测本书中的"丁护国"一名或是来自于此君。

本书第六回中，对于《虚空楼阁图》有着精准的描述，第十回中还有陶干自陈精通装裱并请命拆开卷轴的情节。在此说明一点，高罗佩先生对于书画的装裱技术一向深有兴趣，并著有《书画鉴赏汇编》一书，1958 年由意大利中东和远东研究社（Istituto Italiano per il Medio ed Estremo Oriente）出版。该书"叙述中、日书画装裱技术的源流、演变和方法，大多取材于《装潢志》[2] 和《赏延素心录》[3]，大段的译出，讨论其所提出的问题。他说他对书画的装裱技术早有兴趣，除参考中、日书籍外，并亲到店里参观，访问裱师，为装裱的每一个程序拍摄照片。……书中讨论到中、日裱工的不同，各种专门名词的

---

[1] 《大汉学家高罗佩传》，第 120 页。

[2] 《装潢志》是中国古代有关书画装裱的专著，详细地论述了装裱的技术和材料，是第一本系统的装潢学专著。作者周嘉胄，字江左，明代末期淮海（今江苏扬州）人，收藏家，据谢巍《中国画学著作考录》记载："明万历十年（1582 年）生，约顺治十年至十八年（1658—1661 年）间卒，年近八十。"

[3] 《赏延素心录》是一部关于书画装潢的专著，作者为周二学。高罗佩先生在《书画鉴赏汇编》第四章中曾有如下介绍："周二学是一位活跃于清代雍正时期的书画收藏家，生平颇为不详，似是终生居于杭州，字药坡，号晚菘居士。在清代的多种人物传记书籍中，其名均不见录入，笔者曾在杭州及其周边地区的史志中搜寻过，亦是一无所获。以上记载来自于周二学本人的著作与他人为其著作所写的序言。周二学只留下了两部书，一是个人收藏的书画编目，名为《一角编》，收在吴昌绶 1917 年出版的《松邻丛书》中；另一部即是《赏延素心录》。"

释义，十分详尽”。[1] 在《书画鉴赏汇编》一书中，对于中国旧式庭院的结构布局与房内的家居摆设、书画装饰等等，高罗佩先生均作过详细描述，令译者获益匪浅，在使用相关名词时，亦是多有借鉴。

荷兰作家扬威廉·范·德·魏特灵在传记《高罗佩：他的生活，他的著作》一书中，提到第十九回中狄公入山拜访道家隐士鹤衣先生一节，似有禅宗师徒打哑谜、斗机锋的味道，现试译如下："中国人将禅宗修炼看作是一种游戏，师父可以戏弄愚钝的徒弟。师父讲出十分费解的谜语，戏剧性地引述某些言词（通常并非是由他自行构思而成），冲着茫然无知的徒弟棒喝道：'此话是何意思？你这蠢材，此话究竟是何意思？'其后的一半个月里，徒弟会深感羞辱，因为自己的懵懂愚钝而遭到嘲笑，直到他想出另一句妙语（同样大可不必是自创的言词）来，足以超越师父那咄咄逼人的智慧。"[2] 在本书后记中，高罗佩先生也曾指出"笔者引用的这副对子，出自一本禅宗的佛经。禅宗是佛家的一个教派，常常与道家十分接近"，益证此说颇有见地。

---

[1] 陈之迈著：《荷兰高罗佩》，严晓星编：《高罗佩事辑》，海豚出版社，2011 年，第 56 页。

[2] Janwillem van de Wetering：*Robert van Gulik: His Life*，*His Work*，Soho Press，New York，1998，p. 47.

高罗佩先生在另一部著作《琴道》中，曾论及有一类琴曲赞颂的是“恬淡的隐居生活”，“生活在凡间便可以享受长生的乐趣，这乃是隐居高士的特权，他们远离尘嚣，返朴归真，过着道家所崇尚的生活。……有两个重要的形象与这一主题相关：樵人和渔夫。他们过着简朴的生活，世间的忧愁哀怨与他们无缘，是完全符合道家思想的最佳代表。在上面我们已经提到，是一位渔夫找到了桃花源。而哲学家庄子也用‘渔夫’比喻获得真理的圣人。……在以后的文学作品中，渔夫、樵人依然常常出现，用来转述作者对生命意义的理解”。[1] 在本书的结尾处，正是借老樵夫之口道出了令狄公恍然开悟之语，想来此节亦非偶然，应是出于作者精心构思的妙笔。

后记中提到的《德裕模金》，高罗佩先生在译著《棠阴比事》英文本中曾作有注解，现试译如下：“甘露寺是一座著名的古寺，位于江苏镇江附近。公元838年，李德裕任淮南节度使，居于扬州，常常去甘露寺，因此这段故事必定发生在这一时期内。845年，唐武宗开始灭佛，李德裕也参与其中。日本僧人圆仁当时正旅居中国，曾在日记中对此事有所描述，可参见E. O. 赖肖尔（Edwin O.

[1] ［荷兰］高罗佩著，宋慧文、孔维锋、王建欣译：《琴道》，中西书局，2013年，第89页。

Reischauer）所著的《圆仁唐代中国之旅》。”关于《圆仁唐代中国之旅》一书，在《黄金案》后记中亦有相关记述。

《迷宫案》是高罗佩先生唯一创作过中文自译本的一部小说，因此格外具有研究价值。对比英文本与自译本的异同，能够发现许多有趣之处，并由此或可窥探出作者在处理不同文本时的不同理念与手法。由于自译本中的篇章回目皆是八字对句，插图说明皆是八字单句，故此译者在所有书中也参照此例而拟成。还有一点需要说明，在英文本与自译本存在区别时，译者更倾向于如实传达英文本中的语意，比如第十五回中的艳情诗，在英文本中为一首长诗，但在自译本中则是三首七言绝句；第十九回中的对子“长生门前两条路，地蚓掘土天龙飞”，在自译本中为“出门只有两种路，蚯蚓钻泥龙上天”；第二十三回中的倪守谦遗嘱，其行文表述，在两种文本中亦是有所不同。相信有心的读者自会从对比阅读中见仁见智，得到不少乐趣与感悟。

张　凌

2018 年 9 月

（2019 年 5 月修订）

图书在版编目(CIP)数据

迷宫案/(荷) 高罗佩(Robert van Gulik)著;
张凌译. —上海:上海译文出版社,2019.4 (2024.2重印)
(大唐狄公案)
书名原文:The Chinese Maze Murders
ISBN 978-7-5327-7999-4

Ⅰ.①迷… Ⅱ.①高… ②张… Ⅲ.①侦探小说-荷
兰-现代 Ⅳ.①I563.45

中国版本图书馆 CIP 数据核字(2019)第 029561 号

Robert van Gulik
The Chinese Maze Murders
根据 W. van Hoeve Ltd. 1956 年初版译出

迷宫案
[荷] 高罗佩 著 张凌 译
责任编辑/顾真 装帧设计/张志全工作室

上海译文出版社有限公司出版、发行
网址:www.yiwen.com.cn
201101 上海市闵行区号景路159弄B座
苏州市越洋印刷有限公司印刷

开本 889×1194 1/32 印张 12.5 插页 4 字数 135,000
2019 年 4 月第 1 版 2024 年 2 月第 8 次印刷
印数:30,501—37,500 册

ISBN 978-7-5327-7999-4/I·4920
定价:49.00 元